Peter Bergmann

Tore des Bösen

Kärnten-Thriller

Impressum
Tore des Bösen

Kärnten-Thriller
Autor: Peter Bergmann
Kontakt: www.peter-bergmann.at

ISBN: 978-3-9503800-7-1

Weitere Bergmann-Krimis

Kärntner Mordsbullen 1-5
Der Berufserbe – Chefinspektor Falks Sündenfall
Der gelbe Gladiator – Chefinspektor Falks Fingerfall
Die Melodie der Walnuss – Chefinspektor Falks Hexenfall
Club der Harlekine – Chefinspektor Fuchs in Wien
Die blutige Puppe – Chefinspektor Fuchs auf der Jagd

Das Möbiusband – Chiara Fontana – Fantasy-Thriller
Dicke Liebe – Irrwitzige Kriminalstories

Privatdetektiv Jingle Bell 1-2:
Die Leiche ist halb durch – Krimiparodie
Das Massengrab hat Hunger – Krimiparodie

Prolog

Das Mädchen kam langsam die Gasse herab. In einer halben Stunde würde es dunkel sein. Die hohen Hecken rechts und links waren wie massive Mauern. Sie zögerte unwillkürlich. Vielleicht hätte sie doch den Umweg über die belebte Straße machen sollen. Ein kühler Schauer lief ihr über den Rücken. 'Da ist nichts', sagte sie sich und ging schneller. Jeder hat manchmal dieses Gefühl, das ihn kurz erstarren lässt, oder das ihn zwingt, sich ohne Grund umzusehen oder eben ein bisschen schneller zu gehen. Auf einsamen Straßen passiert es, auch im Keller, wenn der Straßenlärm mit einem Schlag abgedreht ist und aus allen Ecken ungewohnte Stille dringt. Auch wenn man durch ein ruhiges Gebäude geht und an einem dunklem Zimmer vorüberkommt, dessen Tür halb offen steht. Manchen passiert es am hellen Tag inmitten einer Menschenmenge. In der Dämmerung, auf dem Heimweg durch ein menschenleeres Viertel, passiert es gar nicht selten. Die Gasse war noch nie so schmal und lang gewesen, die Hecken nie so hoch. Sogar das Geräusch ihrer eigenen Schritte und des Mantels, wo Stoff auf Stoff schabte, war lauter als gewöhnlich.
'Du spinnst! Da ist nichts!'
Nur noch die weit auseinander gezogenen Stufen, jede Stufe mehrere Schritte, unten sah sie die beleuchtete Straße. Nur eine Minute noch. Sie wäre umgekehrt, wenn es nicht so lächerlich gewesen wäre. Sie ging nun sehr schnell.
Er war eine halbe Stunde zuvor in die Gasse gebogen und hatte sich in der Nische versteckt. Er war der Jäger. Es gab kein bestimmtes Wild, nur Wild. Er hörte ihre Schritte von weitem. Er hörte ihr Zögern und ihre neu gefundene Entschlossenheit. Er hörte ihre Gedanken und ihr Geschlecht und ihr Alter. Langes, blondes Haar. Er regte keinen Muskel und atmete kaum. Die Augen hielt er geschlossen. Sie war noch fünfzig Meter entfernt, dreißig, zehn, fünf, drei, einen Meter. Er schnellte vor und packte sie und riss sie ins

Versteck zurück, so rasch wie eine spitzzahnige Muräne, die sich im Riff verbirgt.

Ihr einziger Gedanke war ein lautloser Schrei. Dann verging er in Schmerz und Dunkelheit.

Er wühlte in ihr wie ein durchgedrehter Schlächter im warmen Schwein. Seine Jacke war blutgetränkt bis weit über die Ellbogen hinauf. Das machte nichts. Das Aufbrechen des Wilds gehört zur Jagd. Mit einem Ruck zerriss er einen weiteren Lebensstrang, aus dem rotes, heißes Nass sprudelte.

Mit einem Ruck fuhr er hoch.

Er sah die Leuchtziffern des alten Reiseweckers. Halb drei. Der Pyjamaoberteil klebte kalt auf der Haut, das Leintuch war nass. Auch der Haaransatz im Nacken und an der Stirn war nass. Sein Herz jagte in verhaltenem Galopp. Durch den Spalt zwischen den Vorhängen blinkten einige Sterne. Eine kühle Nacht, knapp über dem Gefrierpunkt. Es war sehr ruhig. Das Ticken des Weckers klang doppelt laut.

Der Mann im durchschwitzten Schlafanzug stöhnte. Woher kamen diese Bilder, woher diese Träume? Wieso mordete er in seinen Träumen in einem fort? Es musste eine Erklärung geben.

Er machte Licht, schüttete aus dem Krug Wasser in ein Glas, nahm zwei bereitliegende Tabletten und spülte sie hinunter. Er löschte das Licht und legte sich zurück. Es war widerlich, im kalten Schweiß zu liegen, aber er war zerschlagen, todmüde, viel zu müde, um sich umzuziehen.

Das ging jetzt seit zwei Jahren so. Nur in den Tagen seiner Kur war er davon verschont geblieben. Man könnte meinen, es habe mit dem Ort oder dem Haus zu tun. Aber er hatte schon früher hier gelebt, lange vor den Träumen. Der Beginn der Träume - seine private Zeitenwende. Was davor lag, erschien aus heutiger Sicht wie ein goldenes Zeitalter. Dabei hatte er nur ein ganz normales, durchschnittliches Leben geführt. Das war es! Ein normales, durchschnittliches Leben! Normale, durchschnittliche Menschen können sich nicht vorstellen, was es bedeutet, Nacht für Nacht in blutige Abgründe zu tauchen. Seine Träume waren so grausam realistisch, so voll von Farben und Gerüchen und Geräuschen, so voller Angst und Schmerz, dass kaum ein Unterschied zum wirklichen Erleben blieb. Er war beim Arzt gewesen und hatte über Schlafstörungen geklagt. Körperlich war er gesund. Er bekam ein Beruhigungsmittel verschrieben und schluckte es. Er besorgte sich stärkere Mittel und schluckte bald viel zu viele davon, aber reiner Zucker hätte nicht weniger bewirkt. Es war, als ob ein Fluch auf ihm lastete. Unter Tags ging er seiner Arbeit nach, nachts stieg er hinab in eine Welt des Irrsinns und der Zerfleischung, wo er in Blut und Feuer watete, Dinge sah und Dinge tat, die ihn nicht mehr losließen. Und immer stärker wurde sein Glaube, er habe das alles tatsächlich schon einmal gesehen und getan. Fast jeder Mensch erlebt Augenblicke, in denen ihn die unwiderstehliche Gewissheit überkommt, er habe die Situation, in der er sich gerade befindet, bereits einmal erfahren. Und zwar nicht etwa eine ähnliche Situation, sondern haargenau diese, auf Punkt und Komma genau und identisch. Das dauert wirklich nur Augenblicke, dann geht alles wieder seinen gewohnten, erstmaligen Gang. Doch es prägt sich ein. Bei ihm waren viel längere Zeiträume betroffen und er hatte wache Momente, da *war* er der Knüttelmann und der Messermann und der Klauenmann und was der lächerlichen Namen mehr sind, die vielleicht von einer Sekunde zur anderen blutiger Ernst werden.

Ein Wunder, wie er nach außen hin sein früheres Leben in Gang hielt. Er glich einem ausgebombten Haus, dessen Fassade stehen bleibt, obwohl innen alle Decken und Mauern wie Kartenblätter in sich zusammengefallen sind.

Er galt als ruhig und höflich, ein zuverlässiger Mann, ein Mann, der hielt, was er versprach. Er hatte ein Büro für sich. Auf der Tür stand sein Name. Seltsamerweise erinnerte er sich momentan nicht an seinen Namen. Oberamtsrat! Hieß er wirklich Oberamtsrat? Na, das war ja egal. Morgen würde er den Namen lesen und sich erinnern. Parteienverkehr von neun bis elf. Er ließ sich das auf der Zunge zergehen.

Parteienverkehr. Ja, mit Verkehr hatte er zu tun. Straßen ..., breite und schmale.

Mit einem Mal stand er wieder in der dunklen Gasse, über das Mädchen gebeugt, das ihm verstohlen zuzwinkerte. Sein Gesicht kam ihm bekannt vor. Aus ihrem zerfetzten Bauch hingen Adern wie abgerissene Schläuche. Sie sagte etwas, das er nicht verstand. Wie konnte sie reden, wenn kein Tropfen Blut mehr in ihr war? Böses Blut. Er war bedeckt mit ihrem Blut. Wie Säure brannte es sich durch seine Jacke, verätzte Unterarme und Hände. Er hielt die Arme hoch und lief durch die Straßen. Muskeln und Sehnen lagen frei, die Haut hatte sich abgelöst. Dann stand er in Feuer und Rauchschwaden. Schreie gellten ihm ins Ohr. Die wahnsinnigen Schreie der Eingeschlossenen.

Er bäumte sich auf im verzweifelten Versuch, den neuen Alp abzuwerfen, doch die Tabletten drückten ihn zurück. Die Nacht war längst noch nicht zu Ende.

Der Morgen kam strahlend und kalt. Überall wo im Freien Wasser stand, in Bottichen, Eimern, auf einem liegen gebliebenen Plastiksack, hatte sich eine dünne Eishaut gebildet, überzogen mit einer feinen, netzartigen Struktur. Männer und Frauen in Gummistiefeln und Arbeitskleidung, in dicken Jacken, mit Hüten oder Tüchern auf dem Kopf, stapften in die Ställe. Weiße Atemfahnen drangen aus ihren Mündern. Ihre Gesichter waren gerötet oder noch blass vom Schlaf. Aus den Kaminen drang frischer Rauch, weil die Frauen Holz nachgelegt hatten, ehe sie das Haus verließen. Das Dorf am Rande des Hügellandes, mit seiner kleinen Kirche und den beiden Gasthäusern kaum den Punkt auf der Landkarte wert, war zu neuem Leben erwacht. Viele seiner Bewohner richteten ihren ersten Blick prüfend zum Himmel. Doch niemand sah den körperlosen schwarzen Stern, dessen Strahlen seit einigen Jahren wieder zögernd pulsierten, als sei auch er eben aus tiefem Schlaf empor getaucht. Niemand sah ihn. Dabei stand er genau im Zenit des Ortes, Tag für Tag, Nacht für Nacht.

Dr. Terrazzo öffnete seine Praxis um neun. Er war der einzige Arzt in weitem Umkreis. Sein Einzugsgebiet umfasste ein halbes Dutzend Dörfer und die zahlreichen dazwischen verstreuten Höfe, aber auch einige Bergbauern, die er im Winter nur mit dem Motorschlitten erreichte. Er wusste, dass dieser Schlitten einigen traditionsbewussten Dörflern ein Dorn im Auge war, sein Vorgänger hatte sich jahrzehntelang mit einer Haflingerstute begnügt. Aber die meisten waren froh, dass es überhaupt einen Nachfolger gab. Der Beruf des Landarztes ist nicht das, wovon junge Mediziner gemeinhin träumen. Er hätte es sich selbst nicht träumen lassen, dass er die Karriere an der Universität einst gegen eine Provinzpraxis tauschen würde. Jetzt saß er in der allerfinstersten Provinz, die ein Stadtmensch sich ausmalen kann. Er trank die vierte oder fünfte Tasse Tee und zuckte die Achseln. Wozu sich darüber den Kopf zerbrechen? So schlecht hatte er es nicht getroffen. 'Es ist ein Segen', dachte er mit einem Anflug von Selbstironie, 'wenn du über eine ordentliche Portion Phlegma verfügst.'

So phlegmatisch war er eigentlich nicht. Seine Gedanken schweiften zurück. Zwei, drei Jahre. Im August werden es drei Jahre. Und dann?

Im Vorzimmer bereitete die Assistentin alles vor für einen Arbeitstag, der vier Stunden Ordination und eine noch unbestimmte Zahl von Hausbesuchen umfasste. Manchmal kehrte er erst um neun oder zehn Uhr abends zurück, erschöpft und überdrüssig, weil zu seiner eigentlichen Aufgabe noch die viele Zeit kam, die er hinter dem Steuer verbrachte. Die Wege waren weit in seinem Sprengel. Andererseits - die Selbstironie gewann wieder Oberhand - würde er als Landarzt nie verhungern. Es hatte Monate gedauert bis er begriff, dass seine Patienten ernsthaft beleidigt waren, wenn er ihre Gaben zurückwies. Seither hortete er Eier und Speck, Schinken, Bauernbrot und Schnaps, Kuchen und

Krapfen und gelbe Butter und dicke Milch. Die Menschen sahen es gerne, denn er war *ihr* Arzt und darum war es ihre Pflicht, für ihn zu sorgen. Langsam fühlte er sich wirklich als *ihr* Arzt. Das amüsierte ihn.

Lautlos trat Maria ein. Sie trug Gesundheitsschuhe mit hölzernen Sohlen und schaffte es dennoch, lautlos zu gehen. Sie war jung und rosig und ein wenig zu ernsthaft mit der strengen Brille, die wie eine Schutzmaske auf ihrer Nase saß. Stumm legte sie die Karteikarte des ersten Patienten auf seinen Tisch und stumm verschwand sie wieder. Eine stumme Fee, die ihm gegenüber immer noch Hemmungen hatte. Eine Provinzfee.

Er las den Namen auf der Karte und seufzte. Was immer dem alten Körner fehlte, er würde mit ihm ein Stamperl Schnaps trinken müssen. Dass ein Ordinationszimmer nicht der passende Ort dafür ist, so was fiel dem nicht ein. Die Tageszeit spielte auch keine Rolle. Warum kam der Kerl immer so früh? Automatisch tastete Terrazzo nach den Gläsern. Er hatte höchstpersönlich einen Nachmittag daran verwendet, die kleinsten zu besorgen, die in der Stadt aufzutreiben waren. Auf dem Land galten nun einmal einige Grundsätze, über die man sich nur um den Preis immerwährender Fremdheit hinwegsetzen kann. Was war ein Arzt wert, dem seine Patienten fremd blieben?

Er drückte auf die Sprechtaste und sagte: „Herr Körner bitte."

Pfarrer Paul Weilrich saß in seinem Arbeitszimmer und blickte über ein aufgeschlagenes Buch hinweg ins Leere. Unerfreuliche, düstere Gedanken bedrängten ihn. In fünf Wochen feierte er sein 25-jähriges Jubiläum. 25 Jahre! Er fühlte noch die Hoffnung und Freude, mit der er in *seine* Kirche eingezogen war. Aber er fühlte sie nur mehr als Erinnerung. Wie hatte er damals *geglaubt!* Wie hatte er an dieser süßen Droge gehangen, immer bereit alles zu geben, alles zu verstehen, alles zu verzeihen. Jetzt hatte die Droge ihre Wirkung verloren. Jetzt war er ein Mann jenseits der Fünfzig mit ganz banalen, irdischen Problemen, die er aufgrund seines Berufes noch schlechter verkraftete als andere. Versetzung in den Laienstand. War das ernst gemeint oder kokettierte er nur mit dem Gedanken? Aber mit den Problemen eines Mannes jenseits der Fünfzig konnte er fertig werden. Auch andere Pfarrer waren damit fertig geworden, hatten Nischen gefunden und Fakten geschaffen, die offiziell verpönt, aber im konkreten Fall meist ignoriert wurden. Die Probleme der Männer über fünfzig! Als ob es nicht in jedem Alter Probleme gäbe! Nur wird die Last im Lauf der Jahre immer schwerer. Irgendwann gerät sie außer Kontrolle und dann beginnt die Krise.

Einige ungerechte Momente lang zürnte der Pfarrer allen Männern, die mit Schwierigkeiten kämpften, die geringer waren als die seinen. Denn auf ihm lag noch eine zusätzliche Bürde, eine zusätzliche Last, die ein Laie kaum begreifen kann.

Dürfen Christen wirklich *alles* beichten? Gibt es nicht eine Grenze dessen, was sie anderen Menschen zumuten dürfen? Ist nicht auch der Pfarrer ein Mensch?

Aber das war nicht das Problem. Ja, jede Tat darf gebeichtet werden, ausnahmslos jede, so schwer sie auch wiegt. Doch der Fall, der ihn bis an die Grenzen seines Verständnisses (auch seines Verstandes?) führte, lag anders. Weilrich vermutete, nein, mehr noch, er wusste, dass jener Sünder nicht beichtete, um von Gott Vergebung zu erlangen. Er beichtete, um seinen Beichtvater zum unfreiwilligen Mitverschwornen zu machen. Er wollte aus seinen widerlichen Verbrechen weiteres sadistisches Kapital schlagen, indem er den einzigen Menschen einweihte, der sein Wissen nicht preisgeben durfte. Dieser Schuft hatte Gott und die Welt verhöhnt mit dem, was er getan hatte und nun verhöhnte er Gott und seinen Diener, indem er sich vor ihnen damit brüstete. In Wahrheit bereute er nichts, trotz seiner verlogenen Beteuerungen. Er empfand immer noch Vergnügen bei der Erinnerung an das Unvorstellbare. Pfarrer Weilrich sah das verschlagene kleine Lächeln vor sich, mit dem der Mann ihn grüßte, wenn er in Begleitung von Familie und Freunden zur heiligen Messe kam. Die Leute glaubten, es sei das Lächeln eines gewitzten Greises, aber es war das wissende Lächeln des Komplizen. Ein Lächeln, das er am liebsten mit bloßen Fäusten aus diesem Gesicht geschlagen hätte.

Sein Blick verfing sich am Kreuz mit der Christusfigur. „Ich habe nicht Deine Kraft", sagte er bitter. „Und meine eigene nimmt ständig ab."

Das Glockenspiel der Wanduhr läutete die zweite Vormittagshälfte ein. Hatte er Grete gesagt, dass er auswärts essen würde? Ja, gestern Abend schon. Er schlug das Buch zu und betrachtete sich im Spiegel. Hager war er geworden. Er trug den grauen Straßenanzug fast schon wie einen Umhang. Ein Glück, dass man noch einen Mantel brauchte. Kein Hut. Das Priestergesicht lässt sich nicht verbergen, aber mit Hut wird es zur Wanderausstellung. Andere Berufe tragen auch ihr Stigma durch die Landschaft, doch der Rauchfangkehrer lässt sich mit Wasser und Seife auslöschen. Ein Priestergesicht lässt sich nicht wegschrubben. Er verzog die Lippen. Es ist die Seele. An den Rändern leicht angetrocknet.

Weilrich holte den Mantel aus der Garderobe, verließ das Pfarrhaus und setzte sich in den kleinen Fiat, der davor parkte. Natürlich schwarz. Er verzog wieder die Lippen. Eine Gruppe lachender Kinder grüßte ihn, wich zuvor aber weiträumig aus. Hochwürdens Fahrstil diente seiner Gemeinde als bester Beweis, dass ihr Geistlicher Gott sehr nahe stand. Er bog unfallfrei auf die Hauptstraße und fuhr Richtung Stadt. Seiner Haushälterin hatte er gesagt, dass er sich mit einem Kollegen aus dem Priesterseminar treffe. ‚Wenn Grete wüsste ...', dachte er zum hundertsten Mal. Die Landeshauptstadt war eine knappe Fahrstunde entfernt. Weilrich stellte den Wagen in einem Außenbezirk ab und benützte den Bus. Der dichte Verkehr behagte ihm nicht. An der Zentralstation stieg er aus. Von hier waren es wenige Minuten bis zu dem kleinen Lokal, in dem sie sich schon mehrere Male getroffen hatten. Obwohl fast alle Tische frei waren, saß Monika ganz hinten. Sie stand auf, als er eintrat. Er drückte ihre Hand. Sie küssten sich nie in der Öffentlichkeit. Der Teufel schläft nicht. Zum ersten Mal an diesem Tag lächelte er. Sie würden eine Kleinigkeit essen und dann in ihrer Wohnung Kaffee trinken. Das ging nur in der Stadt. Landpfarrern ohne Städte in der Umgebung bleibt wirklich nur die Haushälterin. Er dachte an Grete und sein Lächeln bekam einen gequälten Ausdruck, der sich rasch wieder verflüchtigte. Monika hatte einen Schuh ausgezogen und ihren Fuß in sein Hosenbein geschoben. Mit der Zeit, hoffte Weilrich, würde auch sein Gesicht wieder ganz lebendig werden.

3

Es war gut, regelmäßig den Arzt aufzusuchen. Nicht wegen
der Gesundheit. Gesund würde er bleiben bis zum letzten
Atemzug. Es war gut, Leute, auf die man wenig Einfluss hat,
regelmäßig zu besuchen. Matte nutzte die Erfahrung eines
Lebens, um Einfluss zu gewinnen. Auf den Punkt gebracht: Es
war der Inhalt seines Lebens. Du musst Kontakt halten. Netze
auswerfen. Reden. Besonders mit den Leuten, die von dir
unabhängig sind. Mit denen musst du reden. Nicht irgendwo,
sondern in ihrem eigenen Revier. Bei einem Arzt ist das die
Ordination. Im eigenen Revier verhalten sich die Leute
anders als auf der Straße oder im Gasthaus. Auf der Straße
begegnet der Doktor dem alten Matte, von dem er einiges
gehört hat, jedenfalls genug, um ein bisschen auf der Hut zu
sein, nicht aus sich herauszugehen, freundlich, aber vorsichtig.
In der Ordination untersucht er einen Mann, der auf die
Achtzig zugeht. Erstaunlich gut in Form, aber eben ein alter
Körper. Schultern und Brust eingefallen, nicht viel Fleisch auf
Armen und Beinen, kein beeindruckender Anblick. Da sieht er
nicht mehr den alten Matte, sondern nur noch den alten Mann.
Da hat er's nicht mehr nötig, auf der Hut zu sein.
Ja, Netze auswerfen, über alles Mögliche reden. So reden,
dass man früher oder später Antworten auf Fragen erhält, die
gar nicht gestellt wurden. Das ist eine Kunst, die viel Geduld
erfordert.
Es ist *auch* gut, privat mit ihm zu reden. Es ist eine andere
Ebene und der Wechsel von Beziehungsebenen verunsichert
viele Leute. Ärzte, mit ihrem Verantwortungstick - auch wenn
in Wahrheit nicht viel dahinter steckt - tun sich oft schwer,
berufliche und private Kontakte auf einen Nenner zu bringen.
Er hatte viele gekannt. Manche versuchen die strikte
Trennung. Die wollen in der Ordination nur Arzt sein und
außerhalb nur privat. Aber das funktioniert nicht. Es bleibt ja
doch ein- und derselbe Mensch.

Terrazzo war nicht einfach zu knacken. Der hatte irgendwo gelernt, ganz geschickt auszuweichen. Wenn er herausfinden könnte, was ihn ausgerechnet in dieses Nest geführt hatte ... Das wäre schon was. Früher wär's keine Sache gewesen, aber jetzt funktionierten die Verbindungen nicht mehr. Die Alten waren in Pension und die Jungen kümmerten sich lieber um ihre eigenen Angelegenheiten. Misstrauischer sind sie heute auch. Zu viele Journalisten, die ihre Nase überall reinstecken. Wenn früher einer lästig wurde, hast du ihn auf ein Fest geladen und da lief dann schon was. Geld oder eine Fotze oder ein Dreck aus der Vergangenheit, der im Rausch verraten wird. Meistens hat eine Speckseite gereicht und hin und wieder ein Stammtisch mit Freibier und Schnaps, bis er bei den Augen rausgeronnen ist. Heute sind alle misstrauischer. Die kommen gar nicht, wenn du sie einlädst. Und wenn sie kommen, rühren sie nichts an. Natürlich gibt's immer noch Korrupte. Aber es wird genauer getrennt. Früher waren alle ein bisschen anständig und ein bisschen korrupt. Heute sind die Korrupten maßlos und die Anständigen scharf wie Rasierklingen. Die beschuldigen dich schon, wenn du ihnen nur die Hand geben willst. Gerade die sind oft die wichtigen. Freilich kann man jeden rumkriegen, aber es ist nicht leicht. Außerdem - er machte sich nichts vor - kannte er die Spielregeln nicht mehr so gut. Wer die Spielregeln nur zur Hälfte kennt, wird immer verlieren. Da verzichtete er lieber. Dr. Terrazzo roch zwar nach Vergangenheit wie ein Kuhmagen nach Silo, aber es hatte auch seinen Reiz, den schwierigen Weg zu gehen. Er würde brav weiter die Ordination besuchen und von seiner Potenz erzählen. Das mit der Potenz war ein geschickter Schachzug. Es verwirrte den Arzt, dass ein Sechsundsiebzigjähriger unbedingt dreimal die Woche können wollte. Es weckte sein Interesse. Wenn sich so einer für dich interessiert, hast du die erste Bresche geschlagen. Vielleicht machte es ihn zugänglicher. Er kicherte in sich hinein. 'Ich hab Zeit, Doktor. Ich finde den wunden Punkt. Wenn's kein alter ist, wird's bald ein neuer sein.'

Er dachte an Maria, das Dirndl im Vorzimmer, steif eingepackt, wie die richtigen Leckerbissen es halt sind. In seiner Hose regte sich was. Das musste er dem Doktor erzählen, beim nächsten Mal.

Alle nannten ihn den alten Matte. Es war ein Ehrentitel. Er hatte vierzig Jahre lang jeden politischen Gedanken im Dorf beherrscht. Die meisten anderen Gedanken auch. Freie, unabhängige Bauern waren zu ihm gekommen, um zu fragen, ob ihr Kind das Kind von irgendeinem anderen heiraten solle oder nicht. Es gab kein Geschäft, von dem er nichts hörte und bei den meisten war er mit dabei. Er wusste, wer mit wem herumschlief und es machte ihm nichts aus, sich gleich anzuhängen, weil so ein Frauenzimmer es sich meistens gar nicht leisten kann, nein zu sagen. Sie brauchen es nicht gern machen. Machen müssen sie's und dann den Mund halten. Er leckte sich die Lippen. Diese Rederei über Potenz und die ganzen Gedanken, die dranhingen wie ein Strick voller Kletten, gingen ihm geradewegs ins Blut.

Freilich hatte er Feinde. Eine ganze Menge. Viel mehr Feinde als Freunde. Das war recht so. Einen Freund dazu zu bringen, das zu tun, was du willst, ist leicht. Deine Feinde dazu zu bringen, ist ganz was anderes. Das wiegt. Die, die was davon verstehen, wissen das.

Er hätte Dutzende Male Gelegenheit gehabt, im Land ganz nach oben zu kommen. Aber es wäre nicht gescheit gewesen. Mehrere Kameraden hatten sich zu weit vorgewagt und dafür büßen müssen. Er zog lieber die Fäden im Hintergrund, das war's, was er am besten konnte. Er zog heute noch Fäden, aber sie waren viel kürzer als vor zehn, zwanzig Jahren. Im Dorf reichte ihm jedenfalls keiner das Wasser. Im Dorf würde er die Fäden ziehen bis zum Abgang.

Er machte jeden Vormittag seine Runde, grüßte hierhin und dorthin, wechselte ein paar Worte mit einem alten Freund oder übersah einfach jemanden, der höflich vor ihm den Hut zog; ließ ihn dumm stehen als gäb's ihn nicht. Du musst es sie immer wieder fühlen lassen, Mann und Frau und Kind. Es ist wie Hundeabrichten, wie ein harter Ruck an der Leine im richtigen Augenblick. Routine für den, der's kann, aber für die meisten ein Buch mit sieben Siegeln.

Er ging die drei Stufen zum Schafswirt hinauf und öffnete die schwere Tür. Der Gasthof hatte anders geheißen, aber als sie vor vielen Jahren nach einer harten Auseinandersetzung den alten Wirt am Boden hatten, hängten sie ihm eine schmiedeeiserne Tafel ans Haus, die entfernt an ein geschorenes Schaf erinnerte. *Lass sie es fühlen.* Der Verlierer musste Schild und Namen dulden, sonst hätten sie ihn aus dem Dorf gejagt. Jetzt führte längst seine Tochter die Gaststätte, auch nicht mehr die Jüngste. Die vergangenen Geschichten waren vorbei, der Name war geblieben. Der alte Matte vertrug sich gut mit der Schafswirtin. Sie hatten fleißig miteinander gekungelt und alles was dazugehört. Sie war von seinem Schlag, nicht zimperlich im Einstecken und noch besser im Austeilen.

Am Vormittag war die Stube leer. Er ging zu seinem Platz am Kopfende des Stammtisches und drückte auf die Klingel, die eigens für ihn dort angebracht worden war. Er hatte nicht mehr die Stimme wie früher und wenn's am Abend hoch herging, hätte man sie irgendwann überhört. Das durfte nicht passieren. Bei Kleinigkeiten musst du aufpassen. Ein alter Mann, der nach seinem Bier ruft und keiner hört ihn, ist im Handumdrehen nur mehr ein schwacher, alter Mann. Was Image bedeutete, hatte er lange gewusst, bevor es das Wort gab.

Erst als er auf die Bedienung wartete, entdeckte er den Fremden, der in der kleinen Nische mit dem Fenster zum Garten saß. Der Fremde, Mittelalter mit Vollbart, blickte kurz von seiner Zeitung auf. Sie tauschten ein flüchtiges Nicken. 'Ein früher Tourist', dachte Matte, 'Südländer.'

Dann wurde seine ohnehin geringe Aufmerksamkeit ganz von Rosi in Beschlag genommen. Das war ein Vollweib! Sechsundzwanzig oder siebenundzwanzig. Das beste Alter. Kräftige Glieder, stark wie ein junges Pferd und dabei geschmeidig wie eine Gerte! Da gab es keine plumpe Bewegung und keine schlechte Seite. Das Haar hochgesteckt, ein rassiger Kopf und ein Gebiss aus poliertem Elfenbein, mit dem sie Walnüsse knackte wie andere weich gekochte Erbsen. Und erst ihre Augen! Er hatte nie erlebt, dass irgendein lauer Ausdruck darin gestanden war. Sie sprühten und funkelten in allen Schattierungen, vor Freude oder Zorn oder Sympathie oder Abneigung. Noch wenn sie schlief, musste mehr Ausdruck in diesen Augen sein als bei zehn anderen. Für ihn fand sich nichts Gutes drin. Seit zweiundzwanzig Monaten war sie Kellnerin beim Schafswirt und der alte Matte hatte ihr noch nicht einmal den Hintern getätschelt. Dabei waren die Kellnerinnen im Dorf und den Gasthäusern der Umgebung seit jeher seine angestammte Beute. Die meisten fühlten sich sogar geschmeichelt. Das verging ihnen bald, aber dann war's zu spät. Rosi hatte sich vom ersten Tag an gegen ihn gestellt. Er hätte der Wirtin nur einen Wink geben brauchen und sie wäre auf der Straße gestanden, aber das war's nicht, was er wollte. Sie war nicht prüde. Sie war mit zwei Jungen aus dem Dorf gegangen, jeweils einige Monate, dann hatten die Burschen schlappgemacht. Aber ausgerechnet er war für Rosi wie ein rotes Tuch.

„Das Übliche?", fragte sie.

„Ja."

Sie ging und brachte ein Glas Bier und einen Hausbrand.

„Wo ist der Bernd?", fragte er.

„Holzschlichten beim Sibernig. Warum? Hast du was zu tun für ihn?"

Nicht viele Kellnerinnen hatten ihn geduzt. Nicht einmal nachher.

„Vielleicht", sagte er.

Sie zuckte die Achseln und verschwand in der Küche. Jede hat eine schwache Stelle. Auch so eine starke wie die Rosi. Aus irgendeinem Grund mochte sie den Halbidioten.

Mutterinstinkt wahrscheinlich. Sie hatte nicht viel Sanftes an sich. Aber wenn sie mit Bernd redete, war sie behutsam wie eine Henne mit den Küken. Er fraß ihr dafür aus der Hand und nahm ihr, so oft sie es zuließ, jede schwere Arbeit ab. Matte hatte sie lange beobachtet und keine andere Schwäche entdeckt. Jetzt war's an der Zeit, einmal auf diese Stelle zu drücken. Der Sibernig-Hof lag günstig. Da sah man die Straße nicht weit ein. Bernd wich ihm aus so gut es ging. Dort oben würde er keine Gelegenheit dazu haben. 'Und deine Glucke schickt mich selbst hin', dachte der alte Matte vergnügt. Er trank aus, ließ Geld liegen und ging. Dem Fremden schenkte er keine Beachtung. Er hatte den Blick nicht aufgefangen, den er Rosi wert war.

4

Bernd sah den alten Matte auf sich zukommen und reagierte
wie sein Freund, der Igel. Er versuchte, sein weiches Inneres
möglichst lückenlos mit den nach außen ragenden Stacheln zu
schützen.

Manche im Dorf waren freundlich zu ihm, andere
unfreundlich, manche waren nett und halfen ihm, andere
blickten auf ihn herab und machten sich lustig, manche waren
übertrieben fürsorglich, für andere wieder war er Luft. Er
wurde mit allem fertig. Er kannte sie und wusste, warum sie
sich ihm gegenüber so verhielten. Sie empfanden Scheu. Er
war hier geboren und lebte unter ihnen, aber er gehörte nicht
dazu. *Er lachte anders.* Manchmal fand er Dinge komisch, die
sie nicht komisch fanden und manchmal war es umgekehrt.
Manchmal hatte er Tränen in den Augen, weil er an etwas
unendlich Trauriges denken musste und dann folgte auf den
traurigen Gedanken ein lustiger und er lächelte unter Tränen,
so wie es Regen gibt, der im Sonnenschein fällt. Wenn sie das
sahen, vertiefte sich ihre Scheu und die Augen der einen
wurden gleichfalls feucht, während die anderen einen derben
Scherz machten. Aber im Grunde, davon war Bernd
überzeugt, dachten sie das gleiche. Sie hatten nur
verschiedene Arten damit umzugehen, weil ihre Herzen
verschieden waren.

Der alte Matte war anders. Er war der einzige, vor dem Bernd
Angst hatte. Er konnte Gedanken lesen und er war böse.
Deshalb las er das Böse in den Gedanken anderer besonders
gut. Keiner sah das so genau wie Bernd, der von Menschen
viel mehr wusste als die meisten. Nur verstand er diese Gabe
nicht zu schätzen, weil ihm gewöhnlichere Gaben fehlten. Das
begriff er nur undeutlich. Es war wie Nebel im Morgengrauen,
in dem sich etwas Unbekanntes versteckt.

Er wäre der Begegnung gerne ausgewichen, aber er war so mit
dem Holzschlichten beschäftigt gewesen, dass es zu spät dafür

war. Also stellte er seine Stacheln auf und rollte sein weiches Inneres zusammen.

„Schön fleißig bist du", sagte der Alte anstelle eines Grußes. Formelle Grüße tauschte er nur mit Ebenbürtigen und Fremden. Davon gab es nicht viele im Dorf.

„Grüß Gott", murmelte Bernd und schlichtete weiter. Weiterschlichten war ein guter Stachel. Weiterschlichten würde den Matte vielleicht so ärgern, dass er nur ein paar böse Worte brummte und ging. Aber er kicherte bloß.

„Grüß Gott ruhig. Musst dich gut stellen mit ihm. Gott sieht ja alles."

Bernd sagte nichts, schlichtete aber auch nicht weiter. Dieser Stachel war gebrochen. Der alte Bauer blinzelte ihm zu. Er hatte ganz helle, blassblaue Augen. Augen, denen im Lauf der Zeit die Farbe ausgegangen war, so dass man dachte, sie wären zu Fenstern geworden, durch die man in sein Inneres blicken konnte. Aber das stimmte nicht.

„Du hast die Rosi gern", sagte er. Unter diesem schlichten Satz fiel der Rest von Bernds wenigen schwachen Stacheln wie Heu unter der Sense. Rosi war etwas Besonderes für ihn. Niemand hatte ein Recht, das zu wissen. Niemand durfte darüber reden. Niemand durfte ... Seine Gedanken gerieten in Unordnung. Er wollte fragen und protestieren und sich wehren gleichzeitig und begann dabei so heftig zu stottern, dass kein verständliches Wort herauskam. Die Augen des alten Manns funkelten vor Vergnügen. Er trat näher und sagte leise und deutlich etwas ganz Gemeines über Rosis Rock und Rosis Beine und Bernds Gedanken, wenn Bernd für sie was in den Keller trug und danach hinter ihr die Kellertreppe wieder hochstieg. Das war so etwas im Nebel Verborgenes gewesen, aber der alte Matte hatte es gesehen und aus dem Nebel geschält und jetzt sah es auch Bernd und wie der Igel, dem die Stacheln nicht helfen, wenn ein Auto auf ihn zurast, konnte er nicht anders als fliehen. Er schluchzte auf, ließ das Scheit fallen, das er noch in der Hand hielt und lief davon wie ein Hase, lief aus dem Dorf bis in den Wald, wo er ein kleines dunkles Versteck hatte und versteckte sich dort, halb verrückt vor Angst und Trauer und hoffnungsloser Liebe.

Die Frau, für die er das Holz geschlichtet hatte, sah aus dem Küchenfenster und rief: „Was hast du dem armen Kerl denn angetan, dass er so davonrennt?"

„Was soll ich dem denn getan haben?", rief der Alte grob zurück. „Der spinnt halt, der Tepp!"

Er hob die Hand und machte mit dem Mittelfinger eine Bewegung, die sie nur einmal im Leben gesehen hatte. Das Blut schoss ihr in den Kopf. Es fehlte nicht viel und sie hätte aufgeheult wie der verletzte Bernd. Mit einem Knall schloss sie das Fenster und begann den Teig, der schon zum Ruhen lag, noch einmal durchzukneten. Am Küchentisch saß ihr Mann vor einer Abrechnung. Sie wechselten kein Wort, aber plötzlich zerbrach der Bleistift zwischen seinen Fingern.

Als der alte Matte von seinem Rundgang auf den Hof zurückkam, kicherte er immer noch vor sich hin. So einen guten Vormittag hatte er lange nicht gehabt.

5

Franz Riement sah mit halbgeschlossenen Augen aus dem
Fenster. Bilder und Gedanken vermischten sich zu einer
düsteren Wolke, zu einer drückenden Anklage. Die
Landschaft glitt am Bus vorüber wie eine ungeheure
Schändung. Moderne Landwirtschaft! Welch ein
Schimpfwort. Kein Feldrain durfte bestehen bleiben, keine
Baumgruppe, kein Buschstreifen, kein Schilftümpel. Nicht
einmal den Bächen, die Jahrhunderte und Jahrtausende
dahingeplätschert waren, beließen sie ihr Bett. Alles wurde
begradigt, eingeebnet, drainagiert, in Rohre verlegt,
maschinentauglich gemacht. Im Namen des Fortschritts und
der Versorgung und des Mercedes vor der Scheune. Lohnen
muss es sich schon. Natürlich. Lohnen muss es sich schon.
Die gesamte Talsohle war ein einziger ebener Acker, ein
einziges Stück vergewaltigter Erde. Vergewaltigt
ausgerechnet von jenen, denen sie zur Pflege und zum Nutzen
aller anvertraut worden war. Jede Lenkraddrehung am Traktor
war ihnen zu viel gewesen, geradeaus mussten sie fahren, wie
Panzer, die Krieg führen gegen den Boden, den sie bearbeiten.
Moderne Landwirtschaft *ist* Krieg. Nicht nur die Äcker sind
der ausgebeutete und vergiftete Feind. Seht euch die Wälder
an! Verdienen die den Namen Wald? Es sind Holzäcker,
Fichtenwüsten. Dicht an dicht stehen sie, so eng, wie sie eben
noch schnell wachsen, Hektar um Hektar. Die Böden in diesen
Wäldern sind kahle, graubraune Leichentücher aus
abgestorbenen Nadeln. Kein Kraut wächst hier, kein Busch,
kein Strauch, ganz selten ein Pilz. So was Wald zu nennen ist
offene Verhöhnung für jeden echten, gesunden, Handbreit für
Handbreit lebenssprühenden Mischwald.
Mehr traurig als wütend saß Riement auf seinem Fensterplatz,
die Aktentasche neben sich. Der Bus war kaum zur Hälfte
gefüllt, in den wenig frequentierten Zeiten führte nicht selten
der Fahrer sich allein spazieren. Man musste ständig Sorge
haben, dass die Linie eingestellt oder eingeschränkt wurde.

Überall saßen die Herren mit dem Rechenstift in der Hand und dem Rechenbrett vor dem Kopf. Die absolute Herrschaft der Ökonomie war längst am Ruder, wie lange würde es dauern bis sie zur totalitären Herrschaft reifte? Lehrer durften da nicht mitreden, das war Riement klar. In der Gesellschaft von Machern, Produzenten und Besitzern erscheinen Lehrer als gerade noch geduldeter Luxus. Diese Leute halten es für angemessen, Kinder lesen, schreiben und rechnen zu lehren. Das reicht. Und arbeiten! Vor allem ans Arbeiten soll man sie zeitig gewöhnen. Nicht fürs Leben lernen wir, für die Arbeit leben wir. Das muss so fest sitzen, dass es ein langes, schweres Dasein lang hält. Das darf nicht wackeln oder locker werden. Man muss es vergeistigen, einen Sinnersatz daraus machen. *Und wir sind ihre Brandeisen!*

Die Lehrer waren selbst schuld daran. Mit Funktionären, die pädagogische Klugheit absondern wie wässrigen Stuhl; mit ihrer hartnäckigen Weigerung, die positiven Seiten ihres Berufs offen einzubekennen; mit ihrem Hang zu absurden Experimenten; mit ihrer Unfähigkeit, Klartext zu reden, was eng mit dem hohen Grad ihrer parteipolitischen Verseuchung zusammenhängt. In einer Demokratie dürfen und müssen Lehrer politisch sein, aber hier war Politik längst zur Packelei verkommen. Sie waren nicht politisch, sondern aufgegeilt wie kleine Äffchen, die alle die höchste Sprosse im Stall anpeilen. Er würde einen Leserbrief schreiben. Diesmal würde er einen Leserbrief schreiben. Mochten die Kollegen von ihm halten, was sie wollten.

'Das tun sie ohnehin.'

Ja, das taten sie ohnehin. Sein Zustandsärger, wie er diesen Ärger über die Zustände selbst nannte, verblasste augenblicklich. Und wenn er tausend Leserbriefe über Landwirtschaft, Lehrer und Politik schriebe, es würde sie doch keiner beachten. Leserbriefschreiber gehören zu den nützlichen Idioten des Systems. Sie sagen, was alle wissen, nur nicht gut genug. Das Beste, was sie bewirken, ist Luftablassen und Erheiterung.

'Warum sind die Leute so blind?'

Die Gegend verschwand hinter dem dicken Vorhang seiner Gedanken. Manchmal war alles klar und rein, frei von der logischen Intelligenz des Menschen, durchdrungen von der natürlichen Intelligenz des Seins. Der falsche Weg. Warum sind wir den falschen Weg gegangen? War es unsere Schuld? War das der Sündenfall? Für den, der sieht, ist der ewige Kreislauf ein offenes Buch. Tod und Wiedergeburt sind Stationen einer unbeschreiblichen Reise. Jeder Mensch macht Erfahrungen, die etwas offenbaren. Nur wenige verstehen sie. Dabei wäre es so wichtig, dass viele verstünden. Umkehr ist nur möglich, wenn die innere Bereitschaft dazu besteht. Aber wir sind so blockiert, dass uns selbst die einfachsten Wahrheiten verschlossen bleiben. Dabei könnte jeder alles erreichen, wenn er sich im Einklang mit seinem wirklichen Ich befände. Aber da stehen so viele Hindernisse dazwischen, scheinbar unüberwindliche Hürden. Von Kindheit an werden sie aufgebaut und wir sind dumm genug, dabei eifrig mitzuhelfen. Hürden abbauen, alle Hürden abbauen. Wenn uns das gelingt sind wir auch frei von Krankheit und Tod, frei von jeglicher Angst. Angst, die uns den Boden unter den Füßen wegzieht und uns die Luft zum Atmen nimmt. So viel Angst, wohin man schaut. Selbst die Äcker schienen den nahenden Frühling zu fürchten. Scholle für Scholle für Scholle …

Jemand zupfte an seiner Schulter. Ein Mädchen sagte: „Wir sind da, Herr Fachlehrer."

Er fuhr auf und sah Sonjas freundliches Gesicht.

„Schon wieder eingeschlafen", sagte er verwirrt. „Danke, Sonja."

Sie ließ ihre Zähne aufblitzen und stieg vor ihm aus dem Bus. Halb betäubt vom kurzen Schlaf griff er sich seine Tasche und folgte ihr. Sie wartete auf ihn, denn ein Stück des Heimwegs hatten sie gemeinsam. Im Bus sprachen sie selten miteinander. Sie unterhielt sich gewöhnlich mit einer Freundin, die noch einige Kilometer entfernter wohnte und er hing seinen

Gedanken nach. Aber er hatte Gefallen daran gefunden, die letzten Meter bis zum Hof ihrer Eltern mit ihr zu plaudern. Sie war ein freundliches, offenes Mädchen. Riement unterrichtete zwar an der Hauptschule und Sonja besuchte das Gymnasium, aber die Zufälligkeiten des Stundenplans und vor allem die geringen Möglichkeiten des Fahrplans, brachten sie jede Woche vier-, fünfmal zusammen. Sie gab bereitwillig Auskunft über Schule, Familie und ihr großes Hobby, den Sport, und er lieferte Berichte von der anderen Seite der Front, von der Arbeit eines Lehrers und den Windmühlenflügeln der Bürokratie. Manchmal flocht er etwas über seine Ideen von Leben und Tod ein - sehr behutsam, sehr behutsam, denn auf dem Land ist die Kirche noch eine Macht und wer im Dorf groß geworden ist, weiß das. Die Gespräche dauerten höchstens zehn Minuten, dann bog sie in einen Seitenweg und er sah ihr nach und dachte 'Mein Gott! Wie jung und frisch und natürlich!' und der Gedanke stimmte ihn nicht froh, sondern melancholisch.

Franz Riement wohnte noch immer in dem kleinen Haus am
äußersten Rand des Dorfes, in dem er geboren und
aufgewachsen war. Sein Vater hatte es gekauft, als er heiratete
und sich endgültig im Ort niederließ. Zuvor hatte er jahrelang
die Stelle an der Volksschule innegehabt. Irgendwann begriff
er, dass ihn sein Weg nicht mehr bergauf führen würde,
sondern in weiten, sanft geneigten Mäandern dem Ziel
entgegen. Da hatte er das Haus gekauft und später seinem
Sohn hinterlassen.
Die alte Schule war längst zugesperrt. Wie ein Magnet zog die
Bezirksstadt alles an sich, was früher in den Dörfern heimisch
gewesen war. Nur der Pfarrer und die Gasthäuser blieben.
Dass sich für die Arztpraxis ein Nachfolger gefunden hatte,
war reines Glück gewesen. Riement hatte sich mit Dr.
Terrazzo angefreundet, obwohl der seinen Theorien mit
unverhüllter Skepsis und Ironie entgegentrat. Aber mit ihm
konnte er wenigstens *reden.*
Seine Frau Martha erwartete ihn mit dem Mittagessen. Den
Kontakt zu ihr hatte er schon vor Jahren verloren. Sie
sprachen miteinander wie flüchtige Bekannte. Sie versorgte
den Haushalt und verdiente ein wenig mit Schneiderarbeiten,
die sie für Freundinnen erledigte. Früher hatte er sich
manchmal gefragt, ob sie in ihrem Beruf nicht viel besser war
als er in seinem. Immerhin war sie damals die jüngste
Schneidermeisterin des Landes gewesen. Vielleicht hätte sie
ihren Job behalten und er den Haushalt übernehmen sollen.
Aber vor zwanzig Jahren war das noch undenkbarer als heute.
Im Dorf noch undenkbarer als in der Stadt. Martha hätte die
Stadt immer vorgezogen. In den ersten Ehejahren waren sie x-
mal drauf und dran gewesen, ihre Sachen zu packen und zu
übersiedeln. Sie hatten Wohnungen besichtigt, Kreditberater
aufgesucht und eine Annonce zum Verkauf des Hauses in die
Zeitung gegeben. Dann hatte er es doch nicht fertig gebracht.
Es war nie die Rede darauf gekommen, aber wahrscheinlich

empfand sie seine Haltung als fortgesetzten Verrat. Zumindest als fortgesetzte Schwäche, was er ihr nicht übel nehmen konnte. Eines Tages war sie mit ihrem Bett in die Kammer im Erdgeschoß übersiedelt. Kommentarlos. Seither beschränkte sich ihre Ehe auf gemeinsame Mahlzeiten und die Erörterung fälliger Reparaturen. Wenn er kam, sagte sie „Da bist du ja", und wenn er ging, sagte sie nichts.

Wenn sie ihn verließ, würde sie es wortlos tun, so wie sie das gemeinsame Schlafzimmer verlassen hatte. Er durfte keinen Tag sicher sein, ob sie noch da war, wenn er von der Arbeit heimkehrte. Er gestand sich ein, dass es ihm längst gleichgültig geworden war.

Doch sie verließ ihn nicht und er fragte nie, wie es weitergehen solle. Sie lebten in einem dauerhaft ungeklärten Zustand und hatten sich daran gewöhnt. Aber war das nicht ein *ungesunder* Zustand? Er war schwach, ja, das stimmte. Er war schwach. Wenn er stark gewesen wäre …

„Servus", sagte er, als er die Wohnküche betrat. „Was gibt's heute?"

„Selchfleisch mit Sauerkraut", sagte sie und trocknete sich die Hände an der immer frischen Schürze. „Und geröstete Kartoffeln. Setz dich nieder."

Auch auf Sonja wartete das Mittagessen. Ihr Vater und die beiden jüngeren Brüder waren längst fertig. Die Mutter, eine zierliche kleine Frau, immer freundlich und immer energisch, aß zusammen mit der Tochter. Sie fand es nicht richtig, dass das Kind allein bei Tisch saß und wenn sie etwas nicht richtig fand, dann änderte sie es. Der Vater war schon wieder an der Arbeit. Er gehörte zu den wenigen Menschen, die für die Arbeit geschaffen sind und sie auch lieben. Jede Arbeit. Er war groß und schwer, aber flink im Kopf, mit Händen, die einem Angst machen konnten, wenn sie die zarten Hände seiner Frau hielten. Doch sie waren erstaunlich geschickt. Wenn's sein musste, drehte er Muttern auf Schrauben, die zwischen seinen Fingern fast verschwanden. Für Adelheid fädelte er Nähseide in die dünnsten Nadeln, weil sie nicht so gut sah und es eine stumme Liebeserklärung war, über die sie sich jedes Mal freute. Geschaffen waren seine Hände aber für die schwere Arbeit im Wald und auf dem Hof, dort konnten sie beweisen, was sie wert waren.

Sonja aß schnell. Sie hatte viel zu tun. Auf dem Tisch lag noch Spielzeug von den Zwillingen und eine Schachtel Schmerztabletten.

„Hat Papa wieder Kopfweh?", fragte sie.

„Ja", sagte die Mutter. „Aber ich bringe ihn nicht zum Arzt. Er ist stur wie ein Bock. Dabei müsste er nicht einmal in die Stadt."

Sonjas Vater hasste die Stadt, auch wenn er es heftig bestritt. Was nichts daran änderte, dass die Familie sich darüber lustig machte.

„Wahrscheinlich hat er Angst", sagte Sonja, „dass es was Schlimmeres ist."

„Ja. Mal nur den Teufel nicht an die Wand."

Sonja sprang auf, gab ihr einen Kuss und lief auf ihr Zimmer. Die Tage waren viel zu kurz. Sie durfte keine Minute verschwenden.

Er war gestern eingetroffen. Ein kühler Märzabend. Feuchter,
böiger Wind zerzauste die Forsythien und druckte
mitgerissene Blütenblätter gegen Mauern und Fenster, an
denen sie als gelbe Tupfen kleben blieben. Wo sie besonders
dicht hafteten, sah es aus wie unfertiges Mosaik.
Dunkle Wolken machten den Himmel schwer. Eine düstere
Stimmung lag über den kahlen Feldern. Weit im Süden, wo
das Flachland ins Gebirge überging, zuckten Blitze.
Die Gespräche im Gasthof, in dem er abgestiegen war,
drehten sich auch ums Wetter. Die Bauern waren unzufrieden.
Der letzte Sommer war zu trocken gewesen, der Winter hatte
Waldschäden gebracht. Jetzt gab es reichlich Regen, aber es
blieb kalt. Fünf von ihnen saßen an einem Tisch, die Hüte auf
dem Kopf, und tranken Most und Obstbrand. Sie hatten wenig
Zeit, sie mussten noch in den Stall. An anderen Tischen aßen
und tranken Leute, die offenbar nichts mit Landwirtschaft zu
tun hatten. Es war ihm aufgefallen, dass sich zwischen die
weit auseinander stehenden Höfe Ein- und
Zweifamilienhäuser gedrängt hatten. Häuser von Pendlern, die
vom Leben im Grünen angezogen wurden und von den
billigeren Grundstücken.
Er setzte sich an einen kleinen Tisch in eine Nische, deren
eine Wand ein großes Fenster zum Gastgarten war. Im
Sommer mochte es ein schöner Garten sein, wenn das bunte
Laub des wilden Weins die Drahtspaliere überwucherte. Jetzt
waren es angerostete Drahtspaliere, die im schwindenden
Licht der Dämmerung nicht freundlicher erschienen.
Dann war Rosi vor ihm gestanden.
Rosi dachte sofort an das Museum, in dem sie vor Jahren
gewesen war. An die Köpfe griechischer oder römischer
Könige; oder Kaiser, sie wusste es nicht mehr. Dieser Mann
hatte so einen Kopf. Aber er war nicht toter, weißer Marmor.
Die Haut war dunkel, Bart und Haar dicht gelockt und
schwarz.

'So haben die ausgesehen', dachte sie. Er bemerkte sie nicht gleich, weil er aus dem Fenster schaute. Nach wenigen Sekunden spürte er ihre Anwesenheit und sah sie an. Seine Augen waren fast so schwarz wie sein Haar. Im ersten Moment war sie enttäuscht. Sie hatte viel mehr Wildheit und Feuer erwartet. Sein Blick war lebendig und interessiert, aber vor allem anderen vermittelte er den Eindruck grenzenloser Ruhe. Rosi war ein ungewöhnlich offener Mensch. Was sie dachte, stand in ihrem Gesicht. Er las es und lächelte. Wie aufspringende Fächer bildeten sich Lachfältchen um seine Augenwinkel. Jetzt funkelten sie auch.

„Ich möchte etwas essen", sagte er. „Kann ich bei Ihnen übernachten?"

„Ja", antwortete sie ohne Zögern. Sie wurde ein bisschen rot. „Wir haben vier freie Zimmer. Wollen Sie sie sehen?"

Er entschied sich für ein Zimmer und aß und träumte von seltsamen Dingen und nach der Sperrstunde kam Rosi und sie liebten sich, wie die Menschen im Mittelalter sich geliebt haben mochten zwischen Pest, Hungersnot und Krieg; den Tod ständig auf der Schwelle und sich darum dem Leben bedingungslos ergebend. Liebe und Leidenschaft, die den Namen verdienen, sind kein Ort der Rückversicherung.

Am kommenden Tag leuchteten Rosis Augen noch intensiver als sonst. Der Mann, der das bewirkt hatte, schlenderte müßig durchs Dorf. Es gab nur eine Sehenswürdigkeit. Die kleine Wehrkirche aus der Zeit der Türkenkriege, umgeben von einem winzigen Friedhof. Er kehrte in den Schafswirt zurück, trank Kaffee und las Zeitungen. Er nickte einem alten Bauern zu, der bald wieder ging und den Rosi mit Widerwillen bediente.

Er hatte sich als Jason Padoponos eingetragen. Also doch ein Grieche, obwohl er akzentfrei Deutsch sprach. Nach dem Mittagessen machte er einen langen Spaziergang über die Felder, unberührt vom feuchten Wind und den häufigen Regenschauern. Die Wege waren schnurgerade. An vielen Kreuzungen stand ein einsamer Baum oder ein Marterl. Nah und fern wuchsen bewaldete Hügel aus dem Talgrund empor, manche nur Inselchen, andere massive und lang gezogene Barrieren, die das flache Land im großen Gebirgskessel weiter unterteilten.

Die Stimmung der Felder übertrug sich auf ihn. Der Flügelschlag der Kolkraben klang wie der schwere Atem eines Sterbenden, ihr trockener, hohler Ruf wie Totenklagen aus der Unterwelt. Unruhe erfasste ihn. Finster betrachtete er die zahllosen Erhebungen und Kuppen. Die Landschaft war getränkt mit uralten Geheimnissen, mit untergegangenen Kultstätten und Altären, in deren Umkreis die Erde noch immer besonders schwarz und fruchtbar war. Die Jahrtausende hatten das Wissen aus dem Bewusstsein der Menschen getilgt. Nur in alten Bräuchen erhielten sich vage Erinnerungen, vielfach überlagert von heidnischen und christlichen Riten. Niemand war mehr in der Lage, sie zu deuten. Die Zeit rann ihm durch die Finger wie feiner Sand. Sie würde nicht hinreichen, sie reichte nie. Plötzlich legte sich eine schwere Last auf seine Schultern. Durchnässt und müde erreichte er das Dorf und ging direkt in sein Zimmer.

Er legte sich auf das Bett und schloss die Augen. Kleine Eruptionen im Nervensystem machten ihn fiebern, seine Finger flatterten leicht auf der Decke wie die Flügel eines wintermüden Schmetterlings. Er kannte die Vorboten und wehrte sich nicht. Die Unruhe schwand, er glitt in einen vorbewussten Wachzustand, warf räumliche und zeitliche Fesseln ab. Eiskalt wie Injektionen flüssigen Stickstoffs drangen Bilder in seinen geglätteten Geist: Nebelfetzen auf einem steilen Abhang, düstere Fichten, federnder Waldboden, sehr alte und sehr junge Menschen eilten in einer endlosen Prozession den Berg hinan und die Jungen wurden alt und verschwanden. In weiten Kreisen umstellten sie eine große Lichtung, ihrerseits umfasst von tausendjährigen Eichen. Eine Unzahl kleiner Feuer machte den nächtlichen Berg zu einer funkelnden Zunge, die in den schwarzen Himmel leckte. Eine traurige Melodie, ein Sprechgesang, verbreitete sich von einem Mund zum anderen, legte sich schließlich wie ein Mantel um die Flanken des Bergs und zog bis zur großen Lichtung. Dort warteten schon Männer in bodenlangen Gewändern auf die Reihe der Opfer, deren Blut ihnen helfen sollte, die Trennung zwischen den Zeiten und den dreierlei Leben zu überwinden. Mit dem letzten Schlag erstarb die Melodie, die Feuer erloschen und die Wartenden sanken zur Erde und verbanden sich ihr. Roter Schaum bedeckte den Boden, das Morgenrot im Osten war sein himmlischer Spiegel. Tiefe Ruhe lag über dem Land. Nebelschwaden krochen aus dem Tal die Hänge hoch und hinter ihnen verging der Berg, als hätte der Nebel ihn gefressen.

Padoponos lag da wie tot. Es gab den Berg noch. Er hatte ihn gesehen.

9

Sonja trug einen pinkfarbenen, in sich gemusterten Jogginganzug, ihr Haar hielt sie mit einem Stirnband aus dem Gesicht. An den Füßen hatte sie Sportschuhe, von denen die Werbung einem weismachen will, sie liefen fast von alleine. Alleine laufen sie vielleicht. Wenn man drinsteckt tun sie's nicht mehr.

Mit leichten, gleichmäßigen Schritten nahm sie die ersten Steigungen. Ihre Leidenschaft war das Schifahren, ihr großes Ziel die Aufnahme in den Landeskader. Wann immer das Wetter es zuließ, machte sie ausgedehnte Waldläufe. Sie mochte den Wald. Sie mochte die Natur. Es gab eine Vielzahl von Forstwegen, über die Jahrzehnte hinweg angelegt zur Holzbringung, dann über weitere Jahre im Dornröschenschlaf, ehe wieder ein Waldstück reif war oder der Besitzer das Geld dringend brauchte oder Schneebruch und Borkenkäfer sein Eingreifen verlangten. Viele dieser Wege waren ohne Rücksicht in die Hänge geschnitten, durchtrennten Wasserschichten und förderten die Erosion, aber Hauptsache, es ging schnell, Baumaschinen sind teuer und die Holzpreise im Keller.

Es hatte auch sein Gutes. Aus schlecht gebauten Wegen wurden binnen kurzem durchgehende Tümpelketten, die sich in wenigen Wochen, wenn Maschinen und Transporter abgezogen waren, mit mannigfaltigem Leben füllten.

Sonja liebte die Abschnitte mit den Lacken, in denen Kröten ihre meterlangen Laichschnüre verlegten, Unken und Frösche dicke gallertige Eiklumpen produzierten. Gelbrandkäfer und Mosaikjungfern jagten hier. Binsen wuchsen in dichten Büscheln an den nassen Wegrändern, der runde lange Blattschaft dunkelgrün, die harten Spitzen braun und schwarz gefärbt. Ganz selten sah sie eine Ringelnatter. Schlangen waren rar geworden.

Sie verwendete die Lacken als Hindernisse im Lauf, sprang so hoch und weit wie möglich, immer darauf bedacht, keines der kleinen Tiere zu zertreten, die zwischen Sand und Schotter liefen, krochen oder hüpften.

Ihr Vater verabscheute schlecht gebaute Wege, so wie er alles schlecht Gemachte verabscheute als Zeichen von Gedankenlosigkeit und Unverstand. Er selbst überlegte jede Arbeit ganz genau. Die Dinge, die er angriff, waren auf Dauer angelegt, nicht auf den schnellen Erfolg. Sonja hatte viel mitbekommen von ihm. Ihr Ehrgeiz war nicht der gewöhnliche Ehrgeiz junger Mädchen, der in großer Begeisterung aufflammt und so rasch wieder erlischt wie Sternspritzer am Christbaum. Sie plante über Jahre und ließ keinen Augenblick locker in ihrer Arbeit an sich selbst. Sie hatte Ziele und tat, was sie konnte, um sie zu erreichen.

Sie war jetzt eine halbe Stunde gelaufen, großteils bergauf. Nun wählte sie eine ebenere Schleife zur Erholung, ehe es nach Hause ging.

10___

Er benützte nicht die Straße, er schlug sich gleich zwischen die Bäume. Von einer Triste mit Meterholz nahm er einen Haselnussprügel, kräftig und gut in der Hand liegend. Dann stapfte er parallel zum Weg durch den nebelverhangenen Wald. Der Boden war nass und rutschig. Er ging nicht weit. Das war nicht nötig. Hinter einer starken Föhre blieb er stehen und wartete. Einmal stieg ein Gedanke in ihm auf wie eine Gasblase aus Morast.

'Was mache ich hier? Was?'

Ohne Widerhall löste sich die Frage auf in düsterer Gewissheit. Sein Gesichtsfeld verengte sich auf den Weg, dafür wuchs sein Gehör ins Unermessliche. Er hörte Ameisen den rauen Stamm hinauflaufen, eine Wühlmaus graben, eine frühe, taumelige Fliege in zehn Metern Entfernung. Allgegenwärtiges Hintergrundgeräusch schwoll an zu einem Orkan, der ihn beinahe hinweg riss. Unter dem unerträglichen Druck biss er sich in die Zunge. Der Geschmack von Blut drohte ihn zu ersticken. Das Tonnengewicht auf der Brust zerquetschte seine Lunge. Aber er hielt stand. Der Druck ließ nach und er wartete. Junge, leichte Schritte wollte er hören. Er hielt den Prügel fest in der Hand.

Sonja kehrte an jenem Abend nicht von ihrem Waldlauf
zurück. Auch nicht am nächsten Tag oder am übernächsten.
Ihr Verschwinden wirkte auf das verschlafene Dorf wie ein
Tritt ins Wespennest. Die Eltern schlugen Alarm. Dutzende
Beamte und ein Vielfaches an freiwilligen Helfern bildeten
Suchtrupps. Der Lassnig-Hof wurde zum Zentrum des
Kommens und Gehens. Sonjas Vater verbrachte sechzig
Stunden ununterbrochen im Wald, ihre Mutter versorgte die
Helferschar. Zwei Hubschrauber flogen das Gebiet ab. Nach
fünf Tagen wurde die Suche eingestellt, ein Unfall
ausgeschlossen. Man hatte im Umkreis von zehn Kilometern
jeden Stein umgedreht, Fährtenhunde eingesetzt, jeden alten,
zugewachsenen Forstweg bis weit ins Unterholz durchstöbert,
an mehreren verdächtig scheinenden Stellen nachgegraben,
alles vergeblich. Sie entdeckten Bernds Versteck und ließen es
von Kriminaltechnikern auswerten, ohne Erfolg. Fachlehrer
Riement, der sich auch mit Rutengehen und Pendeln befasste,
versuchte seine Kunst, erreichte aber nichts. Die Gendarmerie
befragte Freunde und Klassenkameraden, fand jedoch keinen
Hinweis auf eine Liebesaffäre oder Selbstmordgedanken.
Sonja blieb verschwunden. Josef Lassnig, der bärenstarke
Mann, erlitt einen Zusammenbruch. Wie die meisten
befürchtete auch er, dass das Mädchen Opfer eines
Verbrechens geworden war und der Täter die Leiche gut
versteckt habe. Wer es darauf anlegt, kann in einem großen
gebirgigen Waldgebiet fast alles verstecken. Ein gut getarntes,
flaches Grab reicht schon aus. Die Hunde können nicht
überall sein und Menschen steigen darüber hinweg, ohne
etwas zu ahnen. Nur Sonjas Mutter hielt das für unmöglich.
„Sie ist nicht tot", erklärte sie beharrlich. „Wenn sie tot wäre,
wüsste ich das." Den Leuten tat es weh, sie das sagen zu
hören, so entschlossen an den Tatsachen vorbei, doch brachte
niemand den Mut auf, ihr zu widersprechen. Ein Akt wurde
angelegt, verdächtig erscheinende Personen überprüft,

darunter auch der Gast des Schafswirts, dann erlahmten die Bemühungen der Behörde. Sonjas Spur führte in den Wald und verschwand dort wie ein abgeschaltetes Licht.

Rosi und der Grieche lagen im breiten Bett seines Zimmers.
Das Mädchen war seit drei Tagen abgängig. Noch waren
Suchmannschaften unterwegs. Vom Dorf aus sah man weit
draußen an den Hängen Taschenlampen blitzen. Rosi hatte
den Kopf auf seine Brust gelegt, ihre Hand glitt gelegentlich
über seinen Bauch und tiefer. Nicht fordernd, eher wie eine
unaufgeregte Patrouille, die sich über den Stand seiner Kraft
informierte.
„Was wollten sie von dir?", fragte sie.
„Auskünfte. Woher ich komme, was ich mache, wie lange ich
bleiben will."
„Was hast du ihnen gesagt?"
„Die Wahrheit."
„Dann sage sie mir auch. Wie lange bleibst du?"
Er lachte.
„Solange ich es aushalte. Eigentlich wollte ich mich erholen."
Padoponos lag auf dem Rücken und verfolgte die Streifzüge
ihrer Hand. Er war nie einer Frau wie Rosi begegnet. Sie war -
wenn sie es wollte - weich und warm und zärtlich. Doch
gleichzeitig pulsierte sie vor reiner, ungenutzter Energie. Sie
war so erfüllt von Leben und Liebe, von unbedingtem Willen
und unbedingter Hingabe, dass viele Männer vor ihr
zurückschrecken *mussten*, einfach weil sie nicht die Kraft
besaßen, ihr standzuhalten.
Rosi fühlte, wie die Anspannung der vergangenen Tage
nachließ. Fremde Gesichter waren wie ein Schwarm Stare
über Dorf und Gasthof hereingebrochen. Viele Uniformierte,
Männer von der Kriminalabteilung, in ihrem Schlepptau eine
Handvoll Reporter, mehrheitlich Frauen, und Neugierige aus
der Stadt. Leute, die dabei sein wollten, das Unglück mit
eigenen Augen sehen, darüber spekulieren und mit jedermann
reden. Die Tragödie hautnah erleben, erste Reihe fußfrei.
Eine Reporterin sagte: „Ein junges, hübsches Ding regt die
Phantasie an. Hübsche Mädchen als Opfer, das frisst der

Leser. Hoffentlich finden sie sie bald, sonst reißt die Story
ab."

Wäre eine alte Bäuerin verschwunden, hätte es gerade für eine
Notiz im Lokalteil gereicht.

Rosi hatte Sonja kaum gekannt, es gab zu wenig
Berührungspunkte. Die Lassnigs kamen selten zum
Schafswirt. Dennoch grüßten sie sich, tauschten Sympathie
aus der Ferne. Kalte Schauer liefen über Rosis Rücken, wenn
sie daran dachte, was da draußen im Wald geschehen sein
mochte. Vielleicht hatte die Reporterin Recht. Junge Mädchen
reizen die Phantasie. Trotzdem fand sie den Trubel so
grauenerregend wie den Anlass dafür.

Er war eingeschlafen, sein Atem hatte sich verändert. Sie
rollte ihren Kopf von seiner Brust. Jetzt lagen sie
nebeneinander auf dem Rücken, die Decke bis zum Kinn
gezogen. Sie träumte mit offenen Augen in der schützenden
Wärme der Daunen. Ruhe und Zufriedenheit. Ein
Glücksgefühl, wie sie es nie erfahren hatte, obwohl sie auch
vor seiner Ankunft glücklich gewesen war. Zumindest hatte
sie manchmal geglaubt, es zu sein und das ist ja ungefähr
dasselbe. Also gibt es mehrere Stockwerke des Glücks. Das
Glück ist ein vielstöckiges Haus. Aber wenn man in ein Haus
geht, weiß man wie viele Etagen es hat. Beim Glück ist das
anders. Man kann nur ahnen, ob noch etwas kommt. Etwas
darüber, dachte Rosi. Aber wenn es noch was gibt, dann nur
einen Dachgarten, ein kleines Paradies, vielleicht *das*
Paradies …

Mit einem Schlag war sie wieder das dreijährige Mädchen,
das sich in der Nacht zwischen die warmen Körper der Eltern
kuschelte, zugedeckt bis zur Nasenspitze. Im Schlafzimmer
war es kalt, auf dem Dachfenster lag Schnee, aber unter den
Decken war es wunderbar. Sie horchte auf den langsamen
Atem des Vaters und den schnelleren der Mutter. Schlafatem.
Sie wollte, dass es immer so blieb. Die Dunkelheit, die
schlafenden Eltern, die Geborgenheit. Es ist etwas
Besonderes, sich an ein frühes Gefühl zu erinnern. Die

Gewissheit grenzenloser Geborgenheit war so stark gewesen, dass die Erinnerung daran ihr heute noch fast die Luft nahm. Die Dreijährige wehrte sich gegen den Schlaf, weil sie Angst hatte, die Geborgenheit zu verlieren. Natürlich wehrte sie sich vergebens. Es dauerte denn auch nicht lange und sie verlor alles. Zuerst den Vater, bald darauf die Mutter. Sie kam zu einer Tante, ging zur Schule, machte die Lehre ...

Aus all diesen Jahren war kaum etwas in ihrem Gedächtnis zurückgeblieben. Nichts Aufbewahrenswertes. Sie erinnerte sich natürlich, wenn sie wollte, aber diese Erinnerungen waren schal. Lehrer und Lehrerinnen, Mitschüler und Mitschülerinnen, die Tante, immer bemüht, immer farblos, Freunde, Bekannte, Nachbarn. Dabei hatte sie auch damals intensiver erlebt und empfunden als andere, doch im Rückblick verblasste alles neben dem kleinen Mädchen, das gegen den Schlaf ankämpfte, um seine Geborgenheit zu verteidigen. Jetzt war das Gefühl wieder da. Nicht ganz so stark, doch mit einem neuen, erweiterten Grundmotiv. Sie mochte den Geruch, wenn sie die Decke kurz anhob. Die Haut zwischen den Schenkeln spannte leicht, während die klebrigen Säfte trockneten. Er lag neben ihr und atmete ruhig. Wieder musste sie gegen den Schlaf ankämpfen. Ihre Erinnerungen vermischten sich mit beginnenden Träumen. Gesichter tauchten auf, veränderten sich und versanken wieder. Das zarte Gesicht eines Buben wurde ein großes, grobes Männergesicht, aber sie wusste, dass es immer noch dem Buben gehörte. Andere Gesichter beschimpften den Buben. Böse, verzerrte, gemeine Gesichter.

Plötzlich war Rosi hellwach. Ihre Schläfen pochten vor Zorn. Zum ersten Mal seit Tagen hatte sie heute mit Bernd geredet. Er war so eingeschüchtert, dass er keinen zusammenhängenden Satz herausbrachte. Zuerst glaubte sie, die Gendarmen wären schuld daran. Sie hatten ihn befragt. Aber bald begriff sie, dass mehr dahinter steckte. Er hatte eine furchtbare Scheu vor *ihr*. Wie ein Stromstoß war ihr ein Name durchs Gehirn gefahren: Der alte Matte! Er hatte sich bei ihr nach Bernd erkundigt. Er war auf der Suche gewesen nach ihm. Sie fragte Bernd danach. Seine Reaktion bewies, dass sie Recht hatte. Er krümmte sich wie ein getretenes Tier. Doch es gelang ihr nicht, herauszufinden, was zwischen dem Alten und ihm passiert war. Nur so viel, dass er sich danach im Wald versteckt hatte. Das geschah an dem Tag, an dem Sonja verschwand. Rosis Zorn wich einem großen Unbehagen. Bernd war offenbar außer sich gewesen vor ... Wovor? Das hätte sie gern gewusst.

Padoponos schlief nicht. Er hatte sich meditativ in eine Phase versetzt, in der seine Gedanken klar und leuchtend waren wie das griechische Licht, in dem er aufgewachsen war. Er sah sein Dorf vor sich - auch ein Dorf, aber in einer anderen Welt. Entfernung hat nichts mehr zu bedeuten, seit sie in Flugstunden gemessen wird. Doch die verschiedenen Welten sind sich dadurch nur scheinbar näher gerückt. Man findet Ähnlichkeiten und denkt vielleicht, ein Dorf sei wie das andere. Doch das stimmt nicht. Es gibt wohl Menschentypen, die überall vorkommen, aber die Atmosphäre, die Beschaffenheit der Luft, die uralten Dünste, die aus dem Boden aufsteigen - dieser eigentliche Charakter des Landes, der ändert sich von Tal zu Tal, von Region zu Region. Menschen wandern zu und ab, unstetig und kurzlebig. Sie bringen Sprache und verdrängen Sprache, führen Kultur ein und nehmen Kultur mit. Allein der Boden bleibt. Licht, Felsen und Erde und ihre Geschichte bilden ein ortsfestes Fluidum, das für andere Zeitspannen ausgelegt ist als unser flüchtiges Treiben.

Der junge Jason saß auf ausgewaschenen Felsen hoch über dem Meer und glaubte weit im Süden den Schimmer der Wüste zu erkennen. Doch immer wieder tauchten dort Schiffe auf und er kletterte noch ein Stück höher. Er wäre so gerne in der Ruhe, die nach dem Eintreten des Lehrers herrschte, aufgestanden, um stolz zu sagen: Ich habe Afrika gesehen! Die Armut war allgegenwärtig gewesen in seinem Dorf. Es gab keine großen Bauern wie hier. Wenn einer doppelt so viel

Vieh hatte wie die anderen, galt er schon als reich. Dabei war doppelt so viel immer noch erbärmlich wenig. Wirklich hungern musste niemand, obwohl mancher übergewichtige Tourist leicht fünf ihrer Portionen vertragen hätte. Doch damals kamen keine Touristen. Hin und wieder ein Auswanderer, der seine alte Heimat besuchte und von den Wundern Amerikas erzählte. Auswanderung und Kriege waren jahrzehntelang die einzigen Gründe, die die Männer des Dorfes in die Welt katapultierten. Viele blieben in der Fremde. Zuerst kamen lange Briefe, dann Karten mit rasch hingeworfenen Grüßen, dann nur noch Schweigen. Auch sein letzter Besuch lag lange zurück. Was für ein weiter, abenteuerlicher Weg von seinem Dorf in dieses! Und ausgerechnet hier fand er die Frau, die er ein Leben lang gesucht hatte. Aber bevor er Rosi von seinen Plänen erzählte, musste er den Auftrag erfüllen. Den Beamten hatte er gesagt, er arbeite als Entwickler für eine deutsche Softwarefirma. Wenn sie nachfragten, würde das bestätigt werden. Er glaubte nicht, dass sie auch eine Personenbeschreibung anfordern würden. Seine Papiere waren in Ordnung. Als das Mädchen verschwand, war er in seinem Zimmer gewesen, später in der Gaststube, dann wieder im Zimmer. Die Wirtin, einige Gäste und vor allem Rosi konnten das bestätigen. Dennoch: Wenn sie Sonja fanden, womöglich tot, würde er mehr Fragen zu beantworten haben, als ihm lieb war. Aber mehr als das erschreckten ihn die Grundschwingungen dieses Orts, das Fluidum, die Atmosphäre. Seine Vision hing eng damit zusammen und es war gut möglich, dass auch das Verschwinden des Mädchens damit zu tun hatte. Ob auch seine Beziehung zu Rosi davon beeinflusst wurde? Er hatte gelernt, alles was sich im mentalen Bereich ereignete, als eine mögliche Einheit zu betrachten.

Seine Hand fand Rosis Hand, ihre Finger verschränkten sich. Aus dem Wald wehte der Wind die Rufe der Suchmannschaft herüber.

Lydia Kern, die Schafswirtin - ein Beiname, den sie
verabscheute - sah Rosi prüfend an, als die kurz nach sieben
in die Küche kam. Die junge Frau war kraftstrotzend wie
immer. Nichts davon zu merken, dass sie bis elf am Abend
gearbeitet hatte und dann im Zimmer des Gastes
verschwunden war. Normalerweise hätte die Wirtin dieses
Verhalten nicht geduldet, aber Rosi ließ sich nicht viel sagen.
In solchen Dingen schon gar nicht. Es hätte Lydia leid getan,
wenn sie ginge, denn sie war nicht kleinlich bei der
Arbeitszeit und verstand es anzupacken. Das war wichtig.
Wenn zwei Leute einen Tag lang arbeiten, geht beim einem
eine Menge weiter, beim anderen fast nichts.
Kollektivverträge machen solche Unterschiede nicht. Lydia
wusste, dass sie mit Rosi eine zweite Angestellte sparte.
Die Kellnerin schnitt zwei noch warme Brotscheiben ab,
strich Butter drauf und belegte sie mit Schinken und harten
Eiern und Essiggurken, streute frischen Kren darüber. Sie
kochte eine Kanne Kaffee und stellte sie auf ein Tablett, dazu
eine Tasse und ein großes Glas Milch.
„Mag er keine Marmelade?" fragte Lydia.
„Ihm schmeckt unser Brot und der Schinken. Er sagt, wo er
jetzt herkommt, gibt es nur Weißbrot und das Geselchte ist
leichenblass, wenn sie nicht genug Farbe reinspritzen."
Sie nahm das Tablett und trug es ins Obergeschoß. Als sie
zurückkam, richtete sie sich selbst ein Brot.
„Gibt es was Neues?" Die Standardfrage in jenen Tagen. Kein
Gespräch, in dem sie nicht gestellt wurde. Die Wirtin
schüttelte den Kopf.
„Sie suchen weiter."
Sie schnitt Kraut nudelig. Eine große Schüssel war fast voll.
Es gingen viele Essen raus, wegen der Beamten und der
Neugierigen. Ihr Krautsalat hatte sich rasch herumgesprochen.
Sie sah Rosi von der Seite an.

„Ich hab Matte gesagt, dass unser Gast dich sympathisch findet. Und du ihn auch."

Rosis Augen funkelten.

„Was hat er gesagt?"

„Er hat's hinuntergeschluckt. Seinem Gesicht nach war's die reine Galle."

Die Frauen lachten. Was Matte anbelangte waren sie ein Herz und eine Seele. Der Alte, der dachte, dass er alles wusste, was in den Leuten vorging, täuschte sich in einem Punkt gewaltig: Lydia hatte die Geschichte, der sie den 'Schafswirt' verdankte, keineswegs vergessen. Freilich hatte sie mit Matte gekungelt und vielleicht ein bisschen mehr. Das ging nicht anders, wenn man in dieser Gegend was erreichen wollte. Sie war ehrgeizig. Sie gab sich nicht mit der schwachen Position zufrieden, die ihr der Vater hinterlassen hatte. Jetzt war sie, wie manche sagten, der zweite Mann im Dorf. Aber die alte Wut und der alte Hass waren nicht verschwunden, nur gut in einem Winkel ihres Kopfs verstaut, bis sich die rechte Gelegenheit ergeben würde.

Sie konnten den Alten beide nicht ausstehen. Lydia schätzte Rosi auch deshalb, weil sie sich nicht gleich für ihn niedergelegt hatte, wie all die anderen Kellnerinnen und Dienstboten vor ihr. Sie schätzte Rosi, weil es der nichts ausmachte, ihn ihre Abneigung fühlen zu lassen. *Lass sie es fühlen.* Das hatte Matte selbst ihr in einer vertraulichen Stunde eingeschärft. Rosi brauchte er es nicht erst einschärfen, die hatte es im Blut.

Von draußen tönten Schritte und Männerstimmen.

„Sperr gleich auf", sagte Lydia. „Die kommen aus dem Wald und haben Hunger."

Rosi schob den Rest ihres Brots in den Mund und verschwand durch die Tür zur Gaststube. Bald darauf dampften Kaffeekannen auf den Tischen. Müde Männer schwiegen oder besprachen sich leise, während sie auf ihr Essen warteten. Nichts Neues von Sonja.

14

Er wand sich im Bett wie ein aufgespießter Engerling. Das Leintuch war von der Matratze gerissen, die Decke auf den Boden gerutscht. Den Polster hielt er umklammert wie ein Ertrinkender ein viel zu kleines Stück Holz. Sein Gesicht war weiß und nass. Er stöhnte und röchelte abwechselnd.

In Wirklichkeit saß er auf einem Stahlschrank und betrachtete seinen nackten Körper, der auf einer Platte aus schimmerndem Edelstahl lag. Eine Gestalt im grauen Gummikittel mit durchsichtigen Handschuhen beugte sich über ihn. Er sah das Skalpell und fühlte, wie die scharfe Spitze sich in seinen Bauch senkte. Furchtbar gerne wäre er aufgesprungen und davongelaufen, aber er saß ja auf dem Schrank und sein Körper, der dort unten lag, konnte sich nicht rühren. Ein flüssiger Schnitt trennte seine Bauchdecke in zwei Hälften. Zwei anschließende Schnitte formten ein Y. Er empfand ein unangenehmes Ziehen, als die Lappen aus Fleisch und Fett gelöst und zur Seite geklappt wurden. Es floss kaum Blut. Nicht mehr jedenfalls als wenn man eine Rindsschulter in Würfel schneidet, für ein Gulasch, beispielsweise. Wenn man einen ausgewachsenen Kater hat, geht nichts über ein scharfes Gulasch mit einer frischen Semmel und einem kalten Bier. Überhaupt nichts. Sofern man nicht so zittrig ist, dass einem das Fleisch vom Löffel springt. Dann bekommt man auch das Glas nicht an den Mund. Nicht mit einer Hand.

Die Gestalt im Gummikittel deutete auf die klaffende Wunde, grinste und winkte ihm zu. Er sah die geöffnete Bauchhöhle und war sicher, dass er auf den Anblick verzichten konnte. Die Hände wühlten in seinen Eingeweiden, legten Organe frei und hoben sie heraus. Dann lagen sie da im kalten Licht der Halogenstrahler. Das große, dunkle war wohl die Leber, das gekrümmte Pärchen mussten die Nieren sein. Man kann mit Nieren machen, was man will. Den Uringestank bekommt man nie ganz weg. Nicht für seine Nase, jedenfalls. Sie legen sie in Wasser, in Milch, weiß der Teufel in was alles. Ein

Restgeruch bleibt über. Genug Rest, dass sich einem der
Magen umdreht. Apropos Magen. Der lag wohl auch in der
Reihe. Aber da war er nicht sicher. Vielleicht die Milz?
Plötzlich stieg der Nierengeruch hoch und ihm wurde übel. Er
bekam Übergewicht und stürzte vom Schrank.
Sein Kopf schlug hart auf den Fußboden. Er blieb zum Bett
gewandt liegen und fragte sich, wo er war. Nach einer Weile
wusste er es. Er stand auf, zog das Leintuch zurecht, hob die
Decke auf und legte sich wieder ins Bett. Dann nahm er doch
zwei Tabletten. Sie halfen nicht, aber er fühlte sich wehrlos.
Er *musste* etwas nehmen. Nach dem Erlebnis des vergangenen
Tages waren ihm die Schrecken seiner Träume beinahe lieber
als der Wachzustand. *Was war passiert im Wald?*
Er erinnerte sich seiner Absicht, einen Spaziergang zu
machen. Er hatte sich nach vorn geneigt, um die Schuhe
zuzubinden, das sah er noch deutlich vor sich. Zu einer
Masche musste er dreimal ansetzen, weil seine Hände so
unruhig waren. Dann riss der Faden. Ein schwarzes Loch.
Nichts. Als sein Gedächtnis wieder einsetzte, saß er an einen
Stamm gelehnt, gar nicht weit vom Dorf, und fror entsetzlich.
Mit dem schwindenden Tageslicht kehrte er nach Hause
zurück, wo er gleich ein heißes Bad nahm. Seine Zunge fühlte
sich dick an und pochte dumpf. Seine Stirn war heiß und
Schlucken verursachte Schmerz. Bestimmt hatte er sich
verkühlt. Weshalb klaffte in seiner Erinnerung eine Lücke von
mehreren Stunden? Er konnte nicht von Haus zu Haus gehen
und fragen, ob ihn vielleicht jemand gesehen habe. War er
einfach herumgeirrt oder hatte er irgendetwas *getan?* Weder
an seinen Händen noch an seinen Kleidern fanden sich Spuren
außer den schmutzigen Flecken, die vom feuchten Waldboden
stammten. Irgendetwas sollte er unternehmen, ganz dringend.
Doch wie kann man in diesem Zustand etwas unternehmen?
Und dann übernahm 'es' wieder das Kommando und
durchbohrte seine Stirn und die Hinterseite seiner Augen mit
spitzen, glühenden Stiften, bis er vor Schmerz gelähmt ruhig

auf dem Rücken lag und sich im Schmerz auflöste wie ein Metallstück in kochendem Stahl.

Als er am nächsten Morgen die Aufregung im Dorf mitbekam und von Sonja Lassnigs Verschwinden erfuhr, hatte er alles vergessen. Nur den Traum, in dem er seiner eigenen Obduktion zusah, hatte er noch deutlich vor Augen.

Es war Samstag, arbeitsfrei. Obwohl er sich nicht gut fühlte, schloss er sich einem der Suchtrupps an. In einer solchen Situation müssen alle zusammenhalten, da darf keiner abseits stehen.

15

Eine Woche war vergangen. Rüdiger lag auf seinem Bett und fühlte sich elend. Bis jetzt war nichts herausgekommen. Er fühlte sich dennoch elend. Ihm wäre es lieber gewesen, wenn sie es von Beginn an offen gezeigt hätten. Sie waren schließlich alt genug. Nun traten zur Heimlichkeit das Verbotene und ein noch schlimmerer Verdacht. Er sah ihr Gesicht vor sich, ihre Hände, ihr Haar. Tränen traten in seine Augen, denn er merkte, dass er in Wendungen der Vergangenheit dachte. *Sie* hatte die Heimlichkeit gewollt. Sie sagte, ihre Eltern wären niemals einverstanden. Er ahnte, dass es eine Ausrede war. Aber aus Sonja die Wahrheit herausbekommen, wenn sie eine Ausrede gebrauchte, war unmöglich. So trafen sie sich im Wald und liebten sich an verborgenen Plätzen. Danach sprang sie auf und trainierte weiter. Der Sport durfte unter der Liebe nicht leiden. Ein wenig erging es Rüdiger wie jenen Ehefrauen, die ihrem Mann intime fünf Minuten zwischen Nachrichten und Kegelabend wert sind. Sonja liebte ihn, aber es durfte nicht zu viel Zeit kosten. Das war im Sommer und Herbst. Im Winter war es zu kalt. Ein halbes Dutzend Mal trafen sie sich in der Scheune. Dort war es auch kalt, aber wenn man sich tief genug ins Heu grub, ging es. Danach juckte der ganze Körper und man musste sich minutenlang die Haare bürsten. Eigentlich vor allem komisch. Komisch und ein bisschen lächerlich. Aber auch schön.

Nun litt er mehrfache Qualen. Er litt unter dem Verlust und er litt darunter, dass er sich niemandem anvertrauen durfte. Er litt auch unter der Angst vor Entdeckung. Es brauchte nicht viel Phantasie, um den heimlichen Liebhaber zu verdächtigen. Wessen verdächtigen? Was war geschehen?

Und er *war* im Wald gewesen. Er *hatte* etwas gesehen. Es verwirrte ihn so sehr, dass er langsam an seinem Verstand zu zweifeln begann.

Bis er Sonja lieben lernte, war ihm das Dorf furchtbar erschienen. Er war dreizehn gewesen, als sie die Stadt verließen und ins eigene Haus zogen. Für die Eltern erfüllte sich damit ein Traum, dem er nichts abgewinnen konnte. Hausbauen bedeutete viel Arbeit und wenig Geld. Sie sparten an allem. Beim Essen, beim Anziehen, beim Urlaub. Während des Bauens hieß Urlaub ohnehin Baustelle. Eimer schleppen, Werkzeug zureichen, Bretter halten, Streichen, Spachteln, Kotzen vom fetten Fleisch im Eintopf. Wenn jeder Groschen fünfmal umgedreht wird, landet vieles auf dem Teller, was sonst im Abfall landet. Dann die Übersiedlung. Bis zuletzt hoffte er, dass irgendwas mit dem Haus passieren würde. Es könnte abbrennen oder einstürzen, ein Flugzeug könnte darauf fallen oder der Hang wegrutschen. Leider lassen sich Katastrophen so wenig herbei beten wie sie sich weg beten lassen. Sie zogen ein, die Eltern weinten vor Freude und er weinte vor Kummer. Seine Freunde blieben in der Stadt zurück, seine Schulkameraden und alles was ihn interessierte. Die Menschen auf dem Land waren anders. Er wusste nicht, was an ihnen anders war und wieso, aber er spürte es. Seine neuen Freunde waren denn auch nicht Einheimische, sondern Schicksalsgenossen. Zum Glück hatten nicht nur seine Eltern die fixe Idee vom eigenen Häuschen verfolgt. Innerhalb von fünf Jahren entstand eine ganze Siedlung freudestrahlender Eigentümer, deren Nachwuchs ausnahmslos lieber heute als morgen in die Stadt zurückgegangen wäre. Das verband. Dann hatte er Sonja näher kennen gelernt und alle Höhen und Tiefen der Liebe. Und jetzt fühlte er sich wieder wie am ersten Tag im Dorf. Er musste mit jemandem reden. Wenn er nicht bald mit jemandem redete, würde er durchdrehen. Seine Eltern kamen nicht in Frage. Seit ihrem Hausfimmel hatte er sie als Gesprächspartner abgeschrieben. Sie erinnerten ihn immer mehr an die Ehepaare in amerikanischen Filmen, die nur von Grillpartys und Autos reden und vom eigenen Swimmingpool träumen. Der Pool würde ein Traum bleiben. Für so viel Grund hatte es nicht gereicht. Immerhin reichte es für einen gemauerten Grill, neuerdings überdacht, und für eine furchtbare Sitzgarnitur aus dicken Bohlen, die sie rustikal nannten. Er bekam Beklemmungen, wenn er an Würstchen, Koteletts und Cevapcici dachte, die mit dickem Mayonnaisesalat von Holz- oder Papptellern gegessen wurden. Manchmal heiß, manchmal kalt, manchmal verbrannt. Manchmal halb roh, manchmal so hart, dass sie sich kaum beißen ließen, manchmal millimeterdick mit Grillgewürz überzogen. Aber immer *so* gut und *so* praktisch und *so* nett. Kein Sommertag, an dem es in der Siedlung nicht nach Terpentin stank, mit dem sie die Holzkohle anzündeten. Jetzt stand wieder ein Sommer vor der Tür und Sonja war verschwunden und er war allein und nahe daran, den Verstand zu verlieren über dem, was er gesehen hatte. Mit wem reden? Mit wem?

16

Die Küche war der wichtigste Raum im Haus. Hier wurde
gesessen, gegessen, gestritten, die Kinder machten ihre
Aufgaben, es wurde gebügelt, ferngesehen, getrunken und
manchmal auch ein Rausch ausgeschlafen. Außerdem wurde
fast ununterbrochen gekocht. Ein großer Hof hat viele Mäuler
zu stopfen, wenn auch längst nicht mehr so viele wie früher.
Der Herd und der Tisch, an dem vierzehn Leute Platz fanden,
waren daher die wichtigsten Einrichtungsstücke. Der Herd
war einen Meter breit und drei Meter lang. Er wurde mit Holz
beheizt. Ein großes, kupfernes Wasserschiff lieferte kochend
heißes Wasser. Er hatte Fächer zum Erwärmen der Teller,
zum Trocknen von Nüssen, Pilzen oder Früchten, zum
Warmhalten der Speisen und - natürlich - ein Backrohr.
Der Alte saß an der Schmalseite des Tisches, Rücken zur
Wand. Von diesem Platz aus hatte er die ganze Küche im
Visier. Sie waren zu zweit. Die ältere Schwiegertochter stand
am Herd, ihr Hinterteil füllte den Kittel wie eine fette Wurst
die Wursthaut. Manchmal gab er ihr einen Klaps darauf. Nur
weil er so prall war, ohne anderen Grund. Vermutlich hätte er
ihr zwischen die Beine greifen können wie einer Kuh und sie
hätte weiter im Topf gerührt. Vielleicht wären ihre Füße ein
bisschen auseinandergewandert, weil das bequemer war, aber
umdrehen würde sie sich nicht. 'Bei der Kuh macht's mehr
Spaß als bei dir', dachte er böse. Was waren seine Söhne für
Armleuchter!
‚Das alte Ferkel starrt wieder‘, dachte sie. ‚Einen engeren
Rock kann ich nicht mehr anziehen, sonst platzt er.‘ Sie
bewegte träge die Hüften. ‚Der denkt nur an eins. Trau dich
doch, alter Bock. Komm her und besorg's mir, ich hab nichts
dagegen. Wer von euch mir sein Ding reinsteckt, ist mir so
wurscht wie nur was. Aber wenn du es machen tätest, dann
hätt' ich dich in der Hand. Dann wär's vorbei mit dem Großen-
Chef-Spielen, dann lasst du uns nicht mehr tanzen wie die
Schnürlpuppen.‘

„Wo ist die Mutter?", fragte er.

„Die liegt", sagte sie in ihrer breiten Mundart. „Die Füß'."

„Schick's runter", ahmte er höhnisch ihren Tonfall nach.

„Soweit wird's noch gehn können. Mit die Füß'."

„Es tut ihr weh", sagte sie und rührte weiter.

Das Gesicht des alten Matte wurde finster.

„Schau her!", schnauzte er.

Sie drehte sich um, groß und schwer und schwitzend von der Hitze des Herds. Ihr Mund mit den nachgiebigen, viel zu weichen Lippen, war verkniffen vor Widerstand und Angst.

„Wenn's dir nicht passt", flüsterte er, „dann verschwind'! Samt deinem Mann und den Gschrappen. Heut noch!"

„Der Michael ist dein Sohn", sagte sie. Ihre Stimme war hoch und dünn geworden. Hass und Angst. Angst, immer wieder Angst. Vom Hof geschmissen werden. Kein Recht haben. Keines, das sie durchsetzen könnten, weil sie dem Alten nicht gewachsen waren.

Er sagte nichts, beobachtete den Zusammenbruch ihrer schwachen Gegenwehr ohne Vergnügen. Sie senkte den Blick, sagte, „Entschuldige, Vater. Ich hol sie schon."

Er wartete, bis er die schweren Schritte der Schwiegertochter und die mühsamen seiner Frau auf der Stiege hörte, dann stand er auf und ging durch die andere Tür hinaus. Er warf sie laut zu, damit sie es hörten. *Lass sie es fühlen.*

Der alte Matte hatte zwei Söhne, die mit ihren Familien auf dem Hof wohnten. Dazu noch drei Töchter, die auswärts verheiratet waren. Beide Söhne hatten ihn enttäuscht. 'Bauerntölpel', dachte er abfällig, was seltsam war, da er doch selbst *der* Bauer war. Aber es gibt immer solche und solche. Sie hatten überhaupt kein Talent für das 'Spiel', fürs Fädenziehen, fürs Fühlenlassen. Ihre einzige Sorge war, wann er den Hof übergeben würde. Wem. Wartet nur, dachte er.

Zwei seiner Enkel, der eine vierzehn, der andere acht, standen an der Schmalseite des Stalls und schlachteten Masthähnchen. Der jüngere brachte sie einzeln ins Freie, der ältere schlug ihnen den Kopf ab. Nachdem ein Dutzend Vögel ihr Leben gelassen hatten, war der Kleine von der Arbeit befreit. Er sammelte die Köpfe mit den blutenden Halsstümpfen auf und verzog sich hinter den Stall. Keine Minute später drang von dort in regelmäßigen Abständen ein Geräusch wie trockenes Klopfen gegen Holz, fünf-, sechsmal, dann eine Pause, ehe die nächste Serie einsetzte und so fort. Der Alte wurde neugierig und schlug einen kurzen Bogen, um in die Deckung eines weiteren Gebäudes zu gelangen, von dem aus er den Enkel beobachten konnte. Das Bürschchen hatte sich eine improvisierte Schießstatt gebaut. Eine alte Tür gegen die Wand gelehnt, an der auf drei nach oben gebogenen Nägeln je ein Hühnerkopf gespießt war. In einer Entfernung von wenigstens zehn Schritten hatte er eine Linie in die Erde gezogen. Von dort schleuderte er kleine Wurfpfeile gegen die toten Ziele. Er warf konzentriert und gut. Bedächtig, gleichmäßig, ruhig. Jeder Wurf ein neuer Wurf, sonst zieht ein Fehler eine Reihe von Fehlern nach sich. Nach jeder Serie ging er zur Tür, begutachtete seine Treffer und zog die Pfeile heraus. Zwischen Daumen- und Zeigefinger wischte er den blutigen Brei von den kurzen Spitzen und roch daran. Von Zeit zu Zeit huschte ein Lächeln über sein von Natur mürrisches, kleines Gesicht. Dann zog er den verbrauchten Kopf vom Nagel und ersetzte ihn durch einen frischen. Der alte Matte brauchte eine Weile, bis er die Bedingungen des Spiels begriff. Beide Augen mussten getroffen sein.

17

Zum Mittagessen versammelten sich zwölf Personen in der Küche. Der Alte und seine Frau, beide Söhne, die Schwiegertöchter, vier Enkel, Magd und Knecht. In den Jahren seiner Kindheit hatte der Hof mehr als doppelt so viele Esser ernährt, die Arbeit war schwerer gewesen und die Sitten rauer. Ein großer, harter Bauer übte damals noch echte Herrschaft über sein Gesinde. Wenn nicht nach dem Gesetz, so doch nach dem Brauch. Und wer von den einfachen Menschen, die kaum lesen und schreiben konnten, hätte es gewagt, sich höheren Orts zu beschweren? Es war vorgekommen, natürlich. Es gibt immer Mutige, die auf ihrem Recht beharren - oder auf dem, was sie dafür halten. Das heißt noch lange nicht, dass sie es auch bekommen. Und wenn sie es bekommen, heißt das nicht, dass es ihnen was nützt. Aber vor allem: Wie viele Feiglinge kommen auf einen Mutigen? Zehn, zwanzig, hundert? Genug, dachte der alte Matte zufrieden. Damals wie heute. Wenn du die Feiglinge in der Hand hast, brauchst du die Mutigen nicht fürchten. Er betrachtete seine Familie und fühlte Verachtung in sich hochsteigen wie scharfes Sodbrennen. Er trank seinen Krug leer und spürte, wie sie bei jeder Bewegung, die er machte, innerlich zusammenzuckten. Sie merkten es gar nicht, waren wie geprügelte Hunde. Nur der Kleine mit den Hühnerköpfen schien anders. Er starrte ins Leere, auf seiner Stirn standen drei senkrechte Falten. Matte sah ihn scharf an, worauf die Schwiegertochter dem Kind einen Stoß versetzte, damit es aufschaute.

„Was hast du hinterm Stall gemacht?", fragte der Alte.

„Pfeile geworfen", antwortete der Enkel missmutig.

„Worauf denn?"

„Auf die Tür."

„Das stimmt", sagte seine Mutter nervös. „Ich hab ihm erlaubt, dass er die alte Tür..."

„Halt's Maul", sagte Matte. Umso demütigender, als er es nicht einmal beleidigend meinte. Es war so unpersönlich wie das Ausschalten des Radios. Niemand setzte sich zur Wehr.

„Übst du für bewegliche Ziele?"

Jetzt glitzerten die Augen des Jungen.

Vielleicht ist wenigstens der von meinem Schlag, dachte der Alte. Etwas an dem Glitzern erinnerte ihn an die eigene Jugend.

„Aber nicht auf meinem Hof", grummelte er noch.

Der Enkel hatte verstanden und nickte.

„Schenk nach!", fuhr Matte seine Frau an, die wortlos gehorchte.

Mattes älterer Sohn dachte: ‚Die Mutter hat Schmerzen, aber sie darf nicht im Bett bleiben.'

Mattes jüngerer Sohn dachte: ‚Wenn die Traudl den Mund aufmacht, ärgert sie ihn. Kann sie nie die Goschen halten?'

Traudl dachte gar nichts.

Mattes zweite Schwiegertochter wünschte sich: ‚Wenn die alte Sau nur bald krepieren tät!'

18

Grete Strutz betreute seit achtzehn Jahren den Pfarrhaushalt. Sie stand zwei Jahre vor der Pensionierung. Ehe Hochwürden Weilrich sie eingestellt hatte, hatte sie sich als Magd, als Köchin, als Mädchen für alles durchgeschlagen. Sie entging auch nicht dem Schicksal des ledigen Kindes. Nur wenige entgehen diesem Schicksal, die schon beim Start so schlechte Chancen haben. Wer heiratete denn eine, die rein gar nichts hat? Die ihren gesamten Besitz in einem Koffer von einer Stelle zur nächsten trägt? Das einzig Erstrebenswerte, das sie besaß, konnte man auch so bekommen. Ein paar Versprechen sind schnell gemacht und schnell gebrochen. Sie sind ja selbst schuld, die jungen Gänse, wenn sie immer wieder darauf hereinfallen. Es sticht sie halt der Hafer. Sie haben ja nicht viel Vergnügen. Heute ist es anders, aber so sehr anders auch nicht. Früher war es die Scheune oder der Stall oder eine Sommerwiese, heute ist es das Auto auf dem Feldweg oder einem dunklen Parkplatz. Heute könnten sie die Folgen leichter verhindern, aber es passiert fast genauso oft. Dumme Gänse, die der Hafer sticht. Arme Dinger, die ihre Sehnsucht nicht im Griff haben und damit auf die Nase fallen. Hochwürden hatte sich ihrer angenommen und ihr eine feste Stellung verschafft. Der Lebenskampf hatte sie damals schon ein wenig sonderlich gemacht, ihre Tochter machte sie im Alter von siebzehn zur Großmutter, aber einen Schwiegersohn brachte auch sie nicht bei. Sie haben Pfeffer im Hintern, die jungen Gänse, und das in dieser Gegend, wo keiner das Hosentürl verriegelt. So sind sie eben. Und das Enkerl war wieder ein Mädchen und auch schon im Alter, Gott möge sie behüten. Ihre Mutter gibt ihr die Pille, bis jetzt hat es geklappt, aber manche kriegen Kinder, wenn einer sie nur verliebt anschaut. Zahlen müssen sie ja wohl, die Burschen, wenn die Vaterschaft bewiesen ist. Aber oft haben sie selber nichts außer Schulden. Denn das Auto für den Feldweg und den dunklen Parkplatz, das muss man sich erst kaufen. Grete

kannte sich aus mit Geld, sie hatte ihr Leben lang gespart. Sie
ging mit ihren Büchln von einer Sparkasse zur nächsten, von
einer Zweigstelle zur anderen und feilschte um jeden
Zehntelpunkt. Sie las alles, was in der Zeitung übers Sparen
stand. Im Radio gab's auch immer wieder Finanztipps.
Finanzen. Das ist so ein klingendes Wort. Wenn der Reporter
Finanzen sagte, klang das so ähnlich wie die Glocke an den
ganz hohen Tagen. Wenn sie im Radio hörte, wie viel ein
geschickter Verhandler bei einer bestimmten Summe
herausschlagen konnte und sie bekam weniger, war sie eine
Stunde später unterwegs. Mit dem Bus fuhr sie in die Stadt
und beschwerte sich bei ihrer Bank und wenn das nichts
fruchtete, klapperte sie alle Institute ab. Die erfahrenen
Angestellten machten sich schnell unsichtbar, aber sie achtete
nicht darauf und wartete hartnäckig, bis einer sie nicht länger
übersehen konnte und in den sauren Apfel biss. Jeden
Groschen hatte sie sich vom Mund abgespart, da war es ihr
gutes Recht, die besten Konditionen zu verlangen.
Bindungsfristen waren ihr geläufig, Prämiensparen und
Kapitalsparen, auf Aktien ließ sie sich nicht ein, viel zu
riskant, Pfandbriefe und Anleihen brachten gutes Geld, aber
allzu lange mochte sie ihr Kapital nicht aus der Hand geben.
Ein kleines Grundstück besaß sie schon, im Sommer war der
Rohbau dran. In zwei Jahren würde sie ein Zuhause brauchen.
Hochwürden Weilrich bekäme eine neue Haushälterin und da
musste sie gehen, das war klar.
Wenn Hochwürden dann noch im Amt war ...
Grete wusste, woran er litt, sie kannte sogar den Vornamen
seines Leidens. Hochwürden wusste nicht, dass sie es wusste,
obwohl er es sich hätte denken können, denn in achtzehn
Jahren konnte ihm nicht verborgen bleiben, dass Grete alles
wusste. Manche nannten sie ein Tratschweib, na und? Wenn
die Leute nicht so gern redeten, gäbe es keine Tratschweiber.
Über alles reden sie, ausnahmslos, der eine mehr, der andere
weniger. Und sie hörte halt zu und wenn jemand sie fragte,
verschwieg sie sich nicht. Eigentlich war es gar nicht nötig,

sie zu fragen, damit sie sich nicht verschwieg. Hochwürden hatte zwei Herzen, glaubte sie, ein großes und ein kleines. Das kleine hatte die Kirche ihm eingepflanzt, das große war sein eigenes. Bei anderen Pfarrern war es umgekehrt, die waren keine besonders guten Menschen. Hochwürden war ein guter Mensch. Sein kleines Herz schimpfte, wenn Grete ihm das von dem und dies von der erzählte, sein großes Herz gebot ihm zuzuhören, weil ihr Tratsch nicht hinterfotzig war und er sah, dass sie zwei Herzen hatte, ein kleines und ein großes. Das große hat Gott ihr eingepflanzt, glaubte Hochwürden. Wenn die Menschen mehr auf ihre großen Herzen hörten, dann müssten sie sich weniger verstellen. Sie bräuchten nicht halb so viel lügen und von den anderen schlecht denken. Es wäre schön, wenn man die kleinen Herzen entfernen könnte. Aber sie gehören wohl dazu.

Nun hatte die Rosi eine Liebschaft mit dem frühen Touristen und plötzlich interessierte sie sich für den alten Matte, der ihr nachstellte, seit sie als Kellnerin angefangen hatte. Dieser frühe Tourist war überhaupt ein komischer Mensch. Er hatte einen griechischen Namen, sagte Rosi, aber eine deutsche Autonummer. Die Polizei befragte ihn, nachdem die kleine Lassnig verschwunden war, aber eigentlich nur, weil er ein Ausländer war und allein stehend. Da hatte bestimmt auch der alte Matte nachgeholfen. Den wurmte es gewaltig, dass Rosi nicht mehr in der eigenen Kammer schlief, seit der Fremde im Schafswirt ein Zimmer bewohnte.

Was der alte Matte denn früher getan habe, wollte Rosi wissen. Viel früher, vor dem Krieg und im Krieg, als sein Vater noch lebte. Die Haushälterin war ja auch schon über die Sechzig, die kannte noch Geschichten, die hatten alle anderen schon vergessen. Bei Kriegsende war sie gerade vierzehn gewesen. Matte war damals rasch aufgetaucht, viel schneller als die anderen, von denen manche erst Jahre später zurückkamen. Es gab eine Menge zu erzählen über ihn, aber was er vor und im Krieg gemacht hatte, davon wusste sie nichts.

Eigenartig, dass sich die Rosi dafür interessierte. Vielleicht interessierte gar nicht sie sich dafür, sondern ihr Freund, der frühe Tourist. Das sagte sie auch Hochwürden, als sie das Mittagessen auftrug. Grete Strutz witterte eine romantische Geschichte. Das Kind einer Kriegsliebe zum Beispiel, das viele Jahre später den Vater sucht. So was ist immer wieder vorgekommen. Oder eine erste Frau, von der er nie geschieden wurde. Das gefiel ihr noch besser. Sie gehörte zu denen, die dem alten Matte Schwierigkeiten so recht von Herzen vergönnten.

Hochwürden hatte nur gemeint, sie solle weniger Romane lesen. Die Hälfte vom Essen ließ er stehen. Das war auch nicht in Ordnung. Das sagte er sonst selber, aber was sollte sie machen? So packte sie die Reste eben zum übrigen Abfall. Den kleinen Eimer brachte sie jeden Abend zu Stanislaus. Der freute sich über die Leckerbissen aus der Küche des Pfarrers. Er quiekte vor Freude, wenn er Grete Strutz kommen sah. Die anderen Schweine grunzten neidisch, aber das half ihnen nichts. Stanislaus war Gast in ihrem Stall. Gast auf Lebenszeit, auf nicht einmal ein Jahr. Danach füllte er Kühltruhe und Fleischhimmel im Pfarrhaus, während der nächste Stanislaus bereits vor Freude quiekte, wenn er die Haushälterin eintreten sah.

19

„Ein Mensch verschwindet nicht wie ein Hemdknopf, den du beim Spazierengehen verlierst. Meinetwegen in Paris oder New York, aber nicht bei uns. Ich habe noch mit ihr geredet. Sie war fröhlich und frisch und ungeheuer *anwesend*, verstehst du? So ein Mädchen löst sich nicht ein paar Stunden später in Luft auf."

„Das möchte man meinen", sagte Terrazzo. „Aber wo zum Teufel ist sie?"

„Es muss eine Spur geben", sagte Riement ratlos. „Was immer passiert sein mag."

„Bis zu 200 Leute haben tagelang den Wald durchkämmt. Schwer vorstellbar, dass denen viel entgangen ist."

„Ich meine nicht unbedingt einen Schuh oder einen Ohrring oder tiefe Fußstapfen. Die Spur könnte etwas ganz Banales, Offensichtliches sein. Etwas, das jeder leicht begreift, wenn er nur den Zusammenhang kennt. Jedes Ereignis hinterlässt Hinweise. Sie müssen gar nicht geheimnisvoll oder gut verborgen sein. Sie müssen nur erkannt werden. Ein Mensch ist eingebettet in seine Umgebung, physisch und psychisch. Wenn er von einem Moment zum anderen herausgerissen wird, bleiben Verwerfungen zurück. Jemand weiß etwas. Wahrscheinlich sind es mehrere, die etwas wissen. Sie könnten Anhaltspunkte liefern."

„Wenn es so ist", sagte Terrazzo skeptisch, „müssen sie zuerst den Mund aufmachen."

Sie saßen in der Wohnung des Arztes, die sich unmittelbar über der Ordination befand. Es war zehn Uhr abends. Zwischen ihnen stand eine Rotweinflasche, deren Spiegel unaufhaltsam sank.

„Ich habe sie kaum gekannt", setzte Terrazzo nach einer längeren Pause fort, „doch klingt es nicht danach, als wäre sie freiwillig verschwunden. Nicht auf diese Art. Nicht mit einem Trainingsanzug im Wald. Es sei denn, sie ist ein tieferes Wasser als wir annehmen. Nicht ausgeschlossen."

„Ganz ausgeschlossen", widersprach sein Freund. „Ein so offener Mensch ..."

Der Arzt verzog sein Gesicht.

„Gerade die offenen Menschen haben manchmal eine große Begabung, nur herzuzeigen, was ihnen passt. Ich kann das bestätigen, ich bin selbst ein offener Mensch."

Sie lachten.

„Nein", sagte Riement. „Nicht Sonja."

„Also nicht freiwillig", lenkte Terrazzo ein. „Unfall scheidet auch aus. Nach einem Unfall hätte man sie gefunden. Was bleibt noch? Entführung? Mord?"

„Das kann nicht sein. Aber ..."

Der Lehrer verstummte. Beide hingen ihren Gedanken nach. Ein wenig boshaft brach Terrazzo das Schweigen.

„Ein Verbrechen. Gut. Nein, schlecht. Wenn ein Verbrechen vorliegt, lebt ein Verbrecher unter uns. Oder kannst du dir vorstellen, dass sich ein wildfremder Mörder ausgerechnet diese Einöde aussucht, um seinem Hobby nachzugehen?"

„Du hast dir auch diese Einöde ausgesucht."

„Ja. Auf mich und unseren Mörder."

Der Arzt trank sein Glas aus und schenkte nach.

„Du hast einen makabren Humor", sagte Riement.

„Ärztehumor. Womöglich hast du Recht. Stell' dir vor, es stimmt, was wir uns ausgedacht haben und der probiert es wieder."

„So viele hübsche Mädchen laufen nicht im Wald herum", bemerkte Terrazzo. „Außerdem ist die Polizei gewarnt."

„Die Polizei?"

Diesmal klang Riements Frage boshaft.

„Na ja, irgendwas denken die sich auch."

„Die führen Sonja als vermisst", vermutete der Lehrer, „und haken die Sache ab. Es reißen ständig Jugendliche aus."

„Vielleicht ... So klug sind wir andererseits auch nicht. Die haben eine Menge Erfahrung. Vielleicht haben sie recht."

„Nicht bei Sonja", beharrte Riement. „Es ist bestimmt was Schlimmes geschehen. Und ich sag' dir was: Wenn ein

Verbrecher unter uns ist, ein Mörder, dann müsstest *du* den Hinweis liefern. Solche Menschen sind doch nie normal. Das müsste dir doch auffallen."

Der Eifer des Freundes riss den Arzt aus seiner spöttischen Laune.

„Du meinst einen Patienten? Anzeichen von Wahnsinn?"

„Ja."

Terrazzo winkte ab.

„Psychische Probleme, natürlich. Aber ein wahnsinniger Mörder ... Ich glaube nicht. So ein Mensch ist vermutlich völlig unauffällig. Außerdem bin ich überzeugt, dass jeder zum Mörder werden kann, wenn die Voraussetzungen stimmen."

Riement schüttelte den Kopf.

„Darum geht es hier nicht. Das ist viel zu unbestimmt. Zu allgemein. Du hast die Ausbildung. Du müsstest einen Geisteskranken doch *riechen*."

„Unsinn", wehrte Terrazzo ab. „Vermutungen, Ahnungen ... Das ist zu wenig."

„Aber du hast sie?"

„Natürlich habe ich sie! Meinst du, du hast ein Monopol für Hirngespinste?"

„Das", beschwerte sich der Lehrer, „war wieder der typische Tiefschlag des Ungläubigen. Welche Vermutungen hast du?"

„Berufsgeheimnis", lächelte der Mediziner.

„Auch bei Mord?"

„Solange er in unserer Phantasie existiert ..."

Bald darauf ging Riement nach Hause, nicht schwankend, aber beschwingt. Terrazzo saß hinter seinem Schreibtisch und grübelte, ob an den Ansichten seines Freundes etwas dran war. Vielleicht gab es wirklich Hinweise. Vielleicht hielt er selbst den Faden in der Hand, ohne es zu wissen. Musste er von nun an in jedem Patienten einen mutmaßlichen Mörder sehen? Er schüttelte den Kopf. Als ob er zu wenig Sorgen hätte! Zum wiederholten Mal entfaltete er das Telegramm, das er am Vortag erhalten hatte. Es war in jenem knappen Stil gehalten, den er noch gut kannte. Die letzten Sätze lauteten:

'Sie wissen, was das bedeutet. Tut mir leid.'

Er wusste, was das bedeutete. Nur war es noch nicht vollständig in sein Bewusstsein gedrungen. Aber jetzt war es so weit. Jetzt breitete sich die Erkenntnis in ihm aus wie eine Epidemie in einem Elendsgebiet. Geradeso fühlte er sich. Er stützte das Gesicht in die Hände und blieb lange Zeit sitzen.

20

Hannes hatte einen Tag frei genommen, ohne recht zu wissen, weshalb. In letzter Zeit neigte er zu spontanen Entscheidungen, die im Nachhinein schwer zu begründen waren. Aber das machte nichts, er musste sie ja nicht begründen. Manchmal doch. Manchmal verlangte 'es' etwas und er willigte ein und fragte sich später, was 'es' damit bewirken wollte. Ehemals hätte er sich bestimmt auch gefragt, wie er dazukam, diese Wünsche widerspruchslos zu erfüllen. Doch mittlerweile fügte er sich. 'Es' mochte keine Fragen und 'es' gab auch keine Antworten. 'Es' forderte und er parierte. Irgendwie hatte 'es' auch mit den Träumen zu tun. Seltsam. Von Zeit zu Zeit stellte er doch Fragen, wenn 'es' gerade nicht da war, um ihn zu bestrafen. Und obwohl er ganz bestimmt keinem Menschen verriet, dass er diese Fragen gestellt hatte, war 'es' immer bestens informiert. Dann bestrafte es ihn doch. Sowie 'es' auftauchte, nahm es ihn in die Mangel und alles Abstreiten war sinnlos. 'Es' musste Zuträger haben, Leute, die ihm schaden wollten. Wenn er einen von denen erwischte, würde er ...

Da waren wieder diese Schmerzen. Ganz klar, 'es' schützte seine Informanten. 'Es' ließ nicht zu, dass er sie ausforschte und zur Rede stellte. Deshalb die Schmerzen. Er brauchte ein neues Rezept. Vielleicht hatte er deshalb frei genommen. Ja, er hatte frei genommen, weil er wegen des neuen Rezepts zum Arzt musste. Wenn der Doktor nicht da war, gab's ihm Maria. Der Doktor erlaubte ihr das, sagte sie, wenn er das Medikament schon einmal verschrieben hatte und die Dosis gering war. Trotzdem tat sie es nur bei Leuten, denen sie ganz vertrauen konnte. Es war ja nicht nach Vorschrift. Sie wollte nicht, dass der Doktor Schwierigkeiten bekam.

Der Doktor war doch da. Um die Zeit war er immer da, das hätte er wissen sollen. Die Ordination war voll, doch er traf Terrazzo im Vorraum und plauderte ein bisschen mit ihm. „Ist sonst alles in Ordnung?", fragte der Arzt zum Abschied.

Er wollte nein sagen, aber 'es' sagte ja. Er wollte dem Doktor erzählen, wie es ihm wirklich ging, aber 'es' sagte, „Danke, mir geht es gut."

Zögerte der Arzt für einen Moment? Nein, das bildete er sich nur ein. Terrazzo sah selbst müde aus.

Er bekam das Rezept und stand wieder auf der Straße. Der Tag war erst ein paar Stunden alt. Sollte er in die Stadt fahren, in die Apotheke? Der Apotheker kannte ihn. Er verkaufte ihm immer die große Packung statt der kleinen. Er verstand, dass man nicht dauernd zum Arzt laufen wollte. Nein, in die Apotheke konnte er morgen auch noch.

Er nahm eine Zeitung aus dem Verkaufsständer. Es war kühl und unfreundlich. Sonst konnte man um diese Jahreszeit beim Schafswirt im Garten sitzen. Heuer standen noch nicht einmal die Tische draußen. Er ging in die Gaststube. Kaum Betrieb um die Zeit. Er wollte ein Bier bestellen und in Ruhe die Zeitung lesen, aber 'es' bestellte ein Viertel Rotwein. Dabei vertrug er Rotwein nicht. Bier bekam ihm gut, aber Rotwein machte ihn kribbelig. 'Es' musste das wissen. Wenn 'es' trotzdem Rotwein bestellte statt Bier, hieß das, dass 'es' immer weniger Rücksicht auf ihn nahm. Wie kam er eigentlich dazu? Warum ließ er sich das gefallen? Sofort wieder Schmerzen. Keine Fragen! Trink den Wein und rasch ein zweites Viertel bestellt. Die Buchstaben in dem Artikel, den er las, hielten nicht still. Sie rutschten auf und nieder, hin und her, da konnte kein Satz bestehen. Er ärgerte sich, dass er gutes Geld für diese Zeitung ausgegeben hatte. Was dachten die sich dabei, so was zu verkaufen? Der Ärger rutschte in seine Magengrube und weiter in die Eingeweide und setzte sich dort fest, verhakte sich mit seinen üblen Krallen wie eine tausendköpfige Zecke, die sich langsam unter die Haut gräbt. 'Es' bestellte das dritte Viertel. Er schluckte damit die Tabletten, die er noch hatte.

Die Haushälterin des Pfarrers trat ein. Ihr Tratschklub wartete schon. Heute waren es drei Frauen, die zu wenig zu tun hatten. Jeden Vormittag trafen sie sich, um die wichtigsten

Neuigkeiten auszutauschen. Dass er sich frei genommen hatte und am Vormittag Wein trank, zählte bestimmt schon dazu. Ein schrecklicher Verdacht dämmerte ihm. Diese Weiber, besonders die Pfarrersköchin, die Strutz, die wussten doch über alles und jedes Bescheid, was sich im Dorf ereignete. Bestimmt wussten sie auch, wenn er die verbotenen Fragen stellte. Dann war also sie die Informantin, die ihn verriet, damit er bestraft wurde. Oder doch eine der anderen? Nein, es war schon die Strutz. Er betrachtete ihren Hinterkopf mit den blonden Locken, die körperlos über den Kragen ihrer Weste hingen. Sie war schuld, die alte, dürre Ziege, deren Mund keine Minute stillstand. Die spitzen Klauen gruben seine Eingeweide um und um. Es fehlte nicht viel und er wäre aufgesprungen und hätte ihre schnatternde Gurgel mit den Fäusten gepackt und abgedreht. Da trat der Tourist ein. Hannes Wut verebbte. Nach mehr als einer Woche kannte jeder den Gast vom Schafswirt. Ging stundenlang allein spazieren, über die Felder und weit in die Hügel und Berge. Ende März. Seltsamer Mann, seltsamer Urlaub. Die Klatschweiber standen unter Strom, wenn sie ihn sahen.

21

Es traf Padoponos wie ein giftiger Stachel im Genick. Da war
es. Ganz stark, unerträglich stark. Die Vision des Schreckens,
die er nach seinem ersten Spaziergang hier empfangen hatte,
war im Vergleich dazu ein sanftes Streifen gewesen. Jetzt, in
der nach außen so friedlichen Gaststube, hatte sich derselbe
Schrecken eingenistet. In reiner Bösartigkeit diesmal, ein
Konzentrat des Bösen. Des frei schweifenden, uralten Bösen,
Dämon aus grauer Vorzeit, älter als die Menschen, vielleicht
älter als die Welt, vielleicht eine Ursache der Welt. Noch nie
war Padoponos so heftig und unmittelbar darauf gestoßen. Der
Zusammenprall lähmte ihn und überzog seine Haut mit einem
Film aus kaltem Schweiß. Angst, nackte Angst vor dem
Gegner, dem er sich nicht gewachsen fühlte. Dämonen
brauchen Menschen, in die sie eindringen wie Parasiten. In
dieser Stube saß ein Befallener. Nur drei Tische waren
besetzt. Drei Frauen, darunter seine Wirtin, saßen an einem
davon und taten, als bemerkten sie Padoponos kaum. Doch er
spürte ihre neugierigen Blicke, als ob sie ihn mit Händen
betasteten. Auch Rosi beobachtete ihn. Sie schien erstaunt. An
den beiden anderen Tischen saß jeweils ein Mann. Ein
Mechaniker in schmutziger Montur verschlang eine Portion
saurer Wurst, ein unauffälliger Schlipsträger blätterte in einer
Zeitung und trank Wein. Sieben Personen, eine davon
befallen. Rosi konnte er ausschließen. Blieben sechs. Er sah
sich den Mechaniker näher an. Der Mann aß auffallend
schnell, unnatürlich schnell. Er schluckte die Bissen fast ohne
zu kauen.
Der Grieche streckte vorsichtig seine Fühler aus, doch in dem
Moment war der Kontakt weg, gelöscht. Was immer er
empfangen haben mochte, es hatte sich zurückgezogen. Das
Ganze hatte keine Sekunde gedauert, alle Beobachtungen und
Eindrücke passten in die kurze Spanne, während der
Padoponos sich kaum einen Schritt weiterbewegt hatte. Ein
kalter Blitz war es gewesen. Ein Blitz, der nicht vom Himmel

kam, sondern aus den tiefsten Abgründen des Seins. *Die Abgründe des Seins.* Es gibt sie. Wir haben nur den Entschluss gefasst, sie nicht zur Kenntnis zu nehmen, um unsere zahllosen Kompromisse mit der Wirklichkeit nicht zu gefährden. Oder bildete er sich alles ein? Seine Hände, sonst ruhig wie aus Bronze gegossen, zitterten leicht. Er lächelte Rosi zu, sagte aber nichts, sondern ging auf sein Zimmer. Verwundert betrachtete Hannes das leere Weinglas. Warum um alles in der Welt hatte er Wein bestellt? Er vertrug keinen Wein. Was saß er überhaupt um diese Zeit im Schafswirt? Er hörte das Getuschel der Frauen und spürte, wie er im Haaransatz rot wurde. Das war ein gefundenes Fressen für die. „Zahlen", sagte er.

Als die Kellnerin ihm drei Viertel verrechnete, wollte er im ersten Moment protestieren, ließ es aber bleiben. Rosi spürte sein Zögern.

„Passt etwas nicht?"

„Doch, doch", sagte er. „Alles in Ordnung."

Wahrscheinlich lag es an den scheußlichen Nächten, dass er am helllichten Tag in solche Erinnerungslücken tappte. Schlafmangel. Beim Gehen fühlte er das Rezept in seiner Tasche und warf einen Blick darauf. Beim Arzt war er also auch gewesen. Ob er noch einmal in die Ordination sollte und alles erzählen? Wie erzählt man so was? 'Ich war doch heute bei Ihnen, oder?' 'Vielleicht komme ich morgen wieder, weil ich vergessen habe, dass ich heute hier war.' 'Weisen Sie mich gleich ein? Darf ich Wäsche mitnehmen?'

Unsinn. So eine Lücke hat jeder einmal. Er war übermüdet, mehr nicht. Wenn er schon einen Tag frei hatte, konnte er endlich im Garten beginnen. Es war höchste Zeit.

22

Sie waren heute nur zu dritt. Grete Strutz, Martha Riement und Lydia Kern, die Schafswirtin. Es war der Frauenstammtisch. Eine halbe Stunde, wenn es hochkam eine Stunde am Vormittag. Die Männer, die sich darüber aufregten, saßen jeden Tag bis Mitternacht herum und glaubten, ihr Gerede wäre klüger als das der Frauen. Nun, natürlich tratschten sie, sie waren eben interessiert. Oder neugierig? Waren Sie eben neugierig! Wer nicht neugierig ist, erfährt nichts.

„Was sitzt denn der Müller um diese Zeit bei dir?" erkundigte sich Grete nach der Begrüßung.

„Ist beim dritten Viertel", sagte die Schafswirtin halb boshaft, halb zufrieden. Es war ja ihr Geschäft.

„Vielleicht geht es ihm nicht gut", vermutete die Frau des Lehrers. „Ich hab ihn heute in die Ordination gehen sehen." Sie diskutierten kurz, ob der Konsum von Wein mehr auf Gutgehn oder Schlechtgehn deutete.

„Er wird schon Sorgen haben", schloss die Schafswirtin.

„Früher war er jedenfalls freundlicher."

„Der Gast", flüsterte Martha, die mit dem Gesicht zum Eingang saß. Gemeint war Jason Padoponos, der soeben eintrat.

„Ich versteh, dass die Rosi auf ihn fliegt", sagte die Wirtin.

„Ja", sinnierte die Lehrersfrau. „Der könnte mir auch gefallen."

Die Pfarrersköchin und die Schafswirtin tauschten einen Blick stummen Verständnisses. Sie wussten, dass der Haussegen bei den Riements schief hing. Schon viel zu lange. Martha war gerade vierzig und eine fesche Frau, die sich gut anzog. Nach Ansicht ihrer Freundinnen war der Lehrer ein ziemlicher Spinner. Ein Lehrer halt. Auf die Dauer konnte da nichts Gutes herauskommen. Aber wenn sie einen Freund hatte, wie manche vermuteten, versteckte sie ihn meisterhaft. Sie fuhr allerdings oft in die Stadt. Wegen ihrer Schneiderarbeiten, sagte sie.

Der 'Gast' hielt sich nicht in der Stube auf. Rosi kassierte und Müller ging. Der Frauenstammtisch bestellte Kaffee und tat seine Arbeit. Dann gingen auch Grete Strutz und Martha Riement. Sie hatten beide einen Mann zu versorgen. Grete hatte schon in der Früh ein Stück Tafelspitz aufgestellt. Hochwürden mochte das Fleisch so weich, dass es ihm auf der Gabel zerfiel. Sie machte ein Karottengemüse dazu und gedünstete Kohlrabi und Petersilkartoffeln. Sie aß in der Küche und Hochwürden im Esszimmer. Er hatte nicht viel Appetit in letzter Zeit. Zu Mittag redeten sie kaum miteinander, weil er die Nachrichtensendung horchte. Danach machte er ein Schläfchen und sie begann mit dem Abwasch. Flüchtig überlegte sie, wie viele Teller in den letzten fünfzig Jahren durch ihre Hände gegangen waren. Sie rechnete gern solche Dinge aus. Sie mochte Zahlen, obwohl sie nur vier Jahre Volksschule hinter sich hatte und schon damals mehr arbeiten musste als lernen. Den Stand ihrer Sparbücher kannte sie auf den Groschen genau. Sie kannte sogar die Nummer jedes Büchls auswendig. Das war sicherer, falls sie einmal verloren gingen oder gestohlen wurden.

Nachdem die Küche saubergemacht war, ging sie in ihr Zimmer. In einer Mappe lagen vier Angebote von Baumeistern, die sie seit Tagen immer wieder las. Man kann nicht vorsichtig genug sein, aber bald musste sie sich entscheiden. Die Bausaison stand vor der Tür, im Herbst musste das Dach fertig sein. Alle sagten, da wäre nichts dahinter und zugleich warnte jeder sie vor unvorhersehbaren Verzögerungen. Wenn nur ein Glied in der Kette ausfällt, unkten die Experten, steht gleich die ganze Partie. Experten sind sie alle. Aber im Grunde war Grete fest überzeugt, es zu schaffen. Sie war Bauherrin! Sie, die Grete Strutz, Pfarrersköchin und uneheliches Kind und Mutter eines unehelichen Kindes baute ihr eigenes Haus. Allein mit ihren Ersparnissen, ohne einen Groschen Schulden. Jeden Tag sagte sie sich das vor. Gar nicht selten schlüpfte dabei eine Träne aus dem Augenwinkel und kroch die holprige Wange hinab. Wer wusste denn, was das für sie bedeutete? Heute, wo sich alle Häuser bauen. Auf ihrem Nachtkästchen stand eine verblichene Schwarzweißfotografie, ein Bild ihrer Mutter. Sie hatte nur dieses eine. Sie erzählte ihrer Mutter alles. Eine bessere Freundin hatte sie nie besessen. Keine wirklich gute Freundin.

Sie nahm einen Bogen Papier und schrieb einen Brief an den Bestbieter. Er musste ihr die Verbindlichkeit des Voranschlags schriftlich garantieren. Hochwürden hatte ihr dazu geraten. Ohne diese Garantie würde sie gar niemanden auf ihr Grundstück lassen. Vorsichtig sein, immer vorsichtig. Der Baumeister würde es schon machen, momentan sind sie scharf auf jedes Geschäft. Außerdem war sie Barzahlerin. Das haben die Handwerker gerne. Fertige Arbeit, Geld auf den Tisch. Sie ließ den Brief liegen. Der hatte Zeit bis morgen. Zwei Uhr vorbei.

23

Maria blieb bis halb drei in der Ordination. Der Doktor war
schon unterwegs zu Hausbesuchen. Sie reinigte das kleine
Labor und verpackte die Blutproben, die zur genauen
Untersuchung per Post in die Stadt gingen. Dann zog sie den
weißen Mantel aus und betrachtete sich im Spiegel, der im
Wartezimmer hing. Sie rümpfte die Nase. Ihr Bauch wölbte
sich etwa so weit vor wie ein Wandteppich, der ein Loch in
der Mauer verdeckt. 'Joghurt', dachte sie bitter entschlossen.
Im Übrigen war sie mit ihrer Figur zufrieden. Maria hatte ein
sinnliches Verhältnis zum eigenen Körper. Sie mochte die
Beine, die in Strümpfen besonders gut zur Geltung kamen, sie
mochte die Brüste, die sich unter dem Hemd abzeichneten.
„Reine Verschwendung", sagte sie zu ihrem Spiegelbild. „Er
würde mich nicht einmal bemerken, wenn ich nackt
herumliefe."
Das war eine Idee! Ihm in der Früh splitternackt den Tee
servieren, Guten Morgen sagen, wie immer, und ohne ein
weiteres Wort wieder hinausgehen. Dann sofort in den weißen
Kittel schlüpfen, falls er sie rief. Aber er würde sie ja doch nur
rufen, um sie zu feuern.
Sie zuckte die Achseln und streifte ihr Kleid über. Ein Hauch
Lippenstift aufgetragen - ob die Brille zu streng ist? - die
Haare gerichtet, den Mantel angezogen, ein Kontrollblick, ob
alle Geräte ausgeschaltet sind, die Praxis versperrt und auf
Wiedersehn, bis morgen.
Maria folgte dem Weg bis zur Bundesstraße, querte sie, vorbei
am Schafswirt und dem Feuerwehrhaus, hinein in die kleine
Ost-Siedlung, die insgesamt acht Häuser und ebenso viele
Gärten umfasste. Es war wieder ein trüber Tag. Der Frühling
wollte und wollte nicht kommen. Ein Glück, dass es nicht
regnete. Sie hatte den Schirm vergessen. Aber jeden Moment
mochte es so weit sein. Sie war darum ziemlich überrascht, als
sie Hannes im Garten beim Rechen sah. Sie winkte ihm zu
und rief: „Du bist wohl wasserfest?"

Er winkte zurück, sagte aber nichts. In letzter Zeit brachte er kaum den Mund auf. Sie hatte ihre Mutter gefragt, ob er beleidigt sei. Vielleicht hing es mit seinen Schlafstörungen zusammen.

Maria wohnte noch bei den Eltern. Eine ihrer Schwestern war verheiratet, die andere lebte in der Stadt. Ausgerechnet hier im Ort eine Stellung als Krankenschwester zu finden, das war schon so ein Zufall wie ein Sechser im Lotto. In der Stadt hätte sie ein Zimmer im Schwesternheim nehmen müssen. Sie besaß kein Auto und bei den Dienstzeiten im Krankenhaus kam Pendeln ohnehin nicht in Frage. Zuhause brauchte sie fürs Wohnen nichts zu zahlen und bis zur Ordination waren es keine fünf Minuten. Fürs Essen zahlte sie auch nichts, weil sie, wie ihre Eltern meinten, ohnehin nichts aß.

„Schönheit muss leiden", sagte die Mutter. „Dummheit auch", sagte der Vater. Insgeheim waren beide stolz auf sie. Nur für die Männer interessiert sie sich so wenig. Muss halt ein Besserer sein.

Aber der Bessere merkte nicht, dass es sie gab!

Maria lernte jeden Nachmittag ein, zwei Stunden Italienisch. Sie träumte davon, eines Tages im Süden zu leben. In der Toskana, in Siena oder in Florenz. Sie sah aus dem Fenster, den grauen Himmel, die Nebelfetzen, die vom Wind durch die Wipfel getrieben wurden - und steckte die Nase wieder ins Buch.

Um fünf hatte sie genug. Hannes arbeitete immer noch im Garten. Sie begann zu bügeln und runzelte bei jedem zweiten Stück die Stirn. Wozu gab sie Geld aus für Seidenwäsche? Damit sie sich im Spiegel bewundern konnte? Baumwollslips, das Dutzend für einen warmen Händedruck, hätten auch gereicht. Oder gar nichts, noch billiger. Aber das war zu kalt. Sie schüttelte den Kopf. Der nahende Frühling machte sie verrückt. Energisch schlichtete sie das kleine Häufchen fertiger Wäsche in den Kasten und warf den großen Rest zurück in den Korb. Sie würde Isabella besuchen. Vielleicht gingen sie auf einen Kaffee ins Café. Das klang lächerlich.

Eine komische Idee, ein Kaffeehaus einfach Café zu nennen. Genau genommen war es kein Kaffeehaus, sondern nur zwei Zimmer beim Pernjak, dem zweiten, kleineren Gasthaus des Dorfs. Als der junge Pernjak vor drei Jahren den Betrieb übernommen hatte, zog er kurz entschlossen eine Wand durch die große Stube. Eine Hälfte blieb der alte Pernjak, die zweite erhielt ein Zimmerchen dazu und wurde das Café. Dort spielten sie Musik und verkauften Mehlspeisen. Gar nicht schlechte. Im Café traf sich die Jugend, wenn sie nicht in eine echte Diskothek fuhr. Die Schafswirtin, hieß es, war von Pernjaks Idee gar nicht angetan. Maria rief Isabella an und verabredete sich mit ihr. Um sieben verließ sie das Haus.

24

Als Padoponos an der Friedhofsmauer vorüber kam, trat ein schwarz gekleideter Mann aus dem Tor und auf Ihn zu, als hätte er ihn erwartet. Er war eine düstere Erscheinung, zum Teil wegen seines Anzugs, zum Teil wegen Gesicht und Haltung, die tiefen Ernst ausdrückten. Für den Bruchteil einer Sekunde hielt Padoponos den Atem an. Irgendwann mochte es genau so ein Mann sein, der ihm gegenübertreten würde, um zu töten. Nüchtern und sachlich, ohne persönliche Gefühle. Würde er ihm zuvorkommen? Würde er es versuchen?

Doch es war noch nicht so weit.

Der düstere Mann sagte: „Ich bin Pfarrer Weilrich. Ich sah Sie den Weg herabkommen und fragte mich, ob ich Sie ein Stück begleiten darf."

„Es würde mich freuen", sagte der Grieche. „Ich habe von Ihnen gehört. Sie sind ein sehr geachteter Mann."

„Da hat man Sie wohl falsch informiert", sagte Weilrich trocken. „Gehen wir ein Stück."

Sie schlugen einen Feldweg ein, der das Ackerland in schnurgerader Linie teilte, ehe er sich in einem fernen Waldstück verlor. Als sie auf dem offenen Land gingen, vom kalten Wind gezaust, weit weg von der nächsten menschlichen Behausung, brach der Pfarrer das Schweigen.

„Ich muss Sie schon im Vorhinein um Verzeihung bitten. Grete hat mir von Rosi und Ihnen berichtet. Sie kennen Grete natürlich gar nicht. Dass Rosi plötzlich Fragen stellt, hat sie berichtet. Das hat mich neugierig gemacht. Vermutlich wundern Sie sich darüber, denn Grete ist ein Klatschmaul, lieb und fürsorglich, aber ein unverbesserliches Klatschmaul. Nur ist die Geschichte so wichtig für mich, dass ich mich an jeden Strohhalm klammere."

Der Pfarrer brach ab und lächelte traurig.

„Sie müssen mich für einen Wirrkopf halten. Mit Recht. Lassen Sie mich noch einmal beginnen. Ich kenne Sie nicht. Ich spekuliere nur vor mich hin. Vielleicht erzähle ich Ihnen eine Geschichte, die für Sie Sinn macht, vielleicht verstehen Sie kein Wort. Dann können Sie sich immerhin lustig machen über den verrückten Pfaffen, der Sie auf ein Feld gelotst hat, um Ihnen blanken Unsinn vorzuschwatzen."

Er machte eine kurze Pause, fuhr aber, da Padoponos nichts sagte, gleich fort.

„Es ist eine friedliche Gegend mit fleißigen Menschen. Sie sind nicht besser und nicht schlechter als Menschen irgendwo auf der Welt. Sie arbeiten, sie essen, sie lieben, sie betrügen sich, manche sind ehrlich, manche unehrlich, sie machen Geschäfte, bekommen Kinder, bauen Häuser und erleiden Unfälle. Es gibt Kluge und Dumme, Gesunde und Kranke, Treue und Untreue. Keiner, der im Leben nie gelogen hat, keiner, der seine Frau nicht wenigstens in Gedanken hintergangen hat, keine, die sich nicht wenigstens in Gedanken verführen ließ. Das sind lässliche Sünden. Ich sage es ihnen nicht von der Kanzel herab, aber ich kann sie dafür nicht tadeln. Wer sind denn wir Priester, dass wir uns zu Richtern über Sitte und Moral erheben? So vieles, was wir tun, ist Anmaßung und Selbstgerechtigkeit. So viele von uns sind im Kern haltloser und schwächer als die Herde, die wir hüten sollen." Er lauschte dem Klang der eigenen Worte, straffte sich und sprach weiter. „Einige Mitglieder dieser Herde haben allerdings wirklich Schlimmes getan. Sie sind gewalttätig, sie stehlen, sie haben Freude an schlechten Gedanken und Taten. Auch über diese dürfen wir nicht zu streng richten und schon gar nicht dürfen wir auf sie herabsehen, denn ein kleiner Teil ihrer Schuld ist immer unsere Schuld."

Der Pfarrer holte tief Atem.

„Das klingt sehr nach Predigt, das wollte ich nicht. Es ist so schwierig. Was ich sagen wollte, ist, dass alle, von denen ich geredet habe, Mitmenschen sind, bravere und schlimmere, um die wir uns bemühen und die wir verstehen sollen. Aber es gibt auch welche, wenige, die in eine andere Kategorie fallen. Vermutlich sollte ich die Formulierung 'Sie sind des Teufels' gebrauchen. Das ist altmodisch. Es trifft aber den Kern. Ich bin überzeugt, dass so etwas wie das reine Böse existiert. Manche Menschen haben es in sich oder nehmen es irgendwie auf, ich weiß es nicht. Wenn solche Menschen in eine Situation geraten, die sie aller Fesseln entledigt, werden sie tatsächlich zu Bestien, menschlichen Bestien. Menschliche Bestien sind viel schlimmer als die blutrünstigsten Tiere. Was sie tun geschieht mit Überlegung und Verstand und kühler Berechnung. Es gibt kein Tier, das dieses Maß an Grausamkeit erreicht."

„Sie haben recht", stimmte Padoponos zu. Das Zusammentreffen dieses Gesprächs mit seiner vormittäglichen Erfahrung elektrisierte ihn. Er *war* in der Gaststube dem puren Bösen, dem Bösen an sich, begegnet und genau das meinte auch Weilrich. Also war er nicht der einzige, der es fühlte.

„Ich kann dem Racheprinzip nichts abgewinnen", sagte der Pfarrer, mit einem Mal sehr sachlich, „aber ich ertrage den Gedanken an die Opfer nicht, während der Täter sich der Tat rühmt. Ich habe wohl den falschen Beruf gewählt."

„Es ist nicht allein Rache", sagte der Grieche. „Es ist Rache und Strafe und Ausgleich. Manche Dinge fordern diesen Ausgleich. Wenn er zustande kommt, ist es gut."

Weilrich sah ihn von der Seite an, mit brennenden Augen. „Ich habe mich in Ihnen nicht geirrt?"

Padoponos gab keine Antwort.

„Ich muss eine Entscheidung treffen, die weit über meine Fähigkeiten geht", presste der Geistliche hervor. „Ich wollte bestimmt nicht, dass es dazu kommt. Sie sind viel überzeugter als ich."

Der Grieche blieb stehen und wandte sich dem Pfarrer direkt zu. Seine Gelassenheit schien Weilrichs Nervosität zu verstärken.

„Es geht für mich nur noch um allerletzte Sicherheit. Die können Sie mir geben, glaube ich, aber ich werde sie in jedem Fall erlangen."

Das Gesicht des Pfarrers wurde kalkweiß. Padoponos erinnerte sich an die großen, schwarzen Vögel und ihre unheimlichen Rufe. Wie die Raben ihre Schwingen warf Hochwürden seine Arme hoch.

„Ich kann nicht", stieß er hervor, drehte um und eilte mit langen Schritten zum Dorf zurück.

Doch nach wenigen Metern hielt er kurz an, rief: „Kommen Sie!", und ging weiter, ohne auf seinen Begleiter zu warten. Sie sprachen kein Wort, bis sie den Ausgangspunkt ihres Spaziergangs erreicht hatten. Der Pfarrer winkte Padoponos auf den Friedhof. Vor einer Familiengruft mit einem protzigen Stein und einem brennenden Kerzlein in einer Laterne blieb er stehen. Lange Sekunden starrte er den Griechen an, dann sagte er: „Mehr kann ich für Sie nicht tun" und wandte sich brüsk ab. Padoponos rührte sich nicht, bis der Priester in der kleinen Kirche verschwunden war. Ruhig betrachtete er das Grab und las den Namen, der in goldener Schrift auf dem schwarzen - Stein prangte. Ruhig verließ er den Friedhof und nahm den unterbrochenen Spaziergang von neuem auf.

25

Hannes spürte den Wein. Es waren wohl doch drei Vierteln
gewesen. Diese Gedächtnislücken lasteten schwerer auf ihm,
als er sich selbst eingestand. Das aufgewärmte Essen aus der
Kühltruhe schmeckte nicht. Er löffelte es dennoch in sich
hinein. Danach sah er die Post durch. Viel war es nicht. Bunte
Prospekte, Handzettel, ein Werkzeug-Katalog, eine
Ansichtskarte, zwei Serienbriefe. Ansichtskarte und Katalog
behielt er. Die Karte kam vom Plattensee. Kollegen hatten
dorthin einen Ausflug gemacht. Sie waren längst wieder hier.
Er durfte nicht vergessen, sich zu bedanken. Früher hätte er
bei einem solchen Ausflug mitgemacht, jetzt fragte ihn gar
keiner mehr. Das geht schnell.
Der Garten. Da lag noch das Laub vom Herbst. Er hatte nicht
die Energie aufgebracht, es weg zu rechen. Aber jetzt war es
höchste Zeit. Drei warme Tage und das Gras kommt heraus.
Er zog sich um. Arbeitshose und Jacke. Würde es regnen? Im
Schrank hing noch der Dienstmantel seines Vaters. 30 oder 40
Jahre alt. Dicht wie ein neues Dach, aber ebenso schwer. Grau
war er, fast bis auf den Boden reichend. Viel mehr hatte der
Vater ihm nicht hinterlassen. Jetzt waren es auch schon
zwanzig Jahre, seit sie ihn begraben hatten. Was sind zwanzig
Jahre? Gar nichts, wenn sie vorüber sind. Du hast gearbeitet
und das und jenes gemacht, eigentlich nichts Aufregendes.
Trotzdem bis du zwanzig Jahre älter. Die Schläfen werden
grau, das Gesicht wird grau, die Ringe unter den Augen
werden dunkler. Noch einmal zwanzig Jahre, vielleicht
dreißig, dann folgst du dem Vater. Im Nachhinein ist gar nicht
viel los gewesen, im Nachhinein ist es schnell vergangen.
Dein Grab wartet auf dich. Dein Grab ist sehr geduldig. In
dem Moment, in dem sich Samen und Ei verbinden, existiert
plötzlich ein neues Grab. Dort, wo vorher nichts war, ist jetzt
dein Grab. Bevor du noch den ersten Schrei ausgestoßen hast,
wartet es schon auf dich. Die Lebenden und die Toten. So
viele Tote, so viele Tode. Ihn fröstelte. Viel zu schwer, der

Mantel, zum Arbeiten. Außerdem regnete es noch nicht. Er verließ das Haus und holte den Rechen aus dem Schuppen. Das Laub über den Winter liegen lassen! Jetzt war es eine zähe, nasse Schicht, fast wie eine dünn gepresste Platte. Eine Stunde arbeitete er, dann noch eine. Es hatte zu nieseln begonnen, aber das kümmerte ihn nicht. Nach drei Stunden hatte er es geschafft. Ein hoher, fast schwarzer Haufen Laubreste türmte sich im toten Winkel zwischen Haus und Schuppen. Wo er die Laubplatte abgeschält hatte kamen dunkle Erde und weiße Graswurzeln zum Vorschein. Dünne, weiße Wurzeln wie dünne, weiße Würmer, die er einige Nächte zuvor dabei beobachtet hatte wie sie in seinen Armen und Beinen aus- und einstiegen. Er hatte genauer hingesehen und festgestellt, dass seine Haut an den befallenen Stellen durchlöchert war wie ein Nudelsieb. Jedes Loch ein Gang für eine Nudel. Nudelwürmer. Wann hatte er zuletzt Fadennudeln gegessen? Das war gar nicht lange her. Seit fünf Jahren, seit er allein lebte, aß er häufig Packerlsuppen. Es gab wenigstens zwei Dutzend Sorten, die alle eines gemeinsam hatten: den Geschmack. Eine Zeitlang spielte er mit dem Gedanken, dass Maria die Nachfolge seiner Frau antreten würde. Was war mit Maria? Die Schmerzen kehrten zurück. Ach ja, sie hatte ihm gewinkt und etwas gerufen. Er konnte sich nicht erinnern, was sie gerufen hatte. Verschiedene Sätze schwirrten durch seinen Kopf. Er ließ den Rechen liegen und ging ins Haus. Halb sechs. Es hatte aufgeklart. Einige Sonnenstrahlen verirrten sich durch die kahlen Kronen auf den Boden. Sie wirkten unsicher und schüchtern, fast als wären sie erschreckt von dem, was der Winter für sie zurückgelassen hatte.
Warum verriet sie ihn? Warum tat sie das? Er musste sich wehren. Wenn er sich nicht wehrte, würde sie es immer wieder tun. Maria oder die andere? Die Strutz oder die Frau vom Lehrer? Es würde ihm wieder einfallen. Wenn es Nacht wurde, musste er sich wehren. Er saß still da und lauschte den Stimmen, die sich in ihm sammelten wie Echos in einer bodenlosen Schlucht.

Langsam sank die Dämmerung auf die Erde herab und erstickte den Tag. Er erhob sich, ging zum Garderobenkasten und holte den schweren Mantel des Vaters heraus. Er zog den Mantel an und Gummistiefel und setzte den schlechten Hut auf. Er verließ das Haus, ohne die Tür richtig zu schließen. Zwischen Haus und Schuppen gab es einen schmalen Durchgang. Vor dem hohen, dunklen Laubhaufen schreckte er zurück als wäre er ein lebendiges Wesen. Im Schatten der Obstbäume kletterte er über den Zaun in den Nachbargarten. Er kannte seinen Weg. Er kannte ihn, als wäre er ihn hundertmal gegangen. Noch zwei Zäune. Irgendwo schlug ein Hund an. Autos hielten, andere starteten. Er hörte jedes Flüstern im Dorf. Ein Gatter und wieder Obstbäume. Schritte auf dem asphaltierten Weg. Er stand stumm, grau in schwarz, im Rücken das dunkle Gebäude.

26

Nachdem Martha Riement sich von der Pfarrersköchin getrennt hatte, strebte sie heimwärts. Trotz aller Distanz hatte sie immer noch den eilig stöckelnden Gang der Modistin, die jeden Augenblick schon dort sein will, wo sie erst drei Schritte später ankommt. Sie schneiderte sich selbst die passenden Kostüme. Elegant, ein wenig streng, eng, aber nie zu eng. Niemand hatte sie je in Trachtenmode gesehen. Niemand würde sie je darin sehen. Das war ihr ganz persönlicher Widerstand gegen zwanzig Jahre Landleben. Keiner ahnte, *wie* unzufrieden sie war. Kein Anspruch, keine Hoffnung, kein Sex. Nicht einmal für ein Kind hatte ihre Ehe gereicht. Als das feststand, wollte sie ihn nicht mehr in ihrem Bett haben.

Sie verstand nicht, was für eine Wandlung Franz durchgemacht hatte. Anfangs war er ehrgeizig gewesen, hungrig nach Weiterbildung und Aufstieg. Voller Pläne waren sie gewesen. Übersiedlung in die Stadt, wo seine Chancen viel größer waren und sie ihren Beruf ausüben konnte. Später in einer guten Gegend ein Haus bauen, danach Kinder. Wenn er sich anstrengte, konnte er es bis zum Direktor bringen. Sie würde einen eigenen Salon führen, soweit die Familie das zuließ ...

Dann bröckelte alles ab. Monat für Monat, Jahr für Jahr. Von Weiterbildung war keine Rede mehr, die Übersiedlung wurde so lange aufgeschoben, bis sie schließlich auch davon nicht mehr redeten. Ihre Pläne platzten nicht mit einem Knall, sie zerfielen langsam, wie ein herrenloses Haus. Da löst sich ein Stein, dort bricht ein Ziegel und ohne dass du es merkst, dringt Regen ein und bringt die Deckenbalken zum Faulen ... Heute wusste sie, dass sie damals zu wenig gedrängt hatte. Nicht nächstes Jahr, nicht nächsten Monat, noch nicht einmal nächste Woche, jetzt gleich! Darauf hätte sie bestehen müssen. Aber er hatte so selbstsicher gewirkt, so souverän. Ihre Absätze knallten auf den Asphalt.

Sie betrat das Haus und warf die Tür zu. Heute kam er früh. Sie musste sich beeilen. Rasch das Kostüm auf den Bügel gehängt, ein Hauskleid angezogen, Schuhe gewechselt und ab in die Küche. Sie stellte Reis auf und klopfte die Schnitzel. Natur mochte sie sie am liebsten. Wenn nur das Fleisch halbwegs zart war.

Hundertmal wollte sie ihn verlassen und in ihren alten Beruf zurück. Aber sie machte sich nichts vor. Es ist ein Unterschied, zwei, drei Stunden am Tag zum Vergnügen und für ein kleines Nebeneinkommen zu nähen oder voll in einen Modeberuf einzusteigen. Man braucht ständigen Kontakt zu so einem Beruf, um das Gespür für Strömungen und Kundenwünsche zu entwickeln und erhalten. Ein Chirurg, der zwei Jahrzehnte lang sein Messer nur zum Essen benützt, kann theoretisch auch noch operieren. Aber wer möchte gern auf seinem Tisch liegen?

Sie würde Monate brauchen, um sich einzuarbeiten. Wer gibt einer Vierzigjährigen so eine Chance? Als Schneidermeisterin nur stumpfe Näharbeit verrichten, acht Stunden am Tag, vierzig Stunden in der Woche, das war unvorstellbar. Nicht wegen der Arbeit, sondern wegen des Abstiegs. Wenn du dich billig verkaufst, kann es dir leicht passieren, dass du billig bleibst. Das wäre ein noch größeres Übel. Also führte sie ihm den Haushalt und klatschte ein bisschen beim Schafswirt. Nicht aus Vergnügen, sondern um überhaupt mit jemandem zu reden. Das geringere Übel muss kein geringes Übel sein. Um eins servierte sie ihm sein Schnitzel. Dann zog sie sich zurück und änderte ein Kleid. Zumindest war er in der Lage, das Geschirr selbst in die Spülmaschine zu stellen. Man wird bescheiden. Sie beantwortete zwei Briefe. Sie schrieb gerne und pflegte ihre Freundschaften. Um halb sechs richtete sie eine bescheidene kalte Platte. Etwas Wurst, etwas Käse und Brot. Das Abendessen nahmen sie gemeinsam ein. Sie teilten sich eine Flasche Bier. Er erzählte eine Belanglosigkeit über einen Kollegen, den sie nicht kannte. Er fühlte sich immer verpflichtet, etwas zu erzählen. Sie sagte „Aha" und „Ach so" und bedauerte, dass er nicht wie der Fernseher einen Knopf besaß, mit dem man den Ton abstellen kann. Oder überhaupt einen Aus-Schalter. Um sieben zog sie sich wieder um, packte das Kleid ein und machte sich auf den Weg. Sie hatte ihrer Bekannten versprochen, es heute Abend vorbeizubringen. Es war kühl. Die Wolken hatten sich verzogen und der Mond hing blass am Himmel. Ein ungesunder, unangenehmer Mond. Ein Schauer lief ihr über den Rücken. Das Beste am Dorf waren die kurzen Wege. Nachts mochte sie nicht mit dem Auto fahren. Jeder Scheinwerfer machte sie blind. Ihre Absätze knallten auf den Asphalt.

27

Grete kratzte mit einem Löffel Essensreste aus Töpfen und von Tellern und warf sie in Stanislaus Eimer. Es machte hässliche Geräusche, aber das war ihr gerade recht. Hoffentlich störten sie den heiligen Mann bei seiner Privatandacht. Normalerweise wäre sie für Hochwürden durchs Feuer gegangen, aber manchmal wünschte sie ihm die Pest an den Hals. Was für ein dummer, sturer Ziegenbock er sein konnte! Da zermarterte er sich den Kopf wegen seiner verbotenen Monika und versuchte ihr, die ihn besser kannte als seine Mutter, diese Geschichte zu verheimlichen. Das mochte für einen Pfarrer noch angehen. In der Hinsicht sind die ja noch blöder als die Männer im Allgemeinen. Aber dass er gleich fuchsteufelswild wurde, nur weil sie noch einmal von Rosi und ihrem Fremden anfing, das ging doch zu weit. Irgendwas war geschehen, das seine Laune vom Mittag- zum Abendessen so hatte umschlagen lassen. Sie hatte ihm gesagt, was sie von Leuten hielt, die alles nur in sich hineinfressen und mit keinem Menschen reden, aber dafür ganz ungeniert ihren Grant bei jedem loswerden, der ihnen in die Quere kommt. Da war er ganz böse geworden und hatte gemeint, wenn er ein Geheimnis für sich behalten wollte, würde er es lieber am Sonntag in seine Predigt einbauen, denn dann hörten es viel weniger Leute als wenn er sich ihr anvertraute. Und als sie ihm Vorwürfe machte, weil er so wenig aß, sagte er, das liege daran, weil sie beim Kochen mehr an das Schwein denke als an ihn. Da hatte sie ihm den Teller und alles weggenommen, sogar das Kompott, das er noch gar nicht angerührt hatte, und war in die Küche gelaufen. Dabei schlug sie die Tür zu, dass der Wetterhahn auf dem Dach zitterte. Jetzt gab sie alles Essen in den Eimer, alles, was noch übrig war, auch aus dem Kühlschrank, denn wenn er später Hunger bekam, sollte er sich doch ein trockenes Brot nehmen. Den Schlüssel zur Vorratskammer zog sie ab und heute würde sie ihn nicht hören, wenn er nach ihr rief.

Sie zog die schlechte Jacke an und die Gummistiefel und band ein rotes Kopftuch um, das ihre Locken halbwegs in Zaum hielt. Stanislaus Eimer verschloss sie mit einem Plastikdeckel. So viel wie heute würde er lange nicht bekommen. Sie verließ das Pfarrhaus durch den hinteren Eingang, den sie sorgfältig absperrte. Dann machte sie sich auf den kurzen Weg zum Huber-Stall, wo Stanislaus eingestellt war. Den Eimer in der rechten Hand, den linken Arm für das Gleichgewicht leicht abgespreizt, eine hagere Gestalt in einem weiten Rock, aus dem die Gummistiefel ragten wie dünne Spreißeln. Halb acht am Abend. Die Sonne war längst untergegangen, aber die abklingende Dämmerung und der Mond lieferten Licht genug. Lampen gab es nur entlang der Durchzugsstraße, vermutlich um die Autofahrer darauf aufmerksam zu machen, dass sie durch einen Ort rasten. Sie hatte kaum drei Minuten zu gehen. Fast alle Häuser waren beleuchtet und der bläuliche Schimmer hinter vielen Fenstern verriet die laufenden Fernsehapparate. Grete Strutz sah nicht oft fern, aber heute wollte sie ihr Gerät laut aufdrehen, um Hochwürden zu ärgern. Das mit dem Essen hätte er nicht sagen dürfen. Alles, aber das nicht.

Sie nahm die Abkürzung durch den Obstgarten.

Normalerweise war das kleine Gatter mit einem einfachen Holzriegel verschlossen, heute stand es halb offen. Sie schloss es hinter sich. Hier, zwischen den Bäumen, war es dunkler als auf der freien Fläche, aber sie hatte gute Augen. Neben ihr knackte ein dürrer Ast. Sie glaubte auch, eine schattenhafte Bewegung zu sehen. Nachts zwischen Bäumen knackt es immer irgendwo und hundert Schatten scheinen sich zu verbergen. Als Magd hatte sie zwei Stunden vor dem Morgengrauen zu einer Alm aufsteigen müssen. Das war ein Weg durch finstersten, einsamsten Wald gewesen. Sie war ihn viele Male gegangen.

Der Stall hatte an seiner Rückseite eine kleine Pforte, die ihr den Weg um das Gebäude und über den Hof ersparte. Drinnen war es noch dunkler. Die paar Schritte zum Lichtschalter fand sie mit verbundenen Augen. Sie machte Licht und hörte und

roch die Anwesenheit von vier Dutzend Schweinen. Dann
hörte sie ein Geräusch hinter sich. Viel näher jetzt. Sie drehte
sich um. Da war etwas. Das war kein Schatten. Jetzt bewegte
es sich. Eine Gestalt in einem langen Mantel.
„Wer ist da?"
Keine Antwort. Die Gestalt kam näher. Eine Männergestalt.
Ein Mann.
Er trug einen Hut, der sein Gesicht halb verdeckte, so dass sie
ihn nicht gleich erkannte.
„Ach Sie sind's", sagte sie halb ärgerlich, halb erleichtert.
„Was machen Sie denn hier? Wenn Sie zum Huber wollen,
müssen Sie ins Haus. Der geht spät in den Stall."
Jetzt sah sie auch den Sappel, den er in der rechten Hand hielt.
Und die Gummihandschuhe, die er trug. Der blanke, spitze,
eiserne Vogelschnabel schleifte leicht über den Stallboden. Da
stimmte was nicht. Noch immer sagte der Mann kein Wort.
Fünfzig Schweine grunzten und Stanislaus quiekte besonders
laut. Sie hielt ja seinen Eimer in der Hand.
Er war noch näher gekommen. Der Sappel schwang jetzt
stärker, wie das Pendel einer Uhr. Plötzlich brach Angst über
Grete Strutz herein wie ein Wolkenbruch über einen
Sommertag. Sie hatte ihr Lebtag keine Angst gehabt, gar
keine Zeit dazu. Jetzt war sie da.
„Bleiben Sie stehen", sagte sie schrill. „Was wollen Sie
denn?"
Der Sappel pendelte. Im Pfarrhaus hing eine Uhr mit einem
langen Pendel aus Messing und drei Messinggewichten. Die
Gewichte waren klein, aber schwer. Einmal war ihr eines aus
der Hand geglitten und hatte eine tiefe Kerbe im Boden
hinterlassen. Noch ein Glück, dass es ihr nicht auf den Fuß
gefallen war. Die Uhr ging nicht genau, aber das Glockenspiel
war wunderschön. Dreimal hatte Hochwürden das Werk
einstellen lassen, nie hatte es etwas genützt. Früher kam es auf
fünf Minuten mehr oder weniger eben nicht an. Jetzt stellte
Hochwürden die Uhr jeden Tag nach dem Aufstehen. Er
stellte sie mit dem gleichen Ernst, mit dem er den Gläubigen

die Hostie reichte. Sie hatte großes Zutrauen zu ihm, auch wenn er bei Gott kein vernünftiger Mann war. Hoffentlich hatte er keinen Hunger. Den Speisekammerschlüssel hätte sie nicht mitnehmen dürfen.

„Was wollen Sie denn, in Gottes Namen?"

Sie wich noch weiter zurück. Angst ist so schrecklich verwirrend. Nächste Woche wollte ihre Enkelin sie besuchen. Pfeffer haben sie im Hintern in dem Alter. Später auch noch. Sie war erst spät schwanger geworden. Ob es die Birgit erwischen wird, mit ihren achtzehn Jahren?

Der eiserne Vogel kreiste sirrend unter der niederen Stalldecke, zweimal, dreimal, viermal, ehe er zum schrecklichen Sturzflug ansetzte.

„Was ist denn heute mit den Facken los?", fragte Cornelia Huber.

Ihr Mann wandte den Blick nicht vom Bildschirm.

„Die Strutz wird drüben sein."

„Die kennen sie doch."

„Vielleicht ist's der Mond. Morgen ist Vollmond."

Die beiden jungen Frauen badeten nackt in einem kleinen,
kristallklaren Teich. Sie lachten und schnappten nach Luft,
weil das Wasser so kalt war. Bald kletterten sie ans Ufer und
legten sich auf eine große, glatte Schieferplatte, um sich in der
Sonne zu erwärmen. Auch der dunkle Stein war angenehm
warm. Sie konnten Schwestern sein. Beide mit langem,
blondem Haar, beide schlank, mittelgroß und gut gebaut. Eine
hatte blaue Augen, die andere braune. Die mit den braunen
Augen trug schmale Goldreife um Fuß- und Handgelenke.
Plötzlich verzog sie schmerzlich das Gesicht, griff sich mit
der Hand an die Stirn und stöhnte leise.

„Was ist denn, Devva?", fragte die andere erschreckt.

„Es ist geschehen", sagte Devva mit erstickter Stimme. „Das
Furchtbare ist zurückgekehrt. Wir haben es nicht verhindern
können."

Sie setzte sich auf und weinte lautlos. Die Jüngere wusste sich
keinen Rat als die Freundin zu umarmen und leise
beruhigende Worte zu sprechen. Devva schmiegte sich
dankbar an den warmen Körper, doch es dauerte lange, bis sie
ruhiger wurde.

Auch die unzähligen Rot- und Blaukehlchen, Grasmücken,
Kohlmeisen, Blaumeisen, Sumpfmeisen, Zaunkönige,
Drosseln und Kleiber schienen für eine Weile leiser zu
zwitschern, das Licht schien schwächer zu werden und die
Sonne weniger warm. Die Mädchen hielten sich eng
umschlungen und saßen ganz still.

„Hier spricht Cornelia Huber", sagte die Stimme am Telefon.
„Sie müssen sofort kommen, Doktor. Es ist was Schreckliches
passiert."

„Was ist los?", knurrte Terrazzo, der nach einem langen Tag
hinter seinem Schreibtisch eingenickt war. „Wohin?"

„Zum Huber, zu unserem Hof", wiederholte die Frau
verzweifelt. „Jetzt gleich! Kommen Sie!"

„Schon unterwegs", sagte er und legte auf. Er hatte ihre
Stimme erkannt. Auch die Panik darin. Hubers gab es in der
Gegend wie Sand am Meer, aber nur einen Bauernhof im
Dorf, der so hieß. Seine Uhr zeigte zehn vor neun.

Fünf Minuten später stellte er den Wagen vor dem Wohnhaus
ab und wollte hineingehen.

„Nicht ins Haus!", rief jemand hinter ihm. „Hierher. Zum
Stall."

Terrazzo folgte der Stimme und fand Toni Huber neben dem
Stalltor stehen. Im Schein der 100-Watt-Birne war sein
Gesicht so weiß wie die gekalkte Wand dahinter. Als zweites
fiel dem Arzt die Unruhe auf, die unter den Tieren im riesigen
Wirtschaftsgebäude herrschte.

„Was ist passiert?"

„Gehen Sie hinein", sagte der Bauer „und sehen Sie selbst."

Der Arzt bückte sich unter der niedrigen Tür und machte
einige Schritte in den schwach beleuchteten Raum, ehe er
stehen blieb und tief Atem holte. Normalerweise hütete er sich
davor, in einem Schweinestall tief durchzuatmen, aber was er
sah, ließ ihn diese Vorsicht vergessen. Er spürte wie sein
Magen sich hob und das hatte nichts mit den Gerüchen zu tun.
Er bezwang die aufsteigende Übelkeit und wandte sich um.
Der Bauer war ihm gefolgt, blickte aber zur Seite.

„Sie werden sie nicht erkennen. Es ist Grete Strutz, die
Pfarrersköchin."

„Haben Sie die Polizei verständigt?"

„Ich wollte erst auf Sie warten."

„Dann tun Sie es jetzt. Haben Sie etwas verändert?"

„Sie ein wenig nach vorn gezogen. Die Facken waren schon an den Unterschenkeln. Ich..."

Er drehte sich rasch um und krampfte sich zusammen. Ein platschendes Geräusch folgte.

„Gehen Sie", forderte Terrazzo, der erneut gegen die Übelkeit ankämpfte. Er hörte die eiligen Schritte des Bauern und war allein. Vor ihm lag die am schlimmsten zugerichtete Leiche, die er je gesehen hatte, obwohl er einige Monate an der Unfallchirurgie tätig gewesen war. Von Kopf und Gesicht war nichts übrig geblieben als ein zerschmetterter, blutiger Klumpen, der Oberkörper war teilweise aufgerissen, richtiggehend zerfetzt, Füße und Beine bis zu den Knien offenbar von den Schweinen angefressen. Die Tiere mussten Zeugen der Gewalttat gewesen sein. Sie hatten sich immer noch nicht beruhigt und grunzten enttäuscht oder ängstlich oder aufgebracht, er konnte es nicht deuten. Sein Entsetzen hatte sich verflüchtigt, das Berufsinteresse die Oberhand gewonnen. Er bückte sich und begann die kurze Untersuchung. Temperatur, Beweglichkeit der Glieder, Blutgerinnung, alles würde später von Bedeutung sein. Dann sah er sich genauer um. Der Betonboden, die Wand und sogar Teile der Decke waren mit Blut bespritzt, die Leiche - was davon übrig war - lag in einer ausgedehnten Lache. Von diesen Spuren des Schreckens abgesehen, war der Stall sauber und aufgeräumt, nur vor einem abgeteilten Koben lag ein ausgelaufener Eimer und ein Stück weiter, im dunkleren Hintergrund, ein Werkzeug. Der Arzt umrundete die Tote und wusste, dass er vor der Tatwaffe stand. Ein Sappel war es, über und über blutverschmiert, eine Art Axt mit gebogener Spitze, die zum Transport gefällter Bäume eingesetzt wird. Der Täter musste ihn mit ungeheurer Wut geschwungen haben, um die Pfarrersköchin - wenn sie es war - so zu zerfleischen. Vermutlich hatte sie gleich der erste Schlag getötet und das war in diesem Zusammenhang ein tröstlicher

Gedanke. Aber was konnte eine harmlose, alte Frau getan haben, das diesen Ausbruch von Hass und Gewalt bewirkte? Nichts.

Es sei denn, der Täter dachte in Kategorien weit jenseits der Normalität. Sein Gespräch mit Franz Riement fiel ihm ein. Ein geisteskranker Mörder aus der nächsten Umgebung, vielleicht sogar aus dem Dorf selbst. Vor ein paar Tagen war das noch reine Spekulation gewesen. Vielleicht feierte die junge Lassnig ja doch heimlich Hochzeit oder jobbte in einem Animierlokal oder folgte einfach dem Ruf der Ferne, auch wenn niemand daran glauben mochte. Aber jetzt?

Die ersten Beamten trafen nach einer Viertelstunde ein. Es war nur die Vorhut, der bald darauf die Kriminalbeamten, ein Journalrichter mit einer Schriftführerin im Schlepptau und ein Staatsanwalt folgten. Terrazzo registrierte wie einer nach dem anderen blass wurde. Es erging den Profis also nicht besser als ihm. Die Schriftführerin, eine zarte Blonde, würgte in einem fort, obwohl sie die Angaben des Richters mit dem Rücken zum Tatort aufnahm. Er gab ihr ein Beruhigungsmittel. Die Schweine waren außer Rand und Band und machten einen Höllenlärm, aber es war unmöglich, sie woanders unterzubringen. Vor diesem grunzenden, quiekenden, rempelnden Orchester wurde die Szene unwirklich. Scheinwerfer, eine Leiche, reichlich Blut, geschäftige, nervöse Leute und dahinter als Hauptdarsteller die Masse der tonnenförmigen Leiber, schmutzig rosa, borstig und widerborstig, mit aufgeregten Rüsseln und Ringelschwänzen. Lange stand der Arzt im Abseits und fühlte sich wie in einem grotesken Theater.

Ein Kriminalbeamter, ein großer, dürrer Mann mit grauem Haar, stellte sich vor.

„Ich weiß, wer Sie sind, Doktor. Danke, dass Sie so viel Geduld hatten. Der Bauer sagt aus, Sie wären um neun angekommen, nachdem seine Frau Sie angerufen habe. Stimmt das?"

„Ein, zwei Minuten vor neun, ja."

„Über die Todesursache brauchen Sie mir nichts erzählen",
sagte der Beamte. „Wie lange, meinen Sie, war sie tot, als Sie
eintrafen?"
„Eine Stunde, vielleicht einelnhalb, mehr nicht."
„Weniger?"
„Höchstens zehn, fünfzehn Minuten."
Er rechnete kurz.
„Also zwischen halb acht und Viertel neun?"
„Ja", bestätigte Terrazzo.
„Wie sicher sind Sie?"
„Ich bin kein Gerichtsmediziner, aber ... Sehr sicher."
„Gut."
Der Kripo-Mann schrieb die Zeit in ein Notizbuch und steckte
es wieder weg.
„Können Sie etwas zur Identifizierung der Leiche beitragen?"
„Der Huber meint, es sei die Pfarrersköchin. Durchaus
möglich. Doch Sie sehen ja selbst ..."
„Wenn sie es wirklich ist, werden wir bald Gewissheit haben.
Wir haben eine Großfahndung eingeleitet. Der Täter muss
nach dieser Schlächterei von oben bis unten mit Blut bespritzt
sein. Haben Sie eine Idee, um wen es sich handeln könnte?"
Terrazzo verneinte und skizzierte dann die Theorie vom
Geisteskranken. Außerdem wies er auf die mögliche
Verbindung zu Sonja Lassnig hin. Der Beamte nickte.
„Für das Mädchen sieht es jetzt ganz schlecht aus. Ich danke
Ihnen jedenfalls. Wenn Sie das Protokoll erst morgen
aufnehmen wollen ..."
Es war ihm anzumerken, dass er es gerne früher gehabt hätte.
„Gleich ist mir lieber", kam der Arzt ihm entgegen. „Ich bin
tagsüber sehr beschäftigt."
Und so wie Riement stellte auch der Polizist abschließend die
Frage, „Ein Geisteskranker aus der Umgebung ... Sie sind
Arzt und kennen die Leute. Denken Sie an jemand
Bestimmten?"
„Nein", sagte Terrazzo. Was sollte er auch sagen? Es war
alles so vage. Er musste in Ruhe darüber nachdenken. Der

Lehrer hatte ihm einen Floh ins Ohr gesetzt mit den Hinweisen, die nur erkannt werden müssten. Nur!

Als er nach Hause kam, reichte die Zeit gerade noch für die Handvoll Schlaf, die er dringend nötig hatte.

Am nächsten Morgen entdeckte ein Nachbar den
blutbesudelten, grauen Gummimantel, der in Hannes Müllers
Garten lag, weit ausgebreitet wie ein urzeitlicher Rochen. Der
Mord hatte sich im Dorf herumgesprochen wie ein Lauffeuer.
Der Nachbar verständigte sofort die Gendarmerie, die den
Fundort absperrte und eine umfangreiche Spurensuche
begann. Offensichtlich wollte der Täter den Mantel nur
loswerden. Er schien ihn auf seiner Flucht durch die Gärten
ausgezogen und einfach über den nächstbesten Zaun
geschleudert zu haben. Wenige Schritte weiter verlief die
Straße. Dort endete die Spur.
Der Mantel war ein viel versprechender Hinweis, der sich
vorerst als unergiebig erwies. Das Blut stammte vom Opfer,
verwertbare Hinweise auf den Täter fanden sich nicht. Es
handelte sich um ein altes Stück, wie es früher auch von
Polizisten im Streifendienst getragen wurde. Doch das war
fast drei Jahrzehnte her. Nach einer Erneuerung der
Dienstkleidung wurden die ausgemusterten Mäntel
wahrscheinlich versteigert oder verschenkt oder blieben im
Privatbesitz der Beamten. Vermutlich waren alle drei
Varianten zur Anwendung gekommen, das ließ sich nicht
mehr feststellen. Und es sprach nichts dagegen, dass das
Modell auch im Handel erhältlich gewesen war. Wenn der
Täter aus der Umgebung stammte, schien es nahe liegend,
dass er es schon vor dem Mord getragen hatte. Die Beamten
befragten die Bevölkerung. Zur Überraschung und
Enttäuschung des Kriminalobersten blieb der Erfolg aus.

Viel Rätselhaftes geschah in letzter Zeit. Da war die Sache mit
dem eingetrockneten Blut im Waschbecken. Er hatte es
entdeckt, als er in der Früh die Zähne putzen wollte. Ob er
sich bei der Gartenarbeit verletzt und das vergessen hatte?
Aber er fand keine Wunde an seinen Händen. Wahrscheinlich,
dachte er, war er in der Nacht aufgewacht und hatte aus der
Nase geblutet. Das kam vor, nur dass er sich üblicherweise
daran erinnerte.

Dann die Sache mit dem Mantel, den jemand über seinen
Zaun geworfen hatte. Als die Polizisten ihn befragten, wollte
er bereitwillig sagen, ja, genau so einer hängt in meinem
Schrank. Doch 'es' übernahm blitzschnell das Kommando
und stritt unerklärlicherweise ab, jemals so einen Mantel
gesehen zu haben. Aus dem Verhalten der Beamten schloss er,
dass ihr Verdacht allgemein und ungerichtet war. Ihn zogen
sie kaum in Betracht. Welcher Mörder ist so dumm, ein derart
belastendes Beweisstück ausgerechnet auf der eigenen Wiese
auszubreiten?

Es tat ihm leid, dass er gar nichts zur Aufklärung beitragen
konnte. In der vergangenen Nacht hatte er geschlafen wie ein
Stein. Nicht einmal ein Traum war ihm im Gedächtnis
geblieben.

Die Gummihandschuhe lagen über dem Wannenrand zum
Trocknen. Sie waren noch feucht. Wofür hatte er Handschuhe
gebraucht? Seine Erinnerungslücken nahmen erstaunliche
Ausmaße an. Mittlerweile beunruhigten sie ihn nicht mehr
sehr. So wichtig sind unsere Erinnerungen nicht. Es wird zu
viel Aufhebens davon gemacht. Eigentlich ist es ziemlich
egal, ob du gestern Marmelade gefrühstückt hast oder
Spiegeleier. Die Leute speichern jede Menge Alltagsmüll in
ihrem Gedächtnis und sind verzweifelt, wenn sie eine
Kleinigkeit vergessen. Das ist schon krankhaft. Er machte es
besser. Was kümmerte es ihn, ob er sich ans Nasenbluten
erinnerte? So angenehm ist es nicht. Dasselbe galt für die

Handschuhe. Er hatte sie gebraucht, na und? Als er sie brauchte, hatte er bestimmt gewusst, wozu. Darauf kam es doch an und nicht auf das vollständige Protokoll jeder Nichtigkeit. Als die Polizisten gingen - sie hatten zusammen Kaffee getrunken - war sein Blick auf den alten Hut gefallen, der auf der Garderobe lag. Er war übersät mit dunklen Flecken. Die Beamten sahen ihn glücklicherweise nicht. Es wäre ihm peinlich gewesen. Was hätten sie von ihm gedacht? So einen Hut trägt man nicht einmal zur Gartenarbeit. Er weichte ihn ein. Das Wasser verfärbte sich bräunlich. Die Flecken verblassten, blieben aber deutlich sichtbar. Die Form des Hutes verblasste auch. Ärgerlich warf er ihn in den Müll. Er setzte sich in den Schaukelstuhl und betrachtete lange die Wand, an der früher ein Bild seines Vaters gehangen hatte. Er hatte es weggegeben. Sie gefiel ihm jetzt besser, die Wand. Man möchte nicht glauben, was an einer Wand alles zu entdecken ist, wenn man sie lange genug anschaut. Ganze Landschaften entdeckt man, fremde Landschaften, die es so nirgends gibt. Und Gesichter! Jeder Schatten, jede Delle im Verputz, jeder Pinselstrich ergibt eine Vielzahl von Gesichtern, die sich bewegen und verändern. Man muss sich nur genügend Zeit nehmen. Sie vertragen keine Ungeduld. Er war überzeugt, dass sie sich über ihn unterhielten. Schade, dass er sie so schlecht verstand. Da war nur ein Murmeln in seinem Kopf. Ein leichtes Rauschen wie in großen Sälen, kurz bevor eine Veranstaltung beginnt. Es ließ sich wunderbar träumen, wenn man im Schaukelstuhl saß und beobachtete, wie sich die Wand mit dem Licht des Tages verwandelte. Gute, angenehme Träume, nicht die schrecklichen Träume der Nacht.

Musste er morgen zur Arbeit fahren? Seit er an einem Sonntag vor der verschlossenen Behörde stand, war er dazu übergegangen, die Wochentage im Kalender anzukreuzen. Es schadet gar nichts, wenn man nicht weiß, welcher Tag heute ist. Man muss sich nur zu helfen wissen. Ein bisschen problematisch war, dass er sich nicht erinnerte, von wann die letzte Eintragung im Kalender stammte. Aber da retteten ihn die Morgennachrichten im Fernsehen. Dort blenden sie das Datum ein. Die irrten sich bestimmt nicht. Die Zeitungen waren viel unzuverlässiger. In letzter Zeit überhaupt. Es war ihm öfter passiert, dass er eine las, auf der Mittwoch oder Donnerstag stand und in Wirklichkeit war es Samstag oder Montag. Das war ärgerlich. Wenn sie es nicht selbst schafften, dachte er, könnten sie sich doch auch die Morgennachrichten im Fernsehen anschauen und das Datum einfach abschreiben. Er beschloss, ihnen einen Tipp zu geben. Es war zu lächerlich. Er, der einfache Beamte, kam auf diese Idee, während in den Redaktionen weiß Gott wie kluge Leute sitzen, denen so was nahe Liegendes nicht einfällt.

Er nahm Papier und Füllfeder und begann zu schreiben.

32

Pfarrer Weilrich saß in seinem Arbeitszimmer, schwere
Schatten unter den Augen, die Hände auf den Tisch gelegt wie
verkrampfte Adlerklauen, unfähig, sie zum Gebet zu
verschränken. Die Morgendämmerung vertrieb die Nacht aus
ihren Stellungen, doch er wagte noch immer nicht, den Kopf
zu heben und seinem Gott ins Angesicht zu schauen. 'Warum
straft Er mich, indem Er Grete straft?'
Sie hatten gegen Mitternacht an die Tür des Pfarrhauses
geklopft. Sehr höflich, nach kurzem Hin und Her einen Blick
in ihr leeres Zimmer geworfen. Er hatte gar nicht gewusst,
dass sie außer Haus war. Nach dem Streit hatte er gearbeitet
und war, immer noch ärgerlich über sie und sich, zu Bett
gegangen. Den Streit erwähnte er übrigens nicht. Dazu
bestand kein Anlass. Sie nahmen Fingerabdrücke vom Foto,
das auf ihrem Nachttisch stand, vom Zahnputzglas, von der
Seifenschale, vom gläsernen Briefbeschwerer, den er ihr
einmal geschenkt hatte. Darunter lag ein Brief, adressiert an
eine Baufirma.
Es sei ein Mord geschehen. Es bestehe der Verdacht, dass
Frau Strutz ...
„Weshalb ein Verdacht?", fragte er bestürzt. Jeder im Dorf
kenne Grete. Jeder könne sagen, ob sie es ist oder nicht.
Durchaus nicht, leider nein, schrecklich zugerichtet sei die
Leiche. Im Stall vom Huber. Ob er selbst ... Kein schöner
Anblick allerdings.
Er schlüpfte in seine Schuhe und zog den Mantel über den
Pyjama. Sie führten ihn zu Grete, zu ihren sterblichen
Überresten. Ihm wurde übel. Er betrachtete sie genau. Eine
Hand war unverletzt geblieben. Ihre Hand, da gab es keinen
Zweifel. Er hatte sie achtzehn Jahre lang täglich mehrere Male
gesehen. Ganz aus der Nähe, wenn sie ihm Essen servierte
und die Teller wieder abräumte. Ihm wurde erneut übel.
„Es ist ihre Hand", sagte er. Er wusste nicht, wann sie
gegangen war. Sie ging jedoch jeden Abend ungefähr um die

gleiche Zeit, höchstens zehn Minuten auf oder ab. Sie brachten ihn zurück nach Hause.

Er hatte sich ins Arbeitszimmer gesetzt und seither nicht von der Stelle gerührt. Gott straft schnell und unbarmherzig. Es war genau an dem Tag geschehen, an dem er zwar geschwiegen, aber das Beichtgeheimnis doch verletzt hatte. Sehr indirekt, zumindest. Was für ein Unsinn, dachte er. Wie viele, die Jahrzehnte weiterleben, hätten am Tag ihrer Sünde tot umfallen müssen?

Doch seine Gedanken kreisten unablässig um den Fremden, der aussah wie Zeus, um ihr Gespräch auf dem offenen Feld, um seinen stummen Hinweis.

Und Monika? Wann hatte er Monika zuletzt besucht? Vor nicht einmal einer Woche. Dann musste er noch im Streit von Grete scheiden. Sie denke mehr an das Schwein als an ihn! Nie wieder würde er einen Stanislaus hochpäppeln, um ihn schlachten und zerteilen zu lassen wie Grete geschlachtet und zerteilt worden war. Mit dem Schwein hätte er tauschen mögen, wenn er dadurch die Last seiner Fehler, die Last seiner Mitschuld von sich hätte wälzen können. Es gibt eine Mitschuld jenseits juristischer, moralischer, sogar religiöser Begriffe: eine Mitschuld des schweigenden Herzens. Er hätte Grete um Rat fragen müssen und hatte es nicht getan. Gerne hätte er getauscht, besonders gern mit Grete! Doch Gott oder das Schicksal oder wie immer man das Verhängnis benennt, lässt sich auf solche Händel nicht ein. Wenn der Tod dazwischenfährt, ist die Chance, das Richtige zu tun, vergeben. Sie kehrt nicht wieder.

Er dachte daran, den alten Matte zu warnen (wovor?), mit Monika Schluss zu machen, seinen Beruf an den Nagel zu hängen. Doch am schlimmsten war, dass seine Hände nicht zueinander fanden. Wie unversöhnliche Feinde lagen sie auf der Tischplatte, Zeichen seines eigenen großen Hasses. Bald war Ostern. Ihm graute bei dem Gedanken.

In jenen Stunden zerfiel Pfarrer Weilrich zu Asche und wie Phönix tauchte ein neuer Weilrich aus der Asche empor. Gott hatte ihn geschlagen und er mochte sich nie wieder schlagen lassen. Sein Inneres versteinerte während des Tages, da er tat, was getan werden musste. Zuletzt rief er Monika an und verabredete ein Treffen.

33

Nach den Ereignissen der letzten Woche war der Stammtisch im Schafswirt besser besucht als an gewöhnlichen Tagen. Es gab verschiedene Runden, die sich regelmäßig hier trafen, aber der Stammtisch war die älteste und bedeutendste. Was früher fast ausschließlich ein Treffen der reichen Bauern, des Pfarrers und des Lehrers gewesen war, hatte sich in den vergangenen Jahren geöffnet. Einige der 'Neuen' aus der Stadt hatten Anschluss gefunden und manche der alteingesessenen Dörfler pendelten jetzt selbst aus und brachten frische Erfahrungen mit. Auch der Inhalt ihrer Gespräche hatte sich geändert, der Stammtisch war kein politischer Block mehr. Der alte Matte wusste es besser. Der harte Kern war intakt. Gegenstimmen kamen immer von Außenseitern, die sich interessant machen wollten. Eine augenzwinkernde Opposition, die zu verstehen gab: Im Grunde sind wir sowieso einer Meinung, aber ihr sollt halt sehen, dass ich ein Bursche bin, der auch mit anderen kann. Außerdem ein mutiger Kerl, weil ich mich nicht scheue, euch meine Einstellung offen ins Gesicht zu sagen, wenn's auch genau genommen gar nicht meine ist. Denn meine ist im Grunde ohnehin die eure, das wisst ihr doch hoffentlich? Der harte Kern nickte ein bisschen und schmunzelte ein bisschen und dachte, die Idioten werden nie lernen, was Politik bedeutet. Politik auf dem Land hat drei Ziele: Unmittelbare Vorteile auf Gemeindeebene herausschlagen, Nachteile abwehren, sowie im Verband Druck nach oben machen. Pro Subventionen, anti Auflagen. Das war's. Idealisten gibt es überall, Dummköpfe, kann man sagen. Überall, aber nicht im harten Kern des Stammtisches. Die Schafswirtin war als einzige Frau zugelassen. Nicht weil ihr das Gasthaus gehörte, sondern weil sie genau verstand, wie es wirklich läuft. Es ist beinhartes Taktieren, Feilschen und Tauschen. Je weitsichtiger einer ist, desto besser. Wer gut und langfristig plant, wird zuletzt den größten Gewinn einstreichen. Es ist ein Kampf Mann gegen Mann, Frau gegen Mann, Frau gegen Frau. Ideologische Verzierungen sind gut für die Fassade. Die Habenichtse in den Städten, mit ihren Mietwohnungen, geleasten Autos und überzogenen Konten, die *können* das nicht begreifen. Die halten sich für politisch, wenn sie zwei Zeitungen lesen, brav wählen gehen und einmal wöchentlich über Schulen, Menschenrechte und die Todesstrafe in Amerika diskutieren. In Wirklichkeit ist das Onanie. Sie beweisen sich, dass sie eine Meinung haben. Das ist zugleich der einzige Nutzen dieser Meinung.

Matte schlürfte sein Bier und verfolgte nebenbei die Theorien zur Ermordung der Pfarrersköchin. Ihm fiel auf, dass alle Frauen heute in männlicher Begleitung waren. Er roch die unterschwellige Angst und dachte an längst vergangene Zeiten.

Es stand für jedermann außer Frage, dass auch Sonja Opfer des Verrückten geworden war. Strittig blieb, warum er die Strutz einfach abgeschlachtet und liegengelassen, die Leiche des Mädchens aber so gut versteckt hatte. Oder war sie gar nicht tot? Hielt er sie irgendwo gefangen? So wie er die Strutz zugerichtet hatte, mochte das niemand glauben.

„Dass die Leiche von der Sonja verschwunden ist, hat überhaupt nichts zu bedeuten", sagte einer der Neuen. „Wir wissen eben nicht, was sich ein Verrückter ausdenkt. Wenn wir es wüssten, wären wir selber verrückt oder der Verrückte normal."

„Was soll denn das heißen?"

„Das heißt, dass wir nicht wissen, wie ein Verrückter denkt, weil wir eben anders denken als er."

„Warum sollen wir anders denken? Alle Leute denken gleich. Nur dass der eine ein Spinner ist und der andere nicht."

„Das ist ja der Unterschied!", rief der Neue verzweifelt. „Ein Spinner denkt eben anders. Wenn alle gleich denken würden, wären wir alle Spinner."

„Du bist das eh", brummte einer. Die Runde lachte.

Die Ermordung der Strutz berührte den alten Matte nicht. Vor einer Woche war eine gute Kuh beim Kalben eingegangen. Das hatte ihm mehr wehgetan. Um die Sonja tat es ihm leid. Frisches Fleisch ... Er glaubte nicht, dass sie so ein Unschuldslamm war, wie alle beteuerten. Sie bewegen sich anders, wenn sie's schon einmal getrieben haben. Irgendwann letzten Sommer war es. Er hatte ein Auge dafür. Schade, dass er ihren Galan nicht kannte. Die Jungen sind jetzt so viel auswärts. In der neuen Siedlung gibt es allerdings auch ein paar Burschen, die im richtigen Alter sind. Zu denen hatte er kaum Kontakt. Das waren entwurzelte Städter, die die Regeln vom Land nicht begriffen. Vielleicht hatten sich die Regeln auch geändert. Die festen Gefüge lösten sich auf. Es gab immer weniger Abhängigkeiten. Die neuen Siedler mit ihren Baumeisterhäusln auf 600 Quadratmetern und dem Job in der Stadt, hatten kein Gefühl mehr für die Macht von 600 Hektar. Für sie war das einfach eine große Landwirtschaft. Viel Arbeit, unangenehme Arbeit, wenig Freizeit. Mit seinem ganzen Grund geht es dem ja schlechter als mir, sagten sie. Er kann sich ja davon nichts abbeißen.

Zum ersten Mal wurde dem alten Matte klar, dass der Zuzug dieser Leute seine Machtbasis im Dorf erheblich schmälerte. Es hatte schon früher Pendler gegeben, die vom größten Bauern nicht abhängig waren. Aber deren Eltern waren es noch gewesen. Für jene Pendler war er deshalb eine Respektsperson. Da schuf er rasch neue Abhängigkeiten. Hier eine Gefälligkeit, dort ein gutes Wort, schon waren sie ihm ausgeliefert. Die Neuen wandten sich gar nicht erst an ihn. Und wenn sie es taten, dann auf der Basis der *Gleichberechtigung.* Die kauften ihm etwas ab wie sie in einem Geschäft einkauften. Gab er es billiger, betrachteten sie das als selbstverständlich. Beim Bauern bekommt man es eben billiger. Das ist nur gerecht, wenn man auf dem Land wohnt. Die politischen Bande wirkten bei denen ohnehin nicht. Jeder wählte anders. Von Haus zu Haus und sogar innerhalb der Familien. Und von Wahl zu Wahl! Er verzog das Gesicht. Wechselwähler. Leute ohne Bindungen. Es war in Ordnung, dass die Arbeiter sozialistisch wählten. Wen sollen sie denn sonst wählen, in ihrer Situation? Und genauso war es in Ordnung, dass die Bauern konservativ abstimmten. Das hatte weniger mit der Kirche zu tun als viele dachten. Die Kirche war ein Teil der Verzierung für die Fassade. Mit ihr fischte man ein paar Prozent und genau so viel stieß man mit ihr auch wieder ab. Die Kirche stützte sich mehr auf die Konservativen als umgekehrt. Er hatte für die Pfaffen nie viel übrig gehabt, für Religion auch nicht, aber natürlich spielte er auch in diesem Bereich seine Rolle. Das war es, was den Jungen abging. Sie wollten nur noch Rollen spielen, an die sie glaubten. Sie wollten nicht wahrhaben, dass das Äußerlichkeiten sind, die mit dem eigentlichen Spiel nicht mehr zu tun haben als der Dress eines Fußballers mit seinem Talent. Die wollten noch an die Werbung auf dem Dress glauben.

„Redest du heute nichts?", fragte Lydia, die sich mit einem Glas Wein neben ihn gesetzt hatte. „Schöner Betrieb die vergangenen Tage. Ich hab' eine Aushilfe nehmen müssen. Die Rosi kommt allein nicht mehr zurecht."

„Die da?"

Matte deutete auf eine füllige Frau jenseits der Fünfzig, die, wie er wusste, mit einem Schulwart verheiratet war. Die Schafswirtin nickte. Er lächelte säuerlich.

„Früher waren deine Aushilfen jung und hübsch."

„Und dumm."

„Das macht nichts. Ist der Ausländer noch immer hinter der Rosi her?"

Lydia sagte leise: „Der ist so hinter ihr her, dass ich die halbe Nacht nicht schlafen kann."

Eine kurze Pause folgte.

„Das Dorf hat sich verändert", sagte Matte dann.

Und du hast lange gebraucht, bis du draufgekommen bist, dachte Lydia. Doch sie sagte: „Das ist kein Wunder. Zuerst die kleine Lassnig, jetzt Grete."

„Das hab ich nicht gemeint", brummte er.

„Was denn?"

„Ach, nichts."

Rosis Verhältnis mit dem Fremden lag ihm schwer im Magen. Er hatte bislang nie in Erwägung gezogen, dass er sie *nicht* bekommen würde. Aber ihr war zuzutrauen, dass sie mit so einem Kerl verschwand. Von einem Tag auf den anderen. Auf Nimmerwiedersehen. Die Vorstellung verursachte ihm körperliches Unbehagen, ein fast unbekanntes Gefühl. 'Ich bin doch nicht verliebt in das Weib?' Der Gedanke brachte ihn zum Auflachen. Er spürte die erstaunten Blicke und wurde sich bewusst, dass er vorsichtig sein musste. Ein alter Mann wird schnell zum wunderlichen, alten Mann.

„Mir ist ein Witz eingefallen", erklärte er in seinem rauen, leicht verächtlichen Ton. „Aber heute ist nicht der Tag zum Witze erzählen. So ein Mord ist eine schlimme Sache, besonders in einer kleinen Gemeinde. Du kannst keinen Augenblick sicher sein, ob der Mörder nicht am selben Tisch sitzt wie du."

Der Neue lachte nervös auf und der alte Matte hätte vorher seine Hand verwettet, dass er genau das tun würde. Er kannte sich doch noch ganz gut aus, auch mit den Unabhängigen. Sein Einwurf hatte neuen Schwung in die Unterhaltung gebracht. Ein Dorf ist klein. Jeder kennt jeden. Wenn der Mörder also aus der Umgebung stammte, dafür sprach ja vieles, kannte jeder einzelne ihn. Wenn so viele Einzelne gemeinsam einen Unbekannten kennen, folgt unweigerlich der Versuch, ihm einen Namen zu geben.

Eine Frau an einem Nebentisch sagte: „Ich bekomme immer eine Gänsehaut, wenn ich dem Bernd begegne. Er ist irgendwie unheimlich."

Ihr Mann fragte: „Was für eine Haut solltest du denn sonst haben?"

Matte sah Müller leise ins Glas kichern. Mit dem Burschen ging es bergab, seit seine Frau abgehauen war. Manche blühen auf, manche zerfallen. Man weiß es vorher nie. Der alte

Müller war ein Kerl gewesen, ein Kamerad, ein Spezi. Der Junge war nichts wert. In letzter Zeit kam er immer seltener und redete kaum noch. Wahrscheinlich soff er sich heimlich zu Tode. Matte hatte zwei oder drei gekannt, die das gemacht hatten. Zielstrebig und unauffällig. Von einem Tag auf den anderen waren sie hinüber gewesen. Solchen Säufern merkt man nie an, wie viel sie gerade getrunken haben. Sie fallen nie aus der Rolle. Die gehen mit zehn Halben und einem Liter Schnaps kerzengerade nach Hause. Erst wenn sie sicher sind, dass sie vorm eigenen Bett stehen, werden sie bewusstlos und kippen um.

Matte beteiligte sich kaum am weiteren Gespräch. Er wartete. Er hatte einen Entschluss gefasst, den er noch heute in die Tat umsetzen wollte. Als er gegen elf nach Hause ging, fühlte er sich wieder wie in alten Zeiten. Nur die Zügel nicht schleifen lassen. Er verbrachte noch eine Viertelstunde in der Kammer der Magd. Eine Viertelstunde reichte. Es gab ja nichts zu reden.

34

Das Dorf hatte sich in den sanften Knick zwischen Ebene und
dem zum Wald ansteigenden Hang geschmiegt. Wo anfangs
die Kirche und die umliegenden Höfe und viel freier Raum
gewesen war, hatten sich zunächst die kleinen Häuser der
alten Siedlung und in jüngster Vergangenheit die größeren der
neuen Siedlung eingefügt. Dem Ortsbild hatte die Invasion der
Häuslbauer nicht gut getan, aber die Schafswirtin hatte aus
einer trockenen Wiese dreißig Baugründe gemacht und das
bedeutete, Steine in Gold verwandeln.
Der Lassnig-Hof lag dem Wald am nächsten. Wenn man aus
den Fenstern des ersten Stocks den Kirchturmspitz anpeilte,
befand er sich genau auf gleicher Höhe mit dem
Zierausschnitt im Laden. Im Osten, Westen und Norden
kletterte Wald die Hügel hoch und in der zweiten Etappe
wurden aus den Hügeln Berge. Keine hohen Berge. Nicht
einer ragte über die Waldgrenze. Von den Hügeln
unterschieden sie sich eigentlich nur durch den schrofferen
Aufbau und den Sprachgebrauch der Gegend. Der Blick nach
Süden führte über Dorf und Talgrund zu fernen Waldinseln
und zu 'echten' Bergen, die das Land begrenzten wie mehrere
Reihen Haifischzähne. Weiß, kalt, mit spitzen Zacken. Volk
auf Volk war durch dieses weite Tal gezogen. Manche mit
bekannten Namen, viele, deren Namen wir nicht kennen.
Manche friedlich, die meisten kriegerisch. Immer hatten sich
auch welche niedergelassen und ihr Blut mit dem Blut der
Einheimischen vermischt.
Am Nachmittag waren dichte Wolken von Südwest
gekommen. Sie brachten Regen und verkürzten den Tag. Die
Wintersaat stand jetzt zwei Handbreit hoch. Noch immer
fehlte die Wärme. Die Stimmung im Lassnig-Hof war
gedrückt. Sonjas Vater hatte sich von seinem Zusammenbruch
erholt, aber die Arbeit machte ihm keine Freude mehr. Seine
Frau war nach wie vor davon überzeugt, dass ihre Tochter
lebte, doch sie sprach nicht darüber, weil ihn das doppelt

quälte. Die Zwillinge mit ihren neun Jahren waren ernster geworden. Sie ertrugen die häufiger gewordenen Umarmungen, ohne das Gesicht zu verziehen, und sie gaben den Eltern einen Gutenachtkuss, was sie früher als unmännlich abgelehnt hatten.

Die Familie ging früh zu Bett. Um zehn lag der Hof in tiefer Dunkelheit. Der schwache Schimmer der Straßenbeleuchtung reichte kaum aus, die Umrisse der Gebäude von dem schwarzen Hintergrund abzuheben. Nach Mitternacht herrschte Ruhe im Dorf. Die Wolkendecke riss auf und das blasse Licht der Sterne sickerte zur Erde herab.

Ein aufmerksamer Beobachter hätte vielleicht die schlanke Gestalt ausgemacht, die quer über den Hof zum Wirtschaftsgebäude schlich. Dort verschmolz sie mit dem Schatten des Vordachs zur Unkenntlichkeit. Nur die Katze sah, wie die Gestalt an der Tür kurz haltmachte. Dann schwang die Tür mit leisem Knarren auf und wieder zu. Der nächtliche Besucher war im Inneren des Hauses verschwunden.

Adelheid Lassnig horchte in die Dunkelheit. Sie lag jetzt oft wach und lauschte dem schweren Atem ihres Mannes. Die Nächte in dem alten Gebäude hatten viele Geräusche, aber da war eines dabei gewesen, das nicht zur Nacht gehörte. Sie schlüpfte leise aus dem Bett und schlich mit bloßen Füßen aus dem Schlafzimmer in den kurzen Gang, der zur Stiege führte. Sie machte kein Licht. Eine Weile stand sie auf dem oberen Treppenabsatz in völliger Finsternis, dann tastete sie sich Stufe für Stufe nach unten. Es war eine gemauerte Treppe, die nicht knarrte. Wieder ein Geräusch, das nicht in die Nacht gehörte. Es kam aus der Küche. Erst jetzt dachte sie an das Schicksal der Pfarrersköchin und dass der Mörder noch nicht gefasst war. Sie stand am Fuß der Stiege und fühlte, wie die Kälte des Bodens ihre Beine hoch kroch. Plötzlich strich etwas Kühles über ihr Gesicht. Adelheid zuckte zurück und stieß sich am Geländer. Der eiserne Knauf drang so schmerzhaft zwischen ihre Rippen, dass sie nach vorn taumelte und auf die Knie fiel. Sie wollte schreien vor Schreck und weil es wehtat, da hörte sie wieder das Knarren der Haustür. Es war dieses Geräusch, das nicht in die Nacht passte, das sie herunter gelockt hatte. Sie spürte, dass sie allein war. Vorsichtig stand sie auf. Durch den Sturz hatte sie die Orientierung verloren und musste sich eine Weile an der Wand entlang tasten, ehe sie den Lichtschalter fand. Die Tür war fest verschlossen. Sie überlegte kurz und schob den großen Riegel vor. Dann ging sie in die Küche. Auf den ersten Blick war nichts Ungewöhnliches zu sehen. Nur auf dem Tisch stand ein Glas Marmelade, das dort nicht hingehörte. Der Tisch war leer gewesen, als sie zu Bett ging. Sie trat näher und entdeckte, dass unter dem Glas etwas lag. Ein kleines Stück Papier, nein, ein kleines Stück Stoff. Adelheid nahm es und entzifferte die Botschaft, die jemand mit Kohle darauf geschrieben hatte. Es war bestimmt nicht leicht gewesen, mit Kohle auf diesem Stoff zu schreiben. Ihr Mund begann zu zucken, Tränen perlten ihre Wangen hinab. Sie stellte die Marmelade zurück in den Schrank. Den Stoff legte sie zwischen zwei Papiere in ihre Schublade. Sie lachte leise, löschte die Lichter und huschte zurück ins Bett. Die kalten Füße schob sie unter die Decke ihres Manns. Ihre Gefühle hatten sie nie getäuscht. Es ist eine Begabung, die eng mit Vertrauen zusammenhängt. Vertrauen ist ein Geschenk, das uns die Wärme des Lebens bewahren hilft. Wenigen gelingt das.

35

Padoponos hielt an seinen ausgedehnten Spaziergängen fest.
Heute war er weit durchs Tal gewandert, bei seiner Rückkehr
kündigte sich die Dämmerung an.

Er erreichte den Rand des Dorfes, das verlassene Haus mit der
verfallenden Gartenmauer, eine wehmütige Ruine, die jedem
Vorübergehenden ihren stummen Vorwurf mitgab. Ein hoher
Nussbaum mit seiner kahlen, nach dem Himmel greifenden
Krone, unterstrich das Bild. Der Grieche mochte den Ort. Es
war ein Platz der Anrufung. Ein Platz ohne Worte.

Nichts warnte ihn. Der Schlag in den Rücken war so stark,
dass er nach vorne geschleudert wurde, wo er auf Händen und
Knien landete. Ohne zu überlegen warf er sich zur Seite und
entging dadurch dem nächsten Hieb. Vom Schwung des
Prügels wurde der Mann, der ihn führte, mitgerissen. Die
Pause im Angriff genügte dem Griechen, um auf die Füße zu
kommen. Jetzt standen sie einander gegenüber. Er hatte den
Angreifer ein einziges Mal gesehen. An der Theke im
Schafswirt. Ein riesiger, klobiger Mann mit einem groben,
verzerrten Gesicht, das jetzt ganz vom Willen zum Kampf
beherrscht war. Ein großer, grober Klotz. Er hatte Hände und
Füße, die selbst für seine Maße überdimensioniert schienen,
wahre Pranken und Bodenplatten, die ihm enorme
Standfestigkeit verliehen. Er hielt einen dicken Prügel von
eineinhalb Metern schräg nach oben vor seinen Körper, wie
Samurais ihr Schwert. Padoponos fühlte den pochenden
Schmerz in seinem Rücken. Er konnte sich noch bewegen.
Das war das wichtigste. Der Schlag hätte ihm das Kreuz
brechen können. Kalte Wut hatte von ihm Besitz ergriffen.
Der Klotz deutete mehrmals an, machte dann einen schnellen
Schritt nach vorn und zielte auf Padoponos Hals. Der Grieche
wich mühelos aus. Er war erleichtert. Der Angreifer musste
gewaltige Kräfte besitzen, aber sein Stock war zu dick und zu
lang, eine schwerfällige Waffe. Sein Gegner begriff das im
selben Augenblick. Er schleuderte ihm den Prügel entgegen

und stürmte nach. Padoponos wurde in den Magen getroffen und ging unter der Wucht des Anpralls erneut zu Boden. Jetzt lag der Riese auf ihm und schlug zu, blind und unüberlegt, mit der Wucht eines schweren Hammers. Durch seine Stellung behinderte er sich selbst, er war ungeduldig und traf ungenau. Seine Treffer taten trotzdem weh, hatten aber nur den Bruchteil ihrer potentiellen Wirkung. Bestimmt war er ein gefürchteter Schläger bei Wirtshausraufereien. Padoponos beschränkte sich darauf, ihn auf sich festzuhalten, zu verhindern, dass er eine günstigere Lage einnahm. Gleichzeitig bemühte er sich, sein Knie zwischen den Beinen des Gegners zu platzieren. Als es soweit war, ließ er es hochschnellen wie eine Stahlfeder. Der Klotz sog einen Kubikmeter Luft ein und rollte zur Seite. Padoponos sprang hoch, immer noch sprachlos vor Wut. Er packte die rechte Hand des Liegenden, machte eine Drehbewegung und ließ sie auf sein Knie fallen. Dann brach er auf gleiche Weise das Gelenk der linken. Der Riese stöhnte, als der neue Schmerz den abklingenden zwischen den Beinen übertraf. Er setzte sich mühsam auf und betrachtete ungläubig seine Hände, die groß und breit und nutzlos herabhingen.

Padoponos stand vor ihm, gezeichnet vom Kampf und vom lehmigen Weg, aber schon wieder ruhig und kühl. Das Krachen der Gelenke hatte seine Wut weggefegt.

„Wieso?"

Er erhielt keine Antwort. Doch der Wille des anderen war gebrochen. Ein Schritt in seine Richtung genügte, um ihn wütend sagen zu lassen: „Wegen der Rosi."

„Bist du ihr Freund?"

Der Riese schüttelte den Kopf.

„Wer hat dich geschickt?"

Er schüttelte wieder den Kopf. Padoponos trat gegen eine herabbaumelnde Hand. Tränen schossen in die Augen des Klotzes. Grober Keil auf groben Klotz. War das nicht ein Sprichwort? Der Grieche wartete.

„Es war der Alte. Ich war ihm was schuldig."

Padoponos fragte nicht weiter. Rosi hatte ihm einiges erzählt, der Rest war leicht zu erraten.

„Jetzt ist er dir was schuldig", sagte er.

Mittlerweile war es beinahe dunkel geworden. Er wollte in diesem Zustand nicht durchs Gastzimmer gehen. Ohne ein weiteres Wort ließ er den Schläger sitzen und suchte sich seinen Weg über die Felder. So kam er an die Rückseite des Wirtschaftsgebäudes, von dort in den Hof und zur Hintertür. Er gelangte ungesehen in sein Zimmer.

36

„Was ist los mit dir? Du schleichst herum wie in Watte gepackt."

Es musste schlimm sein, wenn schon seine Mutter es merkte. Es war schlimm.

„Gar nichts", murmelte er und versuchte, die Küche zu verlassen. Sein Vater saß am Tisch, die Samstagzeitung vor sich. Jedes Wochenende verbrachte er einen halben Vormittag damit, die Zeitung bis ins Kleingedruckte zu studieren. Besonders die Anzeigen hatten es ihm angetan. Nicht, dass er etwas suchte (er hätte nie auf eine Anzeige hin ein Geschäft gemacht), es war der Ton, der ihn reizte, die Anpreisung in fünf, sechs Worten. Von der Kommode bis zur Hure, vom Grundstück bis zum Ehepartner. Alles ließ sich mit einer Handvoll Buchstaben anbieten oder begehren. Die originellsten Zitate schnitt er aus. Reichte sie herum, wenn Freunde zu Besuch waren.

„Setz' dich her", sagte der Vater.

Rüdiger stöhnte auf, innerlich, versteht sich. Ein Sag-schon-was-du-auf-dem-Herzen-hast-Eltern-Kind-Gespräch war das letzte, was er brauchte. Er setzte sich, die Mutter setzte sich.

„Pass auf!", fauchte der Vater. Sie hatte mit dem Ellbogen die Inserate verschoben.

„Ist doch nichts passiert!", fauchte sie zurück. Zwei Töpfe, die beim geringsten Anlass überkochen.

„Darum geht's nicht!", schrie er. „Es geht darum, dass du dich nicht einmal hinsetzen kannst, ohne irgendeinen Wirbel zu machen."

Die Mutter sprang auf, so heftig, dass ihr Stuhl zurückkippte, sagte: „Esel", und rauschte aus dem Zimmer.

„Blöde Kuh", murmelte der Mann, während er den Sessel aufhob. Rüdiger grinste. Wenn es sein Vater sah, warf er ihn bestimmt hinaus. Aber der wollte es nicht sehen. Er holte eine Flasche Bier und zwei Gläser, stellte sie achtlos auf die kostbaren Inserate und schenkte ein.

„Gut, dass sie weg ist", sagte er. „Was ich mit dir besprechen will, ist ohnehin nicht für ihre Ohren gedacht. Du hältst auch den Mund, ja?"

Rüdiger nickte pflichtschuldig. Immer noch besser ein Mann-zu-Mann- und Du-verstehst-schon-was-ich-meine-Gequatsche als die Eltern-Kind-Veranstaltung. Sie prosteten einander zu und tranken.

„Ich glaube, ich weiß, was dir fehlt", begann der Vater, noch den Schaum auf der Oberlippe. „Hier draußen ist nicht viel los, was Mädchen angeht und so. Aber in deinem Alter sind Mädchen wichtig. Die sind immer wichtig."

Er machte ein verschwörerisches Gesicht.

„Es ist Zeit, dass ich dich da einführe. Wir könnten einmal ausgehen miteinander. Wir sagen einfach, wir gehen ins Kino."

„Und wenn Mama mitkommen will?"

„Da suchen wir uns schon einen Film aus, den sie nicht mag. Für einen jungen Burschen ist der erste Kontakt, der erste richtige ..., du weißt was ich meine ..."

Rüdiger machte große Augen.

„Natürlich weißt du, was ich meine", sagte der Vater ärgerlich. „Wenn du es in deinem Alter nicht weißt, ist sowieso alles zu spät!"

Er trank aus.

„Da, die Inserate. *Sex!* Das erste Mal, verstehst du? Das erste Mal ist nicht so leicht. Du bist aufgeregt, weißt nicht, was du machen sollst. Vielleicht bist du so aufgeregt, dass du überhaupt nichts machen kannst. Wenn du zu aufgeregt bist, kriegst du ihn gar nicht hoch. Wenn es für das Mädchen dann auch noch das erste Mal ist, ist das Malheur perfekt. Du weißt nicht, was du tun sollst, sie weiß nicht, was sie tun soll ... Deswegen brauchst du eine erfahrene Frau, die dir zeigt wie es geht. Die nicht ungeduldig ist. Die sich auskennt. Begreifst du jetzt?"

Rüdiger schüttelte den Kopf.

„Nein, Papa."

Sofort ging Papa in Saft. Leichter auszurechnen als eins und eins.

„Dann lassen wir es eben bleiben", schrie er. „Schau halt zu, wie du selber damit fertig wirst. Mich brauchst du nicht mehr fragen."

„Ich hab gar nicht gefragt", sagte Rüdiger.

„Ist doch egal!", brüllte der Vater im Hinausgehen. „Geh ich halt allein. Ich bin doch nicht euer Trottel!"

„Wie merkt man denn das?", rief die Mutter von oben.

„Du wirst es nicht merken", rief er zurück. „Zum Merken braucht man ein paar Gramm Hirn."

Rüdiger achtete nicht auf den Streit. Heute Nachmittag würde Papa den Grill anwerfen und beim Essen mit den Nachbarn würde Mama seine Kochkünste zum hundertsten Mal in den Himmel heben und er würde es zum hundertsten Mal für bare Münze nehmen und sagen, dass seine ganze Grillerei nichts wäre ohne ihren Mayonnaisesalat. Dann würden sie sich über Fleisch und Holzkohle und Salate unterhalten, einer klüger als der andere, und das alles mit fast den gleichen Worten wie an jedem beliebigen Wochenende. Nach dem Essen würden sie Karten spielen und Wein trinken. Den Wein würden sie auch über den grünen Klee loben, egal aus welchem Supermarktregal er kam, und das Spiel brachte sie wieder zum Streiten. Es ist für einen Jugendlichen eine große Überraschung, zu erfahren, dass es Klischees *wirklich* gibt. Jahrelang lächelt man darüber, wenn sie einem in Filmen und Büchern begegnen, und plötzlich erkennst du, dass du selbst mitten drin steckst. Dass du das Klischee nicht nur im eigenen Haus miterlebst, sondern sogar mitspielst. Denn Rüdiger war lange der missmutige Junge gewesen, dem alles furchtbar auf die Nerven geht - eine Paraderolle.

Stimmungen sind etwas Seltsames. Der Vormittag hatte ihn nicht deprimiert, sondern erheitert. Außerdem wusste er jetzt, welche Inserate seinen Vater wirklich interessierten. Rüdiger verspürte erstmals eine Ahnung von jener tiefen Komik, die jeden einzelnen Menschen auf seinem Weg begleitet, ob er es will oder nicht. Waren sie lächerliche oder traurige Figuren? War seine Angst lächerlich? Ein Mord war geschehen und alle dachten, es sei schon der zweite. Wieder und wieder hatte er sein Gedächtnis nach dem, was er die Erscheinung nannte, durchforscht. An nassen, kühlen Tagen treiben häufig Nebelfetzen durch den Wald. Körper werden verfälscht, Silhouetten unwirklich. Er hatte eine ausgeprägte Phantasie. Das kam hinzu. Er wusste nicht mehr, was er tatsächlich gesehen oder erst im Nachhinein zu sehen geglaubt hatte. Gestalten in langen, weißen Mänteln, die etwas hochhoben. Noch eine Gestalt, ein Mädchen. Nebel. Ein Windstoß und alles hatte sich aufgelöst. Alles löst sich auf. Papa wollte ihm eine Prostituierte zahlen. Mama sollte glauben, dass sie ins Kino gingen. Wenn Sonja nicht gewesen wäre, er hätte das Angebot angenommen, nur um zu erfahren, ob solche Sachen wirklich passieren. Es *ist* doch komisch.

37

Die Bezirksstadt war nur fünfundzwanzig Fahrminuten vom
Dorf entfernt. Mit dem PKW. Der Autobus brauchte etwa
vierzig Minuten. Um den Kern der Stadt - eine mittelalterliche
Burg, das Rathaus, ein Dutzend Bürgerhäuser - hatte sich in
den letzten Jahrzehnten ein breiter Gürtel von Geschäfts- und
Wohnhäusern gelegt, durchsetzt von kleinen
Industriebetrieben. Etwas so Luxuriöses wie ein
Bebauungsplan war von den Stadtvätern in Auftrag gegeben
und umgehend archiviert worden. Das Schulzentrum stand
neben einer Lackfabrik, weil der Grund der Gemeinde
gehörte, kleine und große Wohnblocks umzingelten eine
Spedition mit einem Fuhrpark von vierzig Lastzügen. Die
Spedition war zuerst da gewesen. Jeder der dort baute, wusste
es. Keinen hatte es gehindert. Andere Zeiten ... Aber auch
heute fand sich immer wieder eine Lücke, in der ein Bauherr
mit der Genehmigung in der Hand seine vier Wände hochzog,
um sich danach über Lärm und Gestank zu beschweren. Die
Einwohnerzahl hatte mit der letzten offiziellen Zählung
zehntausend überschritten. Gut für die Kasse. Dem Stadtsenat
war es eine Feier wert gewesen.
Das Wetter hatte sich beruhigt, aber richtig warm wollte es
immer noch nicht werden. Im Kommen und Gehen des
öffentlichen Gebäudes fiel der Mann mit dem Staubmantel
und dem Lodenhut niemandem auf. Er trug eine getönte Brille
und hielt häufig ein Taschentuch vors Gesicht, um sich zu
schnäuzen. Ein Opfer der ersten Frühlingspollen, mochte man
glauben. Doch der Mann hatte keine Allergie. Der Mantel
gehörte nicht ihm und der Hut auch nicht. Er ging schnell und
zielbewusst. Als er von der Hauptstraße in das Geflecht
schläfriger Gassen eintauchte, schien er sich zu entspannen.
An der Schmalseite zweier Wohnblocks war eine Reihe von
Garagen errichtet worden. Der Mann öffnete eines der Tore,
steuerte einen gelben Opel heraus, schloss das Tor und fuhr
davon. Er verließ die Stadt und bog bald darauf in einen

Feldweg, der nach wenigen Metern in einer aufgelassenen Kiesgrube endete. Es war ein beliebter Platz für nächtliche Ausflüge von Burschen und Mädchen, die zu Hause nicht tun durften, was sie nun einmal tun wollten. Unter Tags war der Ort einsam und verlassen. Eine Mondlandschaft mit den Zügen einer wilden Mülldeponie und einigen dürren Sträuchern, an deren Ästen gebrauchte Präservative baumelten. Eine Kulturlandschaft im wahren Sinn des Wortes. Der Mann stieg nicht aus. Er stopfte Gummipölster in seine Wangen und überklebte die hellen Augenbrauen mit einem wuchtigen, schwarzen Haargestrüpp. Dann wendete er und kehrte auf die Straße zurück.

Im Dorf bog er fünfzig Meter nach der Bushaltestelle rechts ab, fuhr an der Abzweigung zum Lassnig-Hof vorüber, an einigen Neubauten vorbei und hielt in der kurzen Sackgasse hinter dem letzten Haus. Er stellte den Motor ab, stieg aus und verschwand durch die Thujenhecke, die das kleine Grundstück der Riements von der Außenwelt abschirmte.

38

Martha war um sechs aufgestanden. Franz musste zeitig aus dem Haus, um den Siebenuhrbus zu erreichen. Sie richtete sein Frühstück und achtete darauf, dass seine Kleidung in Ordnung war. Nicht aus persönlichem Interesse, mehr als Geste gegenüber ihrem früheren Beruf. Ihr Dialog war knapp, arid. (Franz unterrichtete Geographie und Naturgeschichte.)
„Guten Morgen."
„Morgen."
„Was Neues?" (Das bezog sich auf die Landesnachrichten, die sie immer hörte).
„Nein."
„Noch Kaffee?"
„Bitte."
Er überflog die Zeitung, während er sein Brot aß. Nach der zweiten Tasse blickte er auf die Küchenuhr und stand auf.
„Ich muss jetzt."
Sie räumte das Geschirr in den Spüler.
„Ja."
Er schloss die Haustür und sperrte ab. Seit dem Mord an Grete drehten sich die Schlüssel im Dorf viel häufiger. Sie hätte vom Küchenfenster aus seinen kurzen Weg bis zur Gasse verfolgen können, doch das tat sie schon lange nicht mehr. Martha räumte auf und holte den Staubsauger aus seinem Verschlag. Küche, Vorraum, ihr Schlafkabinett, Franz' Zimmer. Ihr kritischer Blick verfing sich an seinem Bücherregal. Sie holte ein Staubtuch und begann die Bücher einzeln herauszunehmen und sauber zu wischen. Seiner Lektüre schenkte sie gewöhnlich keine Aufmerksamkeit, doch jetzt konnte sie nicht anders. Was für Titel! 'Auf den Spuren der Engel', 'Leben im göttlichen Licht', 'Übungen für unmittelbare Gotterfahrung', 'Die Wiederentdeckung der Transzendenz', 'Sei erfolgreich und wohlhabend - Die Macht des kosmischen Magnetismus'. Sie las: 'Um Führung von den astro-kosmischen Wellenlängen des Alls zu erlangen, gehen

Sie in die Stille und stellen Sie der höheren kosmischen Weisheit bestimmte Fragen, so als würden Sie irgendjemanden auf Erden um Rat fragen'.

Es waren Beispiele angeführt:

'Zu welcher Art Arbeit bin ich am besten geeignet? Wie kann ich zu dem Geld kommen, das ich brauche, um meine Rechnungen zu bezahlen?

Wie kann ich ein Liederdichter werden?

Soll ich in New York City, Florida oder Kalifornien wohnen?'

Der Mann meinte es ernst. Zunächst war Martha verblüfft, dann bahnte sich ein helles, leicht hysterisches Lachen den Weg durch ihre Kehle. Tränen liefen ihr über die Wangen. Die Vorstellung, nachts in den Garten zu gehen und eine höhere kosmische Weisheit wegen einer unbezahlten Telefonrechnung zu befragen, war einfach überwältigend.

'Dimensionen der Esoterik', 'Einladung zum Zen'. Sie las: 'Schneide dir nie die Nägel im Finstern!'

Daran war nichts auszusetzen. 'Heimat im Licht - Die Weisheit des Magus von Strovolos'. Paranormale Fähigkeiten, geleitet vom Geiste Yohannans ...

'Über den Tod hinaus - Neue Fakten und Denkmodelle zur Reinkarnation'. Sie las:

'Der Tod als vorübergehender Ruhezustand denkender Elektronen'.

'Der Geist des neuen Zeitalters - New-Age-Spiritualität und Christentum', 'Aura des Menschen', 'Meditationspraxis', 'Spitzenleistungen durch intuitives Management', 'Weg der Stille', 'Autobiografie eines Yogi', 'Ein seltsamer Beruf' - Lebensbericht eines Mediums.

Franz' Lesestoff ... Da standen noch die naturwissenschaftlichen Werke, die er sich als Hilfslehrer vom Mund abgespart hatte. Martha begriff diesen Wandel nicht. Sie war nie religiös gewesen, im Gegensatz zu ihm. Plötzlich bekam sie eine Ahnung von der Antriebskraft, die hinter dieser *unbedingten* Suche nach Sinn stand. Sie stellte die Bücher zurück, fast scheu jetzt. Ob er sehr verzweifelt war? Dieser Gedanke führte sie augenblicklich zu Grete. Sie hatte sich nie groß über die Pfarrersköchin den Kopf zerbrochen. Sie vielleicht sogar ein bisschen von oben herab behandelt, weil sie herumlief wie eine Vogelscheuche, ohne das geringste Gefühl für Kleider oder eine ordentliche Frisur. Aber jetzt war sie tot und so wenig anziehend sie selbst und ihr ganzes Leben gewesen sein mochte, es klaffte eine Lücke, die nicht zu schließen war. Das gab Martha zu denken. Wenn wir über das Leben eines anderen nachdenken, meinen wir meistens unser eigenes. Seine Einmaligkeit kommt uns zu Bewusstsein. Dass diese Einmaligkeit von einem Augenblick zum anderen zu Ende gehen soll, ist nicht leicht zu ertragen. War das die Kraft, die Franz verwandelt hatte?

Neun Uhr. Sie räumte den Staubsauger weg und ging nach oben in ihr Atelier. Zeit, sich umzuziehen. Die Nachbarin hatte versprochen, ihr ein Saumband zu besorgen. Dann einkaufen im Nachbardorf. Im Ort gab es kein Geschäft. Einen Abstecher zum Schafswirt, später kochen. War ihr Leben anziehender als das von Grete? Sie war ganz in der Nähe des Stalls gewesen, ungefähr in der Zeit, als es passiert war. Seither fühlte sie die leichte Kälte im Nacken. Das Entsetzliche hatte sie gestreift.

Sie zog den Hauskittel aus und strich das Unterkleid glatt. Ihre Figur hatte sich in zwanzig Jahren nicht verändert. Martha hielt sich sehr gerade, fast ein bisschen steif.

Kleiderpuppenhaft hatte Franz einmal gesagt. Damals, als sie noch eine gemeinsame Sprache sprachen. Die Erinnerung an jene ferne Zeit, in der sie wie ein normales Ehepaar lebten, Freunde einluden, ausgingen, miteinander stritten und lachten, war ihr heute wie ein Blick in eine düstere Welt, in der sich Wachsfiguren langsam bewegen, während Staubschicht auf Staubschicht lagert und alle und alles sanft begräbt. Es geht schneller als man denkt. Keine Wehmut. Fremdheit steigt wie dünne Nebelschleier zwischen Menschen auf, die sich einmal sehr nahe standen. Unmerklich zunächst und plötzlich steht da eine weiße Wand, durch die eine fremde Stimme dringt und dich beim Namen nennt. Woher weiß sie deinen Namen? Du wendest dich ab und gehst schnell davon.

Sie hätte früher gehen sollen. Mit einem Mal sah sie die eigene Situation klar und zugleich entrückt wie ein Sternenhimmel in den Bergen. Sie sah nicht nur Franz' jämmerliche Schachzüge, das endlose Hin- und Herschieben der Figuren, sie erkannte auch ihre eigene jämmerliche Antwort, ihr Sicherheitsdenken, ihre Feigheit, ihre Trägheit und - was sie am meisten überraschte - ihre klammheimliche Zufriedenheit. Die Zufriedenheit einer Kellerassel im modrigen Holz. Ein Schauer lief ihr über den Rücken. Es ist noch nicht zu spät. Aber diesmal würde sie nicht wortlos flüchten. Sie würde mit ihm reden. Es war auch besser für ihn. Sie hörte unten eine Tür gehen. Viel zu früh für Franz. Natürlich kam es vor, dass Stunden ausfielen oder vorverlegt wurden, aber es war erst halb zehn.

„Franz?"

Jetzt war alles still. Hatte sie wirklich die Tür gehört oder nur ein ähnliches Geräusch? Sie versuchte sich zu erinnern, ob alle Fenster geschlossen waren. Die Riegel griffen nicht mehr gut. Wenn der Wind eines aufdrückte, hörte sich das fast gleich an.

„Franz?"

Bestimmt war es ein Fenster gewesen. Sie fühlte sich nicht wohl in ihrer Haut. Gretes Mörder lief immer noch frei herum. Sie hatte Franz extra gebeten, auch die kleine Außentür in den Keller abzuschließen. Er hatte gesagt, er wolle es tun. Aber er war häufig zerstreut. Sie zog das Kleid über den Kopf, ein eng geschnittenes Modell. Ausgerechnet in diesen kurzen Momenten, da sie blind und hilflos in der Röhre aus Stoff steckte, hörte sie eilige Tritte auf der Stiege. Martha geriet augenblicklich in Panik, die sich noch steigerte, weil sie sich im Kleid verhedderte. Mit heftigen Bewegungen versuchte sie sich freizumachen, doch der Stoff hielt. Sie steckte fest wie in einer Zwangsjacke. Endlich rutschte ihr Kopf durch den

Halsausschnitt, fast blind vor Angst sah sie zur Treppe. Da stand der Kater.

„Ohhh!", stöhnte sie empört und erleichtert und lächelte über sich selbst. Er war durchs Katzenloch ins Haus gekommen, hatte eine angelehnte Tür aufgestoßen und war die Stufen herauf gesprungen. Wenn der dicke Fridolin die hölzerne Stiege benützt, geht das nicht lautlos ab.

„Du Teufel!", sagte sie zärtlich. „Deinetwegen hätte ich beinahe ein paar Meter Seide ruiniert."

Fridolin miaute zufrieden.

Das Kleid war ganz geblieben. Gute Arbeit. Sie richtete die beschädigte Frisur, strich die Augenbrauen glatt, schlüpfte in ihre Schuhe, packte die Handtasche und ging leichtfüßig nach unten. Jetzt dachte sie wieder an ihren Entschluss und fühlte sich gut und frisch, besser als seit langer Zeit. Unten machte sie einen Blick in die Küche - natürlich waren die Fenster geschlossen - und wollte zur Tür. Aber da stand jemand. Ein Mann in einem langen Mantel. Martha schrie auf.

Der gelbe Opel rollte zur Hauptstraße zurück. Der alte Matte machte eben seinen Rundgang. Schultern hoch und geradeaus geblickt. Sonst war niemand auf der Straße. Wieder fuhr der Mann in die Kiesgrube. Er packte Wangenpölsterchen und falsche Brauen in eine kleine Reisetasche aus Kunststoff, in der schon ein rot verschmiertes Plastikbündel steckte. Ein dünner Regenschutz aus Plastik. Eine Wetterhexe. Dann stieg er aus und füllte den freien Raum in der Tasche mit Steinen. Er ging zu einem der größeren Tümpel und warf sie in hohem Bogen hinein. Sie versank sofort. Darauf chauffierte er den Wagen wieder in die Garage. Als er Minuten später das öffentliche Gebäude betrat, kämpfte er schwer mit seinem vorgeblichen Schnupfen. Wenig später hingen Mantel und Hut in jenem Schrank, in dem ein ausscheidender Kollege sie vor Monaten vergessen hatte. Der Mann nahm seine Arbeit nahtlos dort auf, wo sie durch seinen Ausflug unterbrochen worden war. Routiniert glitt sein Stift über Behördenformulare. Plötzlich schreckte er auf. Der Autoschlüssel. Er schlenderte zur Garderobe und tat, als machte er sich am eigenen Mantel zu schaffen. Unbemerkt glitt der Schlüssel in die fremde Tasche, aus der er ihn entwendet hatte. Zum zweiten Mal kehrte er zu seiner Arbeit zurück.

Der Buchladen war so schmal, dass sein einziges Schaufenster mehr einer verglasten Schießscharte glich als einer Auslage. Seine Fassade war blassrosa gestrichen. Zwischen zwei breiten, grauen Blöcken hatte er etwas verzweifelt Eingequetschtes. Empfindsame Leute holten unbewusst tief Luft, ehe sie das Geschäft betraten. Drinnen wurde es noch enger, weil ein freistehendes Regal den schmalen Raum ein weiteres Mal der Länge nach teilte. Vom Boden bis zur vier Meter hohen Decke fand sich kein freies Stückchen Wand. Buchrücken an Buchrücken, dicht wie eine Tapete oder die Schuppen eines Fisches, erstreckte sich in die dämmrige Tiefe des Ladens. Gleich neben dem Eingang hatte man eine Verkaufstheke mit der Kassa untergebracht. Eine schlanke Verkäuferin konnte sich hier auch nach der Mittagspause umdrehen, vorausgesetzt, sie begnügte sich mit halben Portionen. Dies war Monikas Arbeitsplatz seit fünfzehn Jahren. Seit sie die Schule verlassen und den einjährigen Kurs für Schreibkräfte beendet hatte. Sie litt weder an Platzangst noch an Übergewicht und fühlte sich wohl in der ruhigen Atmosphäre, die eine große Zahl von Büchern schafft. Sie mochte den Geruch der druckfrischen Exemplare, die sie fast jeden Tag aus ihren Kartons hob, und es gefiel ihr, dass die meisten Kunden automatisch ihre Stimme dämpften, wenn sie von der grellen Straße in die samtige Stille ihres kleinen Reiches traten.

Ein nervöser, junger Mann überreichte ihr eine handgeschriebene Liste mit Titeln von Stendhal, Hamsun und Steinbeck. Nur zwei davon hatte sie lagernd.

„Ich kann die anderen bestellen", sagte sie. „Es dauert ein paar Tage."

Er konnte sich nicht entscheiden. Sagte zuerst ja, dann nein, er wolle es lieber woanders versuchen. Sie steckte die beiden Taschenbücher in einen Papiersack und kassierte.

Ein Pensionist, eine Dauerkundschaft, halb blind vom vielen Lesen, nickte ihr wortlos zu und verschwand zwischen den Regalen, um dort stundenlang zu schmökern, ehe er sich, vielleicht, zu einem Kauf entschloss. Ein Mädchen verlangte und bekam einen Kalender mit Zeichnungen und Witzen. Ihre Freundin stand stumm daneben, trat von einem Fuß auf den anderen und hätte gern gekichert, wagte es aber nicht. Die beiden zogen mit dem Kalender ab wie mit einer schwer errungenen Beute. Bestimmt würde ihr Einkauf noch für eine lange Unterhaltung sorgen, die keinen eigentlichen Anfang und kein Ende hatte. Monikas Erinnerung streifte kurz ähnliche Gespräche mit Freundinnen, die immer wichtig und ausgedehnt und amüsant verliefen, obwohl ihr Anlass im Nachhinein betrachtet keinen Nebensatz wert gewesen war. Aber sie hatten das ganz anders empfunden. Zwischen den Altersstufen, dachte Monika, liegen viel tiefere Gräben, als wir sehen oder glauben wollen. Solche Gedanken beschäftigten sie oft. Sie war überhaupt zu ernsthaft. Ernsthafte Leute haben es schwer. Sie vergeuden ihre Zeit mit fruchtlosen Betrachtungen, die allenfalls dazu gut sind, ein bisschen mehr Unglück in ihr Leben zu tragen.

Monika hatte ein kleines Gesicht, ein wenig pummelig für vierunddreißig. Es gab keine Brille, die ihr wirklich passte. Mit Kontaktlinsen sah sie aus, als ob sie keinen Moment aus dem Staunen herauskäme. Das war noch schlimmer. Sie hatte dünnes, blondes Haar, das nur kurze Frisuren vertrug. Sie war eine herzliche, liebevolle, opferbereite Frau, aber alles, was sie war, wurde von der ewigen Unsicherheit beeinträchtigt, die manche Menschen ihr Leben lang mit sich herumschleppen wie einen unsichtbaren Anker. Sie hatte drei Beziehungen zu Männern hinter sich. Die Pausen dazwischen hatten länger angedauert. Jetzt war sie die heimliche Geliebte eines zwanzig Jahre älteren Pfarrers. Goethe war schuld daran. Paul war in den Laden gekommen, weil er die Reise nach Italien brauchte. Ein Geschenk für einen Freund. Sie hatten sich auf Anhieb verstanden. Beide waren sie ernsthaft, freundlich und einsam. Er war so hungrig nach Liebe, dass das kurze Treffen ein Fass zum Überlaufen brachte, dessen Existenz er jahrzehntelang geleugnet hatte. Sie schliefen miteinander und bei all ihrer Unerfahrenheit war sie ihm haushoch überlegen. Ganz von selbst wurde sie ihm zur mütterlichen Geliebten. Verständnisvoll, geduldig, zurücksteckend. Er blieb in ihrer Beziehung immer das Kind. Er rang mit sich und seinen unvereinbaren Gefühlen in der Art der Kinder: Hemmungslos egoistisch. Auf die Idee, dass auch sie unter der Heimlichkeit, dem Versteckspiel, ihrem 'unmöglichen' Status litt, kam er gar nicht. Sie war seine Versuchung und sein Schutz und seine Lust, seine Allmutter. Allmütter sind wunderbare Maschinen, die unaufhörlich geben und klaglos funktionieren bis in alle Ewigkeit. Man fragt Maschinen nicht, wie sie sich fühlen. Nicht einmal wunderbare Maschinen.

Monika fragte: „Wie lange soll es so weitergehen?"

Paul griff sich an die Stirn und erwiderte: „Lass nur. Ich werde schon damit fertig."

Sie schwieg.

Drei Kunden kamen kurz nacheinander in den Laden. Der erste verlangte eine Zeitschrift, die sie nicht führte, der zweite suchte ein ausgefallenes Fachbuch und fiel aus allen Wolken, als er hörte, dass es nicht lagernd war. Sie erklärte geduldig, von Natur nicht unbedingt charmant, aber immer freundlich und bemüht. Der Kunde ging lautstark lamentierend. Der dritte lächelte verständnisinnig und erkundigte sich nach erotischen Werken. Monika wusste, dass er sich in der Enge des Raums an ihr vorbeizwängen würde, wenn sie vorausging, dichter und langsamer als nötig, also ließ sie ihm den Vortritt. Er war enttäuscht von der geringen Auswahl und ihrer geringen Bereitschaft, die Inhalte der Bücher zu erläutern. Nach fünf Minuten machte er eine anzügliche Bemerkung und verließ das Geschäft.

Sie sah auf die Uhr. Halb elf. Gestern Abend hatte Paul angerufen. Ein seltsames Telefonat mit einer fremden Stimme.

Er erzählte vom Mord an seiner Haushälterin. Um elf wollte er sie treffen. Kein Gedanke daran, dass sie um diese Zeit arbeitete. Die Chefin nahm es zur Kenntnis. Die Chefin saß den ganzen Tag in ihrem winzigen Büro am hinteren Ende des Ladens. Sie fütterte sich mit Büchern und Zahlen. Wenn ihre einzige Angestellte während der Arbeitszeit fort musste, sperrte sie das Geschäft zu.

Als Monika um dreiviertel elf ausgehfertig die Tür zum Verschlag der Chefin öffnete, nickte sie und sagte: „Er ist sogar für einen Mann erstaunlich rücksichtslos. Finden Sie nicht?"

Monika errötete und schüttelte automatisch den Kopf, ohne wirklich widersprechen zu wollen.

Sie hatte einen Zeitungsbericht vom Verbrechen gelesen und dachte an den Schock, den Paul erlitten haben musste. Dennoch irritierte sie die Selbstverständlichkeit, mit der er über ihre Zeit verfügte. Es geschah nicht zum ersten Mal. Sie trafen sich in ihrer Wohnung. Paul verspätete sich um mehr als eine Stunde. Es machte sie ernsthaft ärgerlich, weil sie noch gefragt hatte, ob es nicht auch in der Mittagspause ginge. Dann sah sie ihn und verzichtete auf die Standpauke, die sie sich zurechtgelegt hatte. Das war nicht Paul Weilrich. Nicht ihr Paul Weilrich. Ein anderer trat ins Zimmer. Das ironische Blitzen in seinen Augen war ebenso ausgelöscht wie der Schimmer von Güte, die sein Gesicht von innen erleuchtet hatte. Vor ihr stand ein kalter Mann mit kalten Augen, der nach einer kurzen Pause seine Mundwinkel nach oben zwang. Wenn einem ein Haifisch die Zähne zeigt, glaubt man auch nicht an ein Lächeln.

Weilrich starrte die Frau an, die auf halbem Weg zu ihm hilflos stehen geblieben war. Ein Glück. Er hatte sich echte Sorgen gemacht, dass sie ihm womöglich um den Hals fallen würde. Vor seinem inneren Auge entkleidete sie sich Stück für Stück, wie sie es oft getan hatte, und legte sich in ihrer schamlosen Nacktheit vor ihm aufs Bett, nahm eine noch schamlosere Stellung ein und lächelte. Diese Hure. Wozu hatte diese Hure ihn getrieben? Beim Gedanken daran schwindelte ihm. Der Herr hatte ihn versucht und er hatte der Versuchung nicht widerstanden. Er hatte sich auf den weichen Leib der Hure fallen lassen und sich mit ihrem ekligen Fleisch verbunden wie ein Hund der Hündin. Schlimmer noch: Wie zwei schleimige Schnecken, Zwitterwesen, die sich aneinander hochranken und schleimige Stacheln in schleimige Höhlen bohren.

„Guten Tag", sagte er mit seiner neuen, fremden Stimme. Es klang wie ein Fluch.

„Grüß dich", sagte sie schwach und hielt ihm zögernd die Hand entgegen. Er nahm sie, drückte sie kurz und ließ sie wieder los. Sie setzten sich auf ihre kleine Sitzgruppe, schwedischer Selbstbau, Monika aufs Sofa, er auf einen Sessel, eine weitere Zurückweisung.

„Du brauchst mir nichts erzählen", sagte sie, dennoch um Wärme bemüht. „Ich habe alles gelesen. Es muss furchtbar sein für dich."

„Das ist es", sagte er. „Ein furchtbares Zeichen."

Ein furchtbares Zeichen. Was meinte er damit? Sie suchte nach Worten, fand keine und ließ es bleiben, überließ sich seinem Blick, seinen verhalten lodernden Augen, seinem Hass. Das war es. *Hass!* Sie fühlte, wie er sie hasste. Nicht nur sie, sondern alles, wofür sie stand. Ihr Geschlecht, die Geschlechtlichkeit überhaupt, sogar das Bewusstsein, selbst einem Zeugungsakt das Leben zu verdanken.

Weilrich erschrak. Sie las in ihm wie in einem Buch. Er verwandelte sich in einen Geschäftsinhaber, der bei drohender Gefahr von Auslage zu Auslage springt, um die Rollläden herabzulassen. Nur einen kleinen Spalt ließ er offen stehen, um nach draußen zu spähen. Jederzeit bereit, auch ihn zu schließen.

Er musste vorsichtig sein. Er musste jetzt sehr vorsichtig sein. Der Herr hatte ihm seine Fehler vor Augen geführt, nun lag es an ihm, diese Fehler auszubessern. Bislang hatte niemand Verdacht geschöpft. Wozu im Nachhinein Aufsehen erregen?

Es liegt nicht im Interesse des Herrn, dass seine Diener bloßgestellt werden. Er durfte nicht seinem gerechten Zorn nachgeben. Er musste es geschickt anfangen.

„Es war ein Zeichen", wiederholte er. Plötzlich sprach seine alte Stimme zu ihr. „Ich habe lange nachgedacht. Wir haben gesündigt. Wir beide. Aber wir können auch Vergebung erlangen."

Er stand auf, setzte sich nun doch neben sie und ergriff ihre Hand, die wie leblos auf ihrem Schenkel lag.

„Wir sind einer Versuchung erlegen, der wir nicht hätten erliegen dürfen. Wir können unsere Schuld nicht auslöschen. Aber wir können in uns gehen und uns bessern. Uns gegenseitig vergeben und bereuen, dann wird auch uns vergeben werden."

Monika war wie gelähmt. Sie hörte seine Litanei, ohne die Worte zu verstehen. Sie erinnerte sich anderer Worte, langer Diskussionen um Sinn und Unsinn des Zölibats, seiner Willkür, Ungerechtigkeit, Naturwidrigkeit und damit Gottwidrigkeit. Kann Gott den Menschen die Liebe geschenkt haben und es gutheißen, dass seinen Priestern ein wesentlicher Teil davon vorenthalten wird?

Sie erinnerte sich dieser langen, quälenden Gespräche und begriff, dass sie nur einem einzigen Zweck gedient hatten. Er wollte mit ihr schlafen und dabei kein schlechtes Gewissen riskieren. Er war wie die Ausbeuter im Frühkapitalismus, die einen Teil ihres erpressten Geldes einer wohltätigen Stiftung zuführten. Aber im Gegensatz zu diesen Ausbeutern, wollte er sich sein gutes Gewissen herbei reden, ohne einen Gedanken an sein Opfer zu verschwenden. Sein Opfer war sie. In diesem Moment der Klarheit begriff sie das, war aber unfähig Widerstand zu leisten. Diesem Heuchler, Lügner und mehrfachen Betrüger. Denn er betrog ja nicht nur sie. Er betrog auch seinen sonderbaren Gott, der die unschuldige Köchin ermorden ließ, nur um ihm ein Zeichen zu geben. Und er betrog sich selbst. Doch sie ließ ihn reden, ihre Augen wurden feucht und er rechnete es seiner Überzeugungskraft gut.

„Versprich mir, dich nur dem Herrn zu offenbaren", bat er sie. „Wir dürfen mit unserer Sünde kein Beispiel geben. Sprich mit Gott, nicht mit den Menschen, die selbst schwach und verführbar sind, wie wir es waren."

„Ja", hauchte sie.

„Ich werde dich immer im Herzen tragen, auch wenn wir uns nie wieder sehen. Du weißt, dass wir uns nie wieder sehen dürfen?"

„Ja", hauchte sie.

Er stand auf und machte eine Bewegung, als ob er sie segnen wollte. Aber vor ihm saß die Hure, die Versuchung im kurzen Rock, die hinterlistige Verführung. Er brachte es nicht fertig.

„Lebe wohl."

„Leb wohl."

Monika war zutiefst gespalten. Sie war eine Beobachterin, die kühl die Szene überblickte und zugleich eine paralysierte Frau, die von diesem Mann zur Sünderin und, wie sie wohl ahnte, zur Hure gestempelt wurde. Die Beobachterin lächelte, während die Frau Stück für Stück auseinander riss. Doch als er weg war, spürte sie eine neue, unbekannte Kraft in sich entstehen. Die Kraft der Freiheit, die, zumindest für Stunden, ihre Unsicherheit besiegte. Allein diese Erfahrung war alles wert gewesen. So trennte sich der Pfarrer von seiner Geliebten und wurde schwächer, obwohl er dachte, stärker zu werden, und sie wurde stärker, obwohl sie zunächst dachte, sie müsste sich auflösen. Er würde noch von ihr hören. Aber das war im Moment ganz unwichtig.

41

Der Fremde behagte dem alten Matte immer weniger. Zuerst die Geschichte mit Rosi und dann ließ sich Kare von ihm beide Hände brechen. Er hätte im Traum nicht gedacht, dass so etwas passieren könnte. Nicht, dass er sich über Kare Illusionen machte. Der war ein ungestümer Dummkopf. Doch gewöhnlich reichte seine schiere Kraft. Dem Fremden sah man nichts an. Er hatte auch keinen Krach geschlagen, den Vorfall gar nicht erwähnt. Das war beunruhigender als wenn er ein großes Theater gemacht hätte. Wollte er nichts mit der Polizei zu tun haben? Matte hatte nach Sonjas Verschwinden und dem Mord an der Strutz die Gendarmen mit der Nase fest auf diesen deutschen Griechen gestoßen. Aber da war nichts. Er hatte zwei unerschütterliche Alibis und eine Nachfrage in Deutschland bestätigte alle seine Angaben. Vielleicht sagte er nichts wegen der gebrochenen Hände. Ob er Kare dazu bewegen sollte, die Geschichte umzudrehen und den Fremden zu beschuldigen? Besser nicht. Kare hatte die Hose voll und war nicht gut zu sprechen auf ihn. Außerdem durfte er den Gegner nicht unterschätzen. Vermutlich würde er Kares Märchen in zehn Minuten zerpflücken und Matte auch noch in die Sache hineinziehen. Nun, wenn der Tourist den Mund hielt, war das die beste Lösung.
Erstmals in vierzig Jahren hatte Matte das Gefühl, dass die Dinge nicht mehr so liefen, wie sie sollten. Es war nichts, was man mit Händen greifen konnte, eher eine Veränderung in der Atmosphäre. Vielleicht maß er der Geschichte mit Rosi zu große Bedeutung zu. Vielleicht begann er auch das Alter zu spüren. Bildete er sich das nur ein, oder horchten die Freunde nicht mehr so genau zu, wenn er was sagte? Beim Stammtisch hatte er manchmal den Eindruck. Früher waren sie still, wenn er redete. Jetzt wurde schon einmal ein Gespräch leise fortgeführt. Das hatten die Neuen herein getragen. Matte selbst hatte den Stammtisch geöffnet, um sie einzubinden und zu beeinflussen. Das war ein Fehler gewesen. Sie hatten sich

nicht einbinden lassen, sondern im Gegenteil das feste Gefüge gelockert. Kare auf den Fremden anzusetzen war - im Nachhinein betrachtet - auch ein Fehler. Und wenn er sich den Pfarrer so ansah, musste er fürchten, einen noch viel größeren Fehler begangen zu haben ...

Zu viele Fehler. Matte straffte sich. Solang du deine Fehler erkennst, ist nichts verloren. Erst wenn du sie nicht wahrhaben willst und umdeutest wirst du zum Verlierer.

Ein gelber Opel bog auf die Hauptstraße und beschleunigte. Vom Gesicht des Fahrers war nicht viel zu sehen. Das Auto kannte er nicht. Vermutlich ein Vertreter, Versicherung oder so was.

Seine Gedanken kehrten zu Padoponos zurück. Etwas an dem Burschen stimmte nicht. Die Papiere waren in Ordnung, die Firma, die er angegeben hatte, bestätigte, dass ihr Mitarbeiter gerade seinen Urlaub konsumiere. Ein Software-Entwickler. Er hatte sich erkundigt, was das war. Ein Kerl, der den ganzen Tag hinter dem Computer hockt. Der gleiche Mann brach dem bärenstarken Kare beide Hände und erzählte niemandem ein Sterbenswörtchen. Dabei war *er* das Opfer eines hinterhältigen Angriffs gewesen. Das passte nicht zusammen. Auch die Art nicht, wie er ihm die Hände gebrochen hatte. Es sei denn, er war bei irgendeiner militärischen Spezialeinheit gewesen. Dort lernen sie so was ja. Die halten auch lieber den Mund, wenn sie später in Schlägereien verwickelt sind. Das wäre eine Erklärung. Zufrieden war Matte damit nicht.

Ein kleiner LKW des Straßendienstes rollte vorüber. Die drei Männer darin grüßten höflich. Er hob kurz die Hand. Der Straßendienst brachte ihn auf Müller. Wenn der alte Müller noch lebte, wäre der Grieche nicht mehr hier. Der hätte ihn im Handumdrehen aus dem Dorf gehabt. Der hätte auch den Verrückten schnell erwischt. Obwohl es nicht leicht ist, einen Verrückten zu erwischen. Matte bildete sich ein, dass er von den meisten Menschen sagen konnte, wozu sie fähig waren und wozu nicht. Aber das galt nur für normale Menschen, nicht für Irre. Irrläufer. Die sind tagelang normal und drehen dann stundenweise durch. Er hatte ein paar Kandidaten, die er im Auge behielt. Er hatte auch Zeit. Je mehr Morde es gab, desto enger wurde der Kreis. Einer würde übrig bleiben. Der Gedanke an die Opfer schreckte ihn nicht. Menschen sterben. Das ist einmal so. Ob einer an Altersschwäche stirbt oder vorher umgebracht wird oder sich mit dem Auto erschlägt ist einerlei. Im Krieg sterben sie wie die Fliegen und es ist einerlei. Ihn hatte der Krieg nicht gestört. Es war eine interessante Zeit gewesen mit vielen Möglichkeiten. Du darfst weder feig noch dumm sein, dann weißt du, was du riskieren kannst. Natürlich kann es dich erwischen. Jeden erwischt es einmal. Alle wissen das und trotzdem gibt es so viele Feiglinge und Dummköpfe. Du darfst auch kein Mitleid haben. Mitleid ist Dummheit. Plötzlich stiegen Bilder der Vergangenheit auf und er kicherte. Mitleid! Er war nie dumm gewesen.

Aus der Hofeinfahrt des Schafswirts kam Rosi auf ihn zu. Matte hatte das Gefühl, dass sie ihn abgepasst habe. Sie trat vor ihn hin, ein böses Glitzern in den Augen.

„Was hast du mit Bernd angestellt?"

Selbst seine ältesten Freunde redeten nicht in diesem Ton mit ihm. Feig war sie nicht, aber unverschämt.

„Was geht es dich an?"

Sie war gleich groß wie er und kam ihm nun so nahe, dass ihre Gesichter sich fast berührten.

„Es geht mich was an, weil ich mich um ihn kümmere."

Aus dem Augenwinkel sah er, dass der Fremde im offenen Fenster lehnte und die Auseinandersetzung beobachtete. Was er nicht sah, war die Schafswirtin, die vom Gastraum aus ebenfalls gespannte Zeugin war.

„Ich hab ihn aufgeklärt", sagte der alte Matte höhnisch. Wider besseres Wissen fuhr er fort: „Über seine eigenen Gedanken. Was meinst du, was er denkt, wenn er hinter dir die Stiege raufgeht? Die Augen fallen ihm dabei aus dem Kopf."

Ganz unerwartet für ihn lachte sie hellauf.

„Na und? Ist das alles? Er ist jung und stark. Warum soll er nicht daran denken?"

Dann tat sie etwas, worauf er noch weniger gefasst war. Sie packte seine Hand und drückte sie fest zwischen ihre kräftigen Schenkel. Auf offener Straße! Es tat weh. Sie war viel stärker als er. Sie lachte ihn aus, machte ihn lächerlich.

„Da willst *du* doch hin, du alter Bock! Aber weiter als jetzt wirst du nie kommen", rief sie, laut genug, dass das halbe Dorf es hörte.

Weiß vor Wut, versuchte er sich freizumachen. Doch mühelos ließ sie ihn lange Sekunden zappeln, ehe sie den Griff lockerte und er die Hand zurückkriss. Ohne ein weiteres Wort wandte er sich ab und eilte davon, so schnell, dass es einer Flucht gleichkam. Rosi lächelte dem Griechen zu und kehrte an ihre Arbeit zurück.

42

Auch Bernd, um den es gegangen war, hatte die Szene mit
verfolgt. Warum tat Rosi das? Nur eines war ihm klar: Dem
alten Matte mochte er jetzt nicht begegnen. Rasch zog er sich
tiefer in die offene Scheune zurück. In seinem Kopf ging es zu
wie in einer Waschtrommel. Nichts wollte an seinem Platz
bleiben, alles verwirrte sich. Doch das durfte nicht sein. Es
war wichtig, dass er die Dinge ordnete. Er hockte sich auf die
Fersen, schloss die Augen und bremste den Umlauf der
Trommel.

Bernd hatte Angst. Seit er vor dem alten Matte in den Wald
geflohen war, verfolgte ihn die Angst. Er hatte Sonja vorüber
laufen sehen, er hatte gesehen, wie der Haselnussknüttel von
der Triste genommen wurde, er hatte den Jungen gesehen, der
aus dem Wald gekommen war. Er hatte seine Verwirrung
gespürt. Sonja war nicht zurückgekommen. Dann war alles
durcheinander geraten. Sie hatten nach Sonja gefragt und sein
Versteck gefunden. Sie hatten seine Kleider und Schuhe
genommen und später zurückgebracht. Er fühlte, dass sie ihm
misstrauten. Sie glaubten, er habe etwas mit Sonjas
Verschwinden zu tun. Aber dann kamen sie davon ab, weil sie
ihn nicht für fähig hielten, irgendwelche Spuren zu verbergen.
Spuren! Was verstanden die von Spuren? Bernd hatte Sonjas
Stimme gehört und andere Stimmen. Er hörte, dass es ihr gut
ging. Er war zu Sonjas Mutter gegangen und hatte gesagt,
dass es Sonja gut gehe. Sie hatte ihn gepackt und mit Fragen
überschüttet, die er nicht verstand, aber plötzlich verstand *sie*
und lächelte. Wir beide wissen es, sagte sie, ich bin dir sehr
dankbar.

Jemand hatte der Pfarrersköchin etwas Böses getan. Er
brachte das in keinen Zusammenhang mit Sonja. Was hatte
die Köchin mit Sonja zu tun?

Bernd fiel wieder der Junge ein, der aus dem Wald gekommen
und der Knüttel, der von der Triste genommen worden war.
Die hatten mit Sonja zu tun, nicht die Grete Strutz, die er weit

und breit nicht gesehen hatte. Er hätte gerne mit Rosi darüber
geredet, aber nach dem, was der alte Matte in ihm erkannt und
aus dem Nebel geschält hatte, konnte er ihr nicht mehr in die
Augen schauen.

Sonjas Mutter war immer sehr nett zu ihm. Sie empfand nur
ganz wenig Scheu. Er wollte auch gern etwas Nettes für sie
tun. Bernd dachte lange darüber nach, wie er das anstellen
könnte. Dann wusste er es. Er musste etwas über Sonja
herausfinden. Bernd beschloss, den Jungen nach ihr zu fragen.
Und natürlich den Mann, der den Knüttel genommen hatte.
Nachdem er sich darüber klar geworden war, ging auch die
Angst zurück. Er fühlte sich besser. Schwierige
Entscheidungen zu treffen, macht einen Mann erst stark.
Bernd war ein wenig stolz auf sich. Bei aller Bescheidenheit.
Es ist ein schönes Gefühl.

43___

Der Bus hatte einige Minuten Verspätung. Ein von der Straße
abgekommener PKW musste mit dem Kranwagen geborgen
werden. Der Verkehr wurde angehalten. Riement hatte, wie
immer, viel Platz für sich. Wenn man täglich fährt, kennt man
bald jeden Mitreisenden und wenn man über die Jahre hinweg
täglich fährt, entgeht einem nicht, wie ihre Zahl schmilzt. Was
würde er tun, wenn die Rechenmeister die Linie eines Tages
einstellten? Er besaß ein Auto, aber er fuhr nicht gern. Martha
benützte es zum Einkaufen und für ihre Ausflüge in die Stadt.
Ob sie einen Freund hatte? Eine attraktive Vierzigerin, die seit
vier Jahren nicht mehr mit ihrem Mann schlief? Es war nahe
liegend, aber eigentlich glaubte er nicht daran. Martha war ein
vorsichtiger Mensch. Bestimmt hätte sie gegen eine
Scheidung nichts einzuwenden gehabt, doch keinesfalls durfte
sie der schuldige Teil sein. Nun, er war auch erst
zweiundvierzig. Das ist nicht das Alter, in dem man leicht
verzichtet. Aber er war auch vorsichtig. Er wollte auch nicht
der schuldige Teil sein. Nichts spricht sich mitunter so schnell
herum wie ein Seitensprung. Ein Kollege, natürlich
verheiratet, war achtzig Kilometer durch die Nacht gefahren,
um am Straßenstrich Abwechslung zu suchen. Ausgerechnet
als die Dame mit dem kurzen Röckchen und den hohen
Stiefeln in seinen Wagen stieg, Innenbeleuchtung
eingeschaltet, war eine Nachbarin vorüber gefahren und hatte
ihn erkannt. Nicht irgendeine Nachbarin, sondern die Frau
nebenan, gleiche Treppe, gleiches Geschoß, die Tür
gegenüber. Es ist nichts zu unwahrscheinlich, als dass es nicht
passieren würde. Tagtäglich. Andererseits geschehen Dinge
vor den unstillbar neugierigen Augen des gesamten
Lehrkörpers und bleiben doch verborgen. Er hatte
Riesenglück gehabt. Vor einem Jahr hatte er sich in eine neue
Kollegin verliebt und sie sich in ihn. Liebe macht gleichgültig
gegenüber Gefahren. Sie hatten sich gar keine große Mühe
gegeben, es zu verbergen. Im Nachhinein betrachtet ein reines

Hasardspiel. Aber vielleicht lockt gerade der Versuch, etwas zu verbergen, die Aasgeier an. Nach drei Fehlschlägen im Bett waren sie auseinander gegangen. Keiner merkte etwas. Es war wie ein Wunder. Vermutlich hatten sie rein zufällig nicht die Schablonen gezeigt, die Aufmerksamkeit erregen. Trotzdem war es ein Wunder. Wenn Martha davon erfahren hätte ... Sie hätte es erfahren. Ein faustgroßes Loch im Wassertank hält dichter als die Diskretion der Kollegenschaft. Seither hütete er sich schon vor der Gelegenheit zur Gelegenheit. Er betrachtete seine Hand. Sie würde ihn nicht verraten, aber manchmal widerte es ihn an.

Ohne es zu wissen oder zu wollen, hatte er immer darauf vertraut, dass Sonja ihn rechtzeitig zum Aussteigen wecken würde. Jetzt fehlte diese unbewusste Sicherheit und hinderte ihn daran, im Bus einzuschlafen. Es war fünf Minuten nach zwei, als er den Fuß auf den Randstein der Haltestelle setzte. Wolkenloser Himmel, der erste wirklich warme Tag des Frühlings. Man muss der Frühlingssonne nur eine Chance geben. Wenn sie die Wolken einmal verdrängt, zeigt sie in wenigen Stunden, was sie kann. Am Wegrand blühten Löwenzahn und Gänseblümchen. Der Lehrer winkte zwei Frauen, die vor einem umgestochenen Beet standen und sich unterhielten. Eine rief: „Mahlzeit!"

„Mahlzeit!"

Die Leute mochten ihn ganz gern. Natürlich wussten alle, wie es um seine Ehe stand. Eine solide Mehrheit gab Martha die Schuld. Zum einen war sie die Frau, was ihr seltsamerweise besonders die Frauen vorhielten, zum anderen hatte sie sich nie wirklich eingefügt. Sie ließ es einen schon spüren, dass sie nicht richtig hergehörte. Er hingegen war im Dorf geboren und hatte sich auch später fürs Dorf entschieden. Das rechnete man ihm an. Er gehörte her und sie nicht. Also war sie schuld. Kleine Gemeinschaften sind nicht tolerant.

Ein warmer Vormittag im Frühling genügt, die heftigsten Düfte zu entfesseln. Sie sind jedem Parfüm haushoch überlegen, weil es Düfte des Lebens sind. Der Duft der Erde, des wachsenden Grases, der Bäume, der blühenden Sträucher und Blumen, sogar der Ställe und des trocknenden Holzes. Im Dorf gibt es viel naturbelassenes Holz. Zaunstrempel, Ranten, selbst gezimmerte Bänke und Tische zwischen Obstbäumen und vor den alten Häusern, die Giebel der Scheunen aus rötlichen Lärchenbrettern. Sogar der Geruch frischer Farbe ist Frühlingsduft.

Wenige Schritte vor seinem Gartentor wurde der Lehrer vom orangen Wagen des Briefträgers überholt. Es war der neue Briefträger, gerade zwanzig, noch schüchtern und sehr auf seine Vorschriften bedacht. Sie grüßten sich, er sagte: „Ich habe einen eingeschriebenen Brief für Ihre Frau.“

„Kann ich ihn übernehmen?“

Er zögerte.

„Ist Ihre Gattin nicht hier?“

Riement hätte ihm von seinem Vorgänger erzählen können, der stundenlang mit seinen Kumpels beim Pernjak gesessen war und den Dorfkindern Schnitten kaufte, damit sie für ihn die Post austrugen. Wenn er eine Unterschrift brauchte, sprang der alte Pernjak ein. Aber die Zeiten ändern sich. Wozu diesen ernsthaften jungen Mann davon überzeugen, dass alle Vorschriften nur dazu taugen, gebrochen zu werden? War er selbst etwa davon überzeugt?

„Ich schicke sie gleich heraus.“

Die Haustür war versperrt. Natürlich ging die Angst vor dem Irren um. Die Polizei sagte, sie verfolge mehrere Spuren. Für die Bevölkerung klang das wie: „Der Mörder ist frei. So schnell werden wir ihn nicht erwischen.“

Er sperrte auf und rief: „Martha! Der Briefträger!“

Er ließ die Tür offen stehen und ging in die Diele. Der Wechsel vom hellen Sonnenlicht in das Halbdunkel des Vorraums machte ihn fast blind.

Vor der Haustür wartete der Briefträger und hörte den Schrei. Er wagte nicht, gleich ins Haus zu laufen, stieß nur die Tür weiter auf und fragte: „Herr Riement? Ist Ihnen was passiert?“

Im Hintergrund sah er den Mann auf dem Boden knien, über eine liegende Gestalt gebeugt. Seine jungen Augen gewöhnten sich rascher an das dämmrige Licht.

„Um Gottes Willen!", sagte er. „Um Gottes Willen! Um Gottes Willen!"

44

Wären die Bewohner des Dorfes ein einziger lebender
Organismus gewesen, jeder Arzt hätte nach dem Mord an
Martha Riement ohne Zögern einen schweren Schock
festgestellt. Sonjas Verschwinden hatte große Aufregung und
geschäftige Tätigkeit ausgelöst, der Mord an der
Pfarrersköchin wirkte dagegen wie eine schlecht dosierte
Narkose. Man wusste, es war etwas Schreckliches geschehen,
in unmittelbarer Nachbarschaft, hautnah. Jeder hatte Grete
Strutz gekannt, ihre fahrige Art und ihren Hang zum
Schwatzen. Diese Grete war plötzlich nur mehr vom Sappel
zerrissenes und von den Schweinen angenagtes Fleisch. Die
halbe Betäubung ließ dies alles wohl ins Bewusstsein des
Dorfes treten, doch es wurde nicht wirklich aufgenommen und
verarbeitet. Es war, als würde einem das Schreckliche
begegnen, und man denkt, es passiere einem anderen. Als
sähe man zu, wie ein Messer tief in den nackten Schenkel
dringt und empfände nichts dabei. Erst der zweite Mord
binnen weniger Tage machte klar: Das bin ich! Das passiert
hier! Das passiert mir! Jetzt spürten sie auch den Schmerz und
die Panik.
Martha Riement war mit einem Schürhaken niedergeschlagen
worden. Anschließend hatte der Mörder mit einem
Küchenmesser vierzigmal zugestochen. Alle Stiche in den
Rücken. Zwei hatten das Herz durchbohrt und zum Tod
geführt, die anderen fielen so oberflächlich aus, dass Martha
sie vermutlich überlebt hätte.
Was das Rätsel um Sonja angedeutet, der Mord an der
Pfarrersköchin bestätigt hatte, wurde nun zur Gewissheit: Der
Täter verfügte über hervorragende Ortskenntnis. Er war durch
die schmale Hintertür aus dem Garten in den Keller
eingedrungen und von dort in die Wohnung gelangt. Martha
Riement schien ihn im Flur überrascht zu haben. Als sie sich
umwandte, um zu fliehen, traf sie der Schlag mit dem
Schürhaken. Der Täter verschwand auf demselben Weg, der

ihn ins Haus geführt hatte. Diesmal hinterließ er keinen blutverschmierten Mantel. Obwohl sich die Tragödie zwischen neun und elf Uhr vormittags ereignet hatte, hatte niemand etwas bemerkt. Zwei Zeugen war ein gelber Wagen aufgefallen, ein Wagen, der nicht ins Dorf gehörte. Den Lenker konnten sie nicht beschreiben, das Kennzeichen hatten sie nicht beachtet. Das stand im Widerspruch zur Annahme eines ortsansässigen Täters. Doch musste das unbekannte Auto keinerlei Bezug zum Mord haben.

Dr. Terrazzo war wieder einer der ersten am Tatort. Es war reiner Zufall, dass er sich im Dorf aufhielt und nicht auf einem entlegenen Hof. Er wollte gerade in seinen Wagen steigen, als die Beamten vom nächstgelegenen Posten mit Sirene und Blaulicht neben ihm abbremsten.

„Gut, dass Sie da sind!", rief der Beifahrer aus dem Fenster. „Ein Mordversuch. Nummer 22, Riement."

Der Arzt traf nur Sekunden nach den Gendarmen vor Franz' Haus ein. Dann standen sie rund um den blutüberströmten Leichnam.

„Das ist kein Mordversuch", sagte Terrazzo leise. „Sie ist tot." Sein Freund saß in der Küche, die Schultern nach vorn gesunken, das Kinn auf der Brust. Er starrte angestrengt auf den gemusterten Linoleumboden. Der Arzt legte ihm die Hand auf den Rücken. Riement blickte nicht auf. Er sagte: „Weißt du, was das Schlimmste ist? Ich bin gelähmt vor Entsetzen, aber ich spüre keine Trauer. Ich fühle mich nur schrecklich schuldig. Ich glaube, wenn ich sie noch geliebt hätte, wäre es nicht passiert."

„Es wäre trotzdem passiert", sagte Terrazzo. „Wer das getan hat, nimmt keine Rücksicht."

Plötzlich schlug der Lehrer die Hände vors Gesicht. Ein Krampf schüttelte ihn.

„Mein Gott!", schluchzte er. „Gestern hat sie mich gebeten, die Kellertür zu verriegeln und ich hab drauf vergessen. Zuerst Sonja, dann die Strutz, und ich hab trotzdem vergessen. Sie hat daran gedacht und ich nicht! Weißt du, was das heißt?

Ich habe sie umgebracht! Ich bin in der Schule gesessen, ohne einen Gedanken an das, was geschehen könnte und im gleichen Augenblick habe ich sie mit meiner Gedankenlosigkeit umgebracht. Das wird mich nicht mehr loslassen, mein Leben nicht!"

„Wir haben alle Einwohner gewarnt", sagte der jüngere Beamte später. Er war kaum weniger erschüttert als Riement. „Aber wer denkt denn, dass es am hellen Vormittag passiert?" Und dann: „Diesmal erwischen wir das Schwein."

Der Kriminaloberst besuchte Terrazzo am späten Abend. Er wirkte hagerer als beim ersten Mal.

„Wir tun, was wir können, Doktor. Wir werden ihn auch kriegen. Aber wenn ein Mensch scheinbar grundlos mordet oder aus reinem Vergnügen, und es keine Zeugen gibt, kann es lange dauern. Bis dahin kann noch viel passieren. Denken Sie nach! Sie sind ein Fachmann und Sie kennen die Leute. Ein Arzt erfährt Dinge, die niemand sonst erfährt. In dieser Gegend ist doch jeder ihr Patient. Gehen Sie sie einzeln durch, alle."

Terrazzo war müde und ausgelaugt.

„Ich werde es tun", versprach er.

45

Er erwachte von brennenden Schmerzen in der Brust. Was
bedeutete das? Langsam wandte er den Kopf und fuhr
erschreckt hoch, als er das Blut auf Decke und Leintuch
bemerkte. Die Bewegung verstärkte den Schmerz.
Gleichzeitig fühlte er, dass mit seiner rechten Hand etwas
nicht stimmte. Daumen und Zeigefinger waren wie aneinander
geleimt. Er hob die Hand vor seine Augen und sah, dass sein
Gefühl ihn nicht trog. Die beiden Finger klebten tatsächlich
aneinander. Sie hielten eine Rasierklinge und der Klebstoff
war Blut. Träumte er? Ausnahmsweise nicht. Es war sein
eigenes Zimmer mit dem Riss in der Tapete, wo der Kamin an
die Wand grenzte, mit dem Ausblick auf noch nackte
Baumkronen und einen Teil des benachbarten
Scheunendaches. Morgendämmerung. Er träumte nicht. Er
hatte sich im Schlaf drei parallele Schnitte quer über die Brust
zugefügt. Er riss die verklebten Finger auseinander und
schüttelte in plötzlicher Panik die Hand, bis die Klinge sich
löste und mit einem gedämpften ‚Pling' auf dem Boden
landete. Mit einem Mal legte sich seine Aufgeregtheit. Was
war schon groß passiert? So was kommt vor. Andere Leute
schlafwandeln oder springen nachts auf und essen den
Kühlschrank leer. Er ging ins Bad und schnitt mit der
Nagelschere die Pyjamajacke entzwei, bis nur noch der Teil
auf der Brust übrig blieb. Er ließ warmes Wasser einlaufen
und legte sich in die Wanne. Rote Schlieren kräuselten sich in
verschlungenen Tänzen weg von Stoff und Wunde. Bald lag
er in hellrotes Nass gebettet und löste langsam und nicht ohne
kindliches Vergnügen das klebrige Gewebe von seiner Haut.
Die Schnitte waren nicht sehr tief, doch sie klafften weit auf.
Vereinzelte Baumwollfäden zog er Stück für Stück aus
seinem Fleisch. Dieses wulstige, rote Klaffen weckte
undeutliche Erinnerungen. Zu undeutlich, um klare Bilder
entstehen zu lassen, dennoch beunruhigend. Umso
beunruhigender, je länger er es betrachtete. Er hatte plötzlich

das unwiderstehliche Bedürfnis, etwas gegen das Klaffen zu unternehmen. Er griff nach dem Shampoo und träufelte bläuliches Gel in die offenen Wunden. Er träufelte bis die Wunden aufgefüllt und ausgelöscht waren. Der Schmerz zog die Lippen von seinem Gebiss und die Haut von seinem Gesicht zurück. Die Maske des Schmerzes prägte sich auf seinem Gesicht ein wie ein glühendes Eisen, doch er rührte sich nicht. Starr wie ein Stück Holz lag er, die Brust nach oben gereckt, damit das Wasser das Gel nicht erreichte. So lag er, bis er zu zittern und schließlich am ganzen Leib zu schlottern begann. Erst jetzt stand er auf, stand auf wackeligen Beinen und duschte so heiß, dass die Haut sich krebsrot verfärbte. Dann schmierte er Salbe auf Papiertaschentücher, drückte sie Stück für Stück auf die brennenden Wunden und befestigte sie mit Streifen von Leukoplast.

Kalte Wut stieg hoch in ihm. Er hatte diesen Angriff überstanden. Es war klar, dass sie ihn loswerden wollten, aber diesmal hatten sie die Rechnung ohne den Wirt gemacht. Er gehörte nicht zu denen, die sich etwas gefallen ließen. Das würde er ihnen noch beibringen. Irgendwas war in den letzten Tagen vorgefallen im Dorf. Etwas Ungewöhnliches. So viele Leute kamen sonst nicht her. Nur beim Kirchtag, aber der fiel in den Herbst. Er hatte mit den Gendarmen darüber gesprochen. Ja, jetzt erinnerte er sich. Jemand hatte die Frau des Lehrers erstochen. Sie hatte auch zu den Verrätern gehört. Doch seine brennenden Wunden bewiesen, dass die Gegenseite längst nicht aufgegeben hatte. Im Gegenteil: In der eigenen Wohnung überfielen sie ihn, im eigenen Bett, mit seinen eigenen Händen. Einen Moment stand er ratlos. *Mit seinen eigenen Händen* - wie kam er darauf?

Das blonde Mädchen, die alte Strutz, die Frau vom Lehrer, da gab es einen Zusammenhang. Marias Gesicht entstand vor ihm. So lebensecht, dass er es am liebsten geküsst hätte. Aber sie wollte von ihm nichts wissen. Das machte nichts. Das machte gar nichts. Das war gut. 'Es' packte ihn und ließ ihn sich bäuchlings auf das Bett werfen und trotz der Schmerzen einen lang gezogenen, einen nicht enden wollenden Lacher ausstoßen. Er erschrak vor dem Ton, fand ihn aber zugleich so komisch, dass er vom Lachen ins Kichern geriet und damit nicht aufhören konnte. So lag er da, frisches Blut sickerte durch den Verband, Tränen strömten aus seinen Augen und er kicherte, bis ihm der Atem wegblieb. Leise weinte er noch lange vor sich hin. Maria! Maria. Er liebte sie. Er konnte ihr seine Liebe nicht verzeihen und auch nicht ihren Verrat. Wenn sie ihn nun schon im Schlaf verletzten, war es sein Recht, sich zu wehren. Er würde sich wehren. Immer wieder. Niemand durfte ihn verletzen.

Er schlief, bis der Wecker läutete. Das Läuten war zu schwach, um ihn richtig zu wecken. Es geisterte durch seine Träume als Türklingel, als Telefon, als weit entfernte Kirchenglocke. Dann verstummte es. Erst um zehn raffte er sich auf und meldete sich krank. Völlig rätselhaft, warum die Brust schmerzte. Er schluckte ein paar Tabletten, das konnte nicht schaden. Im Übrigen war es am besten, die Sache auf sich beruhen zu lassen. Vielleicht kam ein Wetterumschwung. Mit zunehmendem Alter werden viele Menschen wetterfühlig. Das ist ganz normal. Gut, dass ein freier Tag vor ihm lag. Schon lange wollte er einmal gründlich putzen. Besonders das Schlafzimmer. Man verbringt mehr Zeit im Schlafzimmer als in irgendeinem anderen Raum. Trotzdem hat es einen viel geringeren Stellenwert als Küche oder Wohnzimmer. Die Leute sind dumm. Er würde sich das Schlafzimmer zuerst vornehmen. Zum Beispiel die Zierfransen an den Schmalseiten des Teppichs. Die standen kreuz und quer und viel zu lang waren sie auch. Höchste Zeit, sie zu kürzen. Er nahm eine Schere und schnitt die Fransen knapp am Teppichrand ab. Gut, dachte er. Je kürzer, desto besser. Das würde wieder für eine Weile reichen.

46

„Guten Tag", sagte Rüdiger. „Darf ich hineinkommen?"
„Komm nur", sagte Adelheid Lassnig. „Du bist der junge
Winkelhofer."
„Ja", sagte Rüdiger und trat so vorsichtig in die Küche als ob
der Dielenboden besonders dünnes Eis wäre. Er war lange um
den Hof gestrichen, so lange, bis er sicher sein konnte, dass
Sonjas Mutter allein war. Sie stand vor ihm, einen
Teigschaber in der Hand, und betrachtete ihn mit
freundlichem Interesse.
„Du bist mit Sonja befreundet", sagte sie. „Sie hat mir von dir
erzählt. Du würdest lieber zurück in die Stadt."
„Das war früher", sagte er und fühlte die aufsteigende Hitze
im Gesicht.
Sonjas Mutter legte den Teigschaber auf ein mehliges Brett.
Sie tat es auf eine Art, die ihm die kleine Bewegung als etwas
äußerst Ernsthaftes erscheinen ließ.
„Ihr seid sehr gut miteinander befreundet."
Es war mehr Feststellung als Frage, doch Rüdiger
beantwortete sie mit rotem Kopf und heftigem Nicken.
Adelheid sah ihn plötzlich viel eindringlicher an. Immer noch
freundlich, aber mit dem instinktiven Vorbehalt der Mutter.
„Sonja erzählt mir nicht alles. Das hab' ich ihr selbst
beigebracht. Sie kann mir alles erzählen, aber sie muss nicht."
„Sie reden von ihr, als ob sie jeden Moment zur Tür
hereinkäme."
„Sie wird hereinkommen", sagte sie.
Die Sonne wird aufgehen, der nächste Winter Frost bringen,
auf den April der Mai folgen. Sonja wird kommen.
Er hatte es nicht mehr ausgehalten. Entweder mit jemandem
über die Bilder in seinem Kopf reden oder gegen die Wand
mit diesem Kopf. Sonja liebte ihre Mutter. 'Sie hört mit den
Ohren und mit den Augen. Sie riecht, was du meinst'. Sie
hatte gelacht als sie das sagte. 'Bei ihr genügen ein paar
Worte. Papa ist nett, aber du musst stundenlang auf ihn

einreden. Und wenn er sagt, er hat's kapiert, hat er die Hälfte wieder nicht verstanden'.

Seine Eltern verstanden kein Zehntel. Papa drückte ihm ein paar Münzen in die Hand und Mama einen Kuss auf die Stirn. Sie waren hübsch bemalte Luftballons. Er wollte nicht in der Nähe sein, wenn sie platzten. Irgendwann würden sie platzen. Es verschaffte ihm ein dumpfes Gefühl der Zufriedenheit.

„Bist du verliebt in Sonja?"

Es war ihr Recht, das zu fragen, aber wie konnte sie?

„Ich liebe sie." Er hörte seine Stimme zum ersten Mal.

„Entschuldige", sagte sie. „Das war dumm von mir. Du wärst sonst nicht gekommen."

Adelheid war einsfünfundsechzig und wog zweiundfünfzig Kilo. Sie hatte zarte Knochen und eine zähe Kraft und den Willen von zehn Feldherren. Sie hatte eine Menge Verstand. Der junge Mann war unsicher und unglücklich. Er wollte ihr etwas mitteilen, sonst wäre er nicht gekommen. Aber es handelte sich um etwas, das noch schwerer mitzuteilen war, als dass er mit Sonja geschlafen hatte. Entweder war er Adelheids schlimmster Feind oder ihr bester Verbündeter. Sie holte den Stofffetzen aus der Schublade, wo er noch immer zwischen zwei Papierbögen verborgen lag.

„Das habe ich bekommen. Ich habe niemandem davon erzählt."

Sie gab ihm den Stoff und beobachtete sein Gesicht. Er war ein Verbündeter.

„Ich habe etwas gesehen", sagte Rüdiger atemlos. „Aber es ist unmöglich."

„Was hast du gesehen?"

„Sie werden es niemandem verraten?"

Adelheid nahm seine Hand und zog ihn auf die Bank.

„Entschuldigung", sagte Rüdiger erleichtert. „Dumm. Dumm von mir."

Plötzlich empfand er großes Vertrauen und große Erleichterung. Sie redeten lange.

Als er ging, beleuchtete die Nachmittagssonne Haus und
Scheune und Wald, Äcker, Wege und Farben. Das Dorf hatte
sich verändert. Rüdiger dachte an Sonja nicht mehr in der
Vergangenheit.

47

Der hagere Kriminalbeamte besuchte Terrazzo erneut.
Diesmal behielt der Arzt seinen Dienstgrad im Gedächtnis.
Ein Oberst. Es war ihm peinlich, danach zu fragen, aber der
Oberst wunderte sich nicht. Es gab insgesamt nicht viel,
worüber er sich wunderte.

„Unsere Sachverständigen stimmen Ihrer Theorie zu. Mehr
oder weniger. Sie wissen, wie Sachverständige sind. Bevor die
mit einem anderen völlig übereinstimmen, beißen sie sich die
Zunge ab. Da sagen sie lieber noch einmal haarscharf das
gleiche mit anderen Worten."

Er begann an seinen knochigen Fingern abzuzählen.

„Erstens: Wir suchen einen Wahnsinnigen. Zweitens: Sein
Wahn ist nicht offenkundig. Im Alltag ist er unauffällig.
Drittens: Er besitzt gute Ortskenntnisse. Daher vermuten wir,
dass er aus dem Dorf selbst oder der näheren Umgebung
stammt. Viertens: Sie sind der Arzt dieser Leute."

Terrazzo war allein zu Hause. Maria ging immer schon am
frühen Nachmittag. Die Frau, die den Haushalt besorgte,
bereitete ein Abendessen vor und kehrte um sieben zu ihrer
eigenen Familie zurück. Er schenkte dem Oberst einen
Cognac ein.

„Wie gehen Sie vor? Sie verlassen sich bestimmt nicht nur auf
mich."

„Wir haben etliche Anhaltspunkte, aber keine konkrete Spur.
Uns bleibt nur das Ausleseverfahren. Wer kann es nicht
gewesen sein?"

„Alibis und so?"

„Alibis, unter anderem." Der Oberst grunzte. „Jede Menge.
Bis die alle überprüft sind, dauert es Tage. Und es bleiben
viele Personen, die gar nicht vorgeben, eines zu haben. Es ist
ein Dorf. Aber wenn man die nähere Umgebung einbezieht,
gibt es schon ein paar hundert Menschen, die wussten oder
wissen konnten, dass die Riements einen direkten Zugang
zum Keller haben. Und wahrscheinlich gibt es auch außerhalb

einige Personen, die es wissen. Solange wir keinen echten Hinweis haben, hecheln wir dem Verrückten hinterher. Wenn es wirklich ein Verrückter ist. Na ja, normal ist er bestimmt nicht. Im Fall der Köchin hat er vermutlich Stiefel Größe 43 getragen. Die gleiche Größe verwendet Huber. Seine Frau benützt sie auch manchmal, wenn sie schnell in den Stall geht. Sie trägt normalerweise 38er. Bei Gummistiefeln macht das nicht viel."

„Immerhin scheiden alle aus, die größere Füße haben."

„Ein 44er quetscht sich zur Not auch hinein. Und wie viele rennen schon mit 45 und mehr herum?"

„Ich habe etwas von einem weißen Golf gehört."

„Bei uns war's noch ein gelber Opel", sagte der Oberst trocken. „Abgesehen davon, dass wir seine Zulassungsnummer nicht haben, spricht auch nichts dafür, dass er etwas mit dem Mord zu tun hat. Allerdings auch nichts dagegen. Natürlich kümmern wir uns darum."

„Zwei Frauen, drei, wenn man Sonja dazurechnet ..."

„Wir sind dabei, einen neuen Sucheinsatz zu organisieren. Mit Bundesheerhilfe diesmal und einem Großaufgebot an Hunden."

„Gab es bei Martha irgendwelche Spuren, die auf ein sexuelles Motiv deuten?"

„Nichts. Der Mörder drang ein, schlug sie nieder und stach zu. Dann scheint er in aller Ruhe das Bad benützt zu haben. Wir haben an einem Handtuch Blutspuren entdeckt. Bei der Strutz war er nicht so penibel. Allerdings gibt es im Stall keine Waschgelegenheit."

Er trank sein Glas leer, stellte es zurück und bedachte den Doktor mit einem düsteren Blick.

„Sie sind ein kluger Kopf. Ich schätze Sie, wirklich. Aber es wäre stark übertrieben, wenn ich Ihre Hilfsbereitschaft in den Himmel loben würde. Niemand weiß, wann der Kerl wieder zuschlägt und Sie ziehen sich auf standesrechtliche Grundsätze zurück."

„Ich bin Arzt", sagte Terrazzo ärgerlich. „Ich kann meinen Patienten nicht aufgrund reiner Vermutungen die Polizei auf den Hals hetzen. Wobei ich ihnen auch noch eine Geisteskrankheit unterschiebe, auf die sie nie untersucht wurden."

„Lassen Sie sich Zeit", knurrte der Oberst. „Egal, wie viele er bis dahin umbringt, Hauptsache, Ihre Patienten haben ihre Ruhe."

„Wenn Sie es so sehen ...", sagte Terrazzo kühl und stand auf.

„Tut mir leid", lenkte der Oberst ein. „Wir sind alle nervös. Ich glaube immer noch, dass Sie uns helfen können."

„Sie haben recht", sagte der Arzt versöhnlicher, setzte sich aber nicht wieder. „Ich bin selbst nervös - und müde. Ich mache es, so schnell ich kann. Aber auf meine Weise, ja?"

„Ich habe keine Wahl", erwiderte der Beamte und schüttelte Terrazzos Hand. „Denken Sie daran, dass dieser Irre vermutlich keinen besonderen Anlass braucht, um auch Sie umzubringen. Aber wenn Sie ihm den Anlass liefern, fällt es ihm bestimmt noch leichter."

„Ich bin ein begabter Lügner. Er wird nicht merken, worauf ich hinaus will. Wenn er sich überhaupt unter meinen Patienten befindet."

„Hoffen wir es", sagte der Oberst zum Abschied. Es war nicht ganz klar, worauf sich seine Hoffnung bezog.

Terrazzo schloss die Tür und ging in die Ordination. Misstrauisch betrachtete er den Computer. Er hatte sich nie groß damit abgegeben. Andererseits ... Er setzte sich auf Marias Sessel und schaltete das Gerät ein. Nun benötigte er Zutritt zur Patientenkartei. Er kam zur grafischen Oberfläche und klickte sich fünf Minuten lang durch. Dann hatte er die Kartei. Dann stürzte das Programm ab.

Der Arzt überlegte und griff nach dem Telefon.

„Es tut mir leid, um diese Zeit zu stören", entschuldigte er sich. „Aber ich muss Ihre Tochter sprechen."

Maria schien neben ihrer Mutter gewartet zu haben.

„Ja?"

„Ich brauche Ihre Hilfe, Maria. Kann ich Sie abholen? Gleich?"

„Hupen Sie nur."

Keine Fragen, keine langatmigen Erklärungen. Das gefiel ihm.

Zwanzig Minuten später startete sie den Computer. Zu seiner Überraschung meldete das Programm den vorherigen Absturz. Er fühlte sich ertappt. Maria ging wortlos darüber hinweg. Sie blätterte die Kartei durch, nannte ihm Namen, beantwortete Fragen, während er sich jeden Patienten ins Gedächtnis rief und nach Auffälligkeiten suchte. Hin und wieder, sehr selten, machte er eine Notiz. Sie brauchten viereinhalb Stunden. Zwischendurch kochte Maria Kaffee. Er empfand ihre Anwesenheit als angenehm. Das verblüffte ihn. Bisher hatte er sie eher als Praxiszubehör betrachtet. Vielleicht lag es an dem gestärkten Kittel und dem Häubchen, das sie während der Arbeit immer trug. Sie war nicht neugierig, aber freundlich und aufnahmebereit. Er hatte ihr in groben Zügen erklärt, worum es ging. Sie fand seine Vorgangsweise sehr vernünftig.

„Die berühmte Liste", sagte er zuletzt lakonisch und deutete auf den spärlich beschriebenen Zettel. „Sechs Namen. Bevor ich sie weitergebe, will ich mit den Leuten reden. Irgendein Vorwand wird uns schon einfallen." Er sagte ganz automatisch 'uns'. „Es ist alles viel zu dünn. Weniger als eine Ahnung."

Die Liste zeigte er ihr nicht und Maria versuchte auch nicht, einen Blick darauf zu werfen. Vielleicht hätte sie sich weniger zurückhaltend geben sollen.

Er brachte sie nach Hause und war angenehm überrascht, als sie zum Abschied ihre Wange kurz an die seine drückte. Ganz spontan, wie er meinte.

48

Seine Finger strichen über die Buchrücken, Reihe um Reihe.
Er mochte die Titel gar nicht mehr lesen. Es waren zu viele.
Er hatte jede Seite aufgenommen wie ein Ertrinkender, aber
sein Durst war immer größer geworden. Jetzt nützten ihm die
gesammelten Weisheiten aus Dutzenden Kulturen gar nichts.
Die Realität hatte sie weggefegt wie der Sturm das trockene
Laub. Alle kunstvollen Gedankengebäude waren
zusammengebrochen, aus mächtigen, tragenden Stimmen
waren schüchtern piepsende Stimmchen geworden. Ein
einziger Einbruch der Realität, schrecklicher als alles, was er
sich je hatte vorstellen können, bewirkte das.
Es war ihnen beiden widerfahren, doch für Martha sollte es
die letzte Erfahrung bleiben. Ihr zerstochener Leib war noch
nicht zur Beerdigung freigegeben. Er stellte sich vor, wie sie
in einem Kühlfach lag, nackt, mit einem Laken bedeckt. Von
einem erstarrten Zeh hing wohl eine Papptafel mit ihrem
Namen. Wie ein Stück gefrorenes Fleisch im Supermarkt.
Name, Datum, allerdings kein Preis. Ein Toter hat keinen
Preis mehr. Nur die Lebenden sind käuflich. Und das nicht
nur einmal. Er dachte an die Stationen eigener Käuflichkeit.
Die Motive waren immer niedrig gewesen: Eitelkeit, Ehrgeiz,
Anerkennung. Wir verkaufen uns nicht im Stück.
Scheibchenweise verhökern wir unsere Integrität bis nichts
bleibt als eine leere Hülse. Er sah sich selbst vor der Klasse
stehen, hohl wie ein ausgeblasenes Ei, aber nach außen ganz
die wohlmeinende, überlegene Autorität. Noch mehr
schmerzte es ihn, mit diesem Röntgenblick seine Schüler zu
durchleuchten. Junge Menschen, aber durchwegs schon
angekränkelt von jener umfassenden Korruption, die uns lehrt,
für den Erfolg alles zu geben, was gut ist in uns. In denen
steckte immerhin noch Gutes. Aber wie stand es um ihn? Kein
Wort darüber zu verlieren.
Er holte eine Flasche Weinbrand aus dem Schrank und
verzichtete bewusst aufs Glas. Schnaps aus der Flasche zu

trinken war eine Erniedrigung, die er sich noch zufügen konnte. Insgeheim wünschte er, seine Schüler könnten ihn sehen, wie er dasaß, Füße auf dem Tisch, den Kopf zurückgeneigt, den Flaschenhals an die Lippen gepresst. Was für ein Bild! Ein gerahmtes Poster für jedes Zimmer, aufzuhängen anstelle des Kreuzes und der Fotografie des dümmlich lächelnden Bundespräsidenten. Seht her, liebe Heranwachsende! Das wird übrig bleiben, wenn ihr brav alles befolgt, was Eltern und Lehrer euch eintrichtern. Wichtig, liebe Freunde, ist vor allem der Schlips auf dem Bild. Er zeigt euch, dass ihr die ärgsten Drecklöcher sein dürft, solange ihr nur ordentlich gekleidet seid. Auch gute Manieren sind für euer Fortkommen unentbehrlich. Nur hinter den eigenen vier Wänden säuft man seinen Schnaps aus der Flasche. Ähnliches gilt für das Prügeln von Frau und Kindern. Aber auch wenn ihr von derlei Rohheiten abseht und sogar auf die Reinheit eurer Fingernägel achtet, werdet ihr nicht besser aussteigen. Sogar mit handgemachten Schuhen an den Füßen und Golfspielen als schlimmstem Laster, werdet ihr innerlich nicht besser aussehen als dieses Stück Abfall auf dem Bild. Wisst ihr warum? Weil ihr euch verkauft habt. Weil ihr auch noch das letzte Restchen eurer Seele im Ausverkauf abgestoßen habt. Und eines dürft ihr mir glauben: Es gibt nichts, überhaupt nichts, was ihr tun könnt, um auch nur ein Schnippelchen dieser Seele zurückzubekommen. Die klügsten und heiligsten Bücher helfen euch nicht, die Ratschläge der klügsten und heiligsten Männer helfen euch nicht, gar nichts hilft. Jede Hilfe braucht eine kleine Basis, um sich zu entfalten und die habt ihr nicht mehr. Also, Mädels und Buben, nehmt euch ein Beispiel an diesem Stinkhaufen, eifert ihm nach. Ich verspreche euch, ihr habt die besten Anlagen dazu. Ihr werdet es schaffen! Sagt euch das immer wieder vor. Ihr werdet es schaffen.

„Ihr werdet es schaffen", sagte Riement laut. „Ihr werdet es schaffen. Ihr werdet es schaffen. Ich werde es schaffen. Ich auch!"

'Ich bin nicht so ausgebrannt. Ich bin nur müde. Stimmungen, Launen. Man darf das nicht überbewerten. Man darf sich nicht aufgeben, niemals. Das ist eine große Sünde. Glauben müssen wir. Was nehmen wir uns auch so wichtig? Der große Plan ... Natürlich. Staubkörnchen sind wir. Aber doch bedeutend. Da steckt ja ein Sinn dahinter. Wir sind nur zu dumm, ihn zu erfassen. Aber er ist da. Das ist vielfach bewiesen. Es ist ja anders gar nicht vorstellbar. Wir sind Teil der Schöpfung. Also gibt es einen Schöpfer. Warum? Das muss so sein. Das ist *logisch*'.

Er würde nicht aufgeben. Sich nicht unterkriegen lassen. So schrecklich das alles war, man musste auch das Positive daran sehen. Jedes Ende ist ein neuer Anfang. Er würde wieder zu leben beginnen, ganz langsam. Er würde vergessen. Aber irgendeinen Halt braucht der Mensch. Er stellte die Flasche ab, stand auf und ging ohne zu taumeln erneut zum Regal. Hier stand doch alles drinnen, lauter Wahrheiten, tausend Wahrheiten vor der einen, endgültigen. Seine Haltung wurde fest und entschlossen. Er griff wahllos nach einem Buch und kehrte in seinen Sessel zurück. Den Schnaps beachtete er nicht mehr. Mit großer Anteilnahme las er, sprach ganze Sätze leise mit. Aber bald verflachte sein Interesse, er begann nach vor und zurück zu blättern, holte ein zweites und drittes Buch, überflog da eine Zeile, dort einen Absatz. Endlich legte er die Bücher weg, blickte in die heraufziehende Nacht und tastete nach der Flasche. Er hatte mehr verloren, als er dachte.

49

Wunderbar mild war der Morgenwind. Durchs geöffnete
Fenster strömte Luft, Licht, Sonne. Die Konzerte der Meisen
und Finken im Gezweig machten die blühenden Obstbäume
zu duftenden Bannern des Frühlings. Er sprang aus dem Bett
und lief ins Bad, nackt wie er war, und staunte, dass an diesem
Tag seine Füße den Boden nicht berührten. Dennoch war alles
auf unerklärliche Weise natürlich. Er duschte. Er schwebte
unter einem Wasserfall im glitzernd weißen Bassin aus
glattem Marmor und sah durch den Vorhang aus
herabstürzendem Kristall den tiefblauen Himmel. Er ging
zurück ins Zimmer und zog sich an. Ein weißes Leinenhemd
und eine helle, leichte Hose. Leinenschuhe auf den bloßen
Füßen. Er suchte einen Gürtel und fand beiges Leder mit
einem rotblauen Zickzackband. Er nahm ihn in die Hand, um
ihn einzufädeln, da verwandelte sich die Gürtelschnalle in ein
weit aufgerissenes Maul mit langen gebogenen Zähnen. Eine
gespaltene Zunge schnellte vor wie eine kleine Harpune. Der
Körper der Schlange wand sich um seinen Arm. Unter seinem
Schrei zersplitterte Glas und rieselte als feiner Sand zur Erde.
Noch im Schrei sprang er zurück und schleuderte das Tier mit
aller Gewalt von sich. In einer lang gezogenen Spirale
klatschte es gegen die Wand, glitt zu Boden und verschwand
durch ein Loch, das ihm bislang nie aufgefallen war.
Sein Schrei war der Auftakt zur Invasion der Schlangen. In
allen Größen und Farben drangen sie durch die Mauern, fielen
von der Decke, wuchsen aus dem Boden. Wütende, aufs
äußerste gereizte Schlangen, die sich wanden und verwirrten
und wie Stahlfedern hochsprangen, um ihn zu packen. Er
stürzte aus dem Zimmer in ein unbekanntes Treppenhaus.
Hier war es nicht besser. Schlangen, wohin sein Auge blickte.
Aggressive, attackierende Schlangen. Schreie von Menschen,
die ebenfalls aus ihren Zimmern gestürzt waren und von den
Tieren angefallen, kaum noch sichtbar unter dem Ansturm, als
Wurmknäuel umher taumelten. Menschen wurden zu

heulenden Klumpen, zu sich schlängelnden, schillernden, aus tausend glatten Körpern zusammengesetzten Klumpen.

Er allein konnte sich freihalten. Die Tiere stürzten auf ihn zu, aber ein geheimnisvoller Befehl ließ sie im letzten Augenblick haltmachen und an ihm abgleiten. In Panik sprang er die Stockwerke hinab, ohne die Treppe zu benützen. Er wusste, dass er den Sturz nicht überleben konnte, landete jedoch ganz sanft. Immer mehr Schlangen. Sie umklammerten seine Arme und Beine, regneten auf ihn herab. Er lief aus dem Haus. Ein Strom von glatten Leibern und flachen, zischenden Köpfen folgte ihm. Er entdeckte einen breiten, im Sonnenlicht funkelnden Kanal, und sprang kopfüber hinein. Das Wasser würde ihn retten. Doch noch im Sprung erkannte er seinen Irrtum. Auch der Kanal war angefüllt mit einer Flut von Schlangen. Nicht Wasser glitzerte in der Sonne, sondern die leuchtenden Schuppen der riesigen Tiere, manche von ihnen groß genug, um einen Menschen zu verschlingen. Mitten hinein tauchte er. Wildbewegte Muster schoben sich in seine Kleidung, in sein Haar, über seine nackte Haut. Glatte, harte Lippen tasteten ihn ab. Er versuchte, an die Oberfläche zu gelangen.

Mit einem Mal fiel er ins Nichts. Ein langer, freier Fall durch dämmriges Licht. Von hoch oben sah er ein helles Zimmer, dem er entgegen fiel. Erneut war ihm bewusst, dass er den Sturz nicht überleben würde. Dann stand er im Zimmer und blickte um sich. Auf einem Bett lag seine Frau. Sie trug schwarze Unterwäsche. Sie schlief. Ihr Mund war aufgeklappt. Er erinnerte sich, dass sie zu leichtem Schnarchen neigte. Auf ihrer Unterlippe saß eine große, schwarzgelbe Hornisse. Das Insekt putzte behutsam Flügel und Hinterleib, aus dem die Spitze seines Stachels ganz wenig hervorragte. Dann kroch es über ihre kleinen Zähne auf die Zunge und weiter in den geöffneten Mund. Vorsichtig beugte er sich über sie und beobachtete das Tier, das im Schlund der Frau an einem Nest baute. Die Hand der Schlafenden hob sich und betastete sein Geschlecht. Er sah ihren Arm. In scharf gestanzten Löchern ruhten fette Maden. Da warf er sich herum und rannte davon. Ohne es zu sehen, wusste er, dass die Hornisse wütend aus ihrem Mund schoss und ihn verfolgte.

Er rannte einen ansteigenden Weg entlang. Seine Beine wurden schwer. Die Flucht wurde schrecklich mühsam. Es kostete ungeheure Überwindung, den Fuß auch nur vom Boden zu heben. Seine Muskeln brannten. Jeder Schritt erforderte eine Kraftanstrengung, als stapfe er durch meterhohen Schnee. Eine Zeitlang kroch er auf allen Vieren, dann sank er völlig erschöpft zu Boden.

Im nächsten Bild fand er sich auf dem Rücken liegend, eng umhüllt von Tonnen und Abermillionen Tonnen Felsgestein. Er hatte keinen Zentimeter Bewegungsfreiheit. Der Fels schloss ihn ein wie eine zweite Haut. Er würde dieses dunkle, schwere, fesselnde Grab nie verlassen. Ewig hier liegen, zur vollkommenen Bewegungslosigkeit verdammt, im Bewusstsein des gewaltigen Gewichts, das auf ihm lastete. Ungeheure Angst packte ihn. Nur die Augen konnte er von einer Seite zur anderen rollen, weit über die Schläfen hinaus. In dem Moment fürchtete er erstmals, verrückt zu sein. Dann kam die letzte der Schlangen. Eine kleine, weiße Schlange, mehr ein Wurm als eine Schlange. Er spürte sie über seinen Körper gleiten, über Hals, Kinn und Lippen, er spürte sie durch die Nase in die dunklen Höhlungen seines Kopfes eindringen. An der Rückseite der Augäpfel rollte sie sich zusammen. Sie wollte ruhen, bevor sie ihr Mahl begann. Er wartete in Dunkelheit und Schmerz und Panik, unfähig, auch nur einen Finger zu rühren.

50

Maria hielt es nicht auf ihrem Sessel. Auf dem Schreibtisch
lag das Italienisch-Lehrbuch, Lektion 19, ihr altes geblümtes
Sparschwein hatte seine Vorderfüße daraufgestellt, um es am
Zuklappen zu hindern. Daneben lag das Vokabelheft, in das
sie mit ihrer genauen, kleinen Schrift die endlose Reihe
fremder Wörter niederschrieb. Was sie mit eigener Hand ins
Heft eintrug, haftete besser im Gedächtnis als alles nur
Gelesene. Doch heute nützte der Kniff nichts. In einer Minute
schrieb sie, in der nächsten las sie das Geschriebene und es
war ihr fremd, als sähe sie das Wort zum ersten Mal. Sie
sprang auf, lief die drei Schritte zum Spiegel und betrachtete
kritisch ihr Gesicht. Ein nettes Gesicht. Sehr ebenmäßig, die
Haut glatt. Nase und Mund weder zu groß noch zu klein. Die
Augen hinter der Brille groß, der Blick noch jung, aber schon
erwachsen. War die Brille zu streng? Wenn sie sie abnahm,
verschwanden die klaren Linien. Sie spürte, dass sie sich
veränderte, aber sie sah es nur verschwommen. Sie setzte die
Brille wieder auf.
Er hatte sie bemerkt! Er hatte bemerkt, dass es sie gab! Das
war am Freitag gewesen. Die Liste. Heute war Sonntag. Sie
fühlte ein sanftes Glühen in den Eingeweiden, das ohne
Zweifel mit Liebe zu tun hatte. Ihr war nie ganz klar gewesen,
woran man die große Liebe, die berühmte ganz große Liebe
eigentlich erkennt. Das sanfte Glühen war wenigstens *ein*
klares Zeichen. Marias eifriger Verstand begriff allerdings
nach wie vor nicht, wie man ausschließen konnte - und sei es
nur theoretisch - dass der ganz großen Liebe nicht in einigen
Jahren die noch größere folgen mochte. Doch solche
Spitzfindigkeiten berührten sie momentan nicht oder
jedenfalls nur ganz am Rande. Sie ging im Zimmer auf und
ab, setzte sich aufs Bett, setzte sich an den Tisch, parkte vor
dem Spiegel, blickte über grünschwarze Hügelkämme in die
Ferne und befasste sich mit der Frage der Fragen: Wie würde
es weitergehen? Und wann?

In Momenten des Kleinmuts fragte sie: War überhaupt etwas gewesen? Ist ein Funke übergesprungen? Bilde ich mir alles nur ein?

Aber dabei handelte es sich, wie gesagt, nur um Momente.

Fürs erste musste sie abwarten, das lag auf der Hand. Und dies und das. Sie setzte ihre Zimmerwanderung fort, sprudelnd vor Plänen, Visionen und kühnen Entwürfen.

Im Nachbarhaus lag Hannes Müller auf dem ungemachten
Bett, die Wäsche immer noch blutbefleckt. Er fühlte sich
elend. 'Es' erteilte ihm dauernd Befehle, die er nicht verstand.
Ihm war weinerlich zumute. Er verstand nichts und man
erklärte ihm nichts, aber wenn er nachfragte oder einen Fehler
machte, strafte 'es' ihn erbarmungslos. Dabei war er nicht
etwa bockig. Im Gegenteil: Er war willig und bemühte sich
wirklich! Doch das interessierte niemanden. Ein kleines
Missverständnis, eine langsame Bewegung und schon ... Er
presste verzweifelt die Fäuste gegen seine Schläfen. Warum
tat 'es' das? Was hatte er denn getan? Irgendwer war schuld
daran. Irgendwer, der 'es' so erzürnte und ihn dafür büßen
ließ. Maria. Warum fiel ihm dauernd Maria ein? Er starrte an
die Decke, auf die vielen verborgenen Gesichter, die ihm
Grimassen schnitten und vor sich hinplapperten, und hatte
eine Offenbarung. Plötzlich begriff er die Zusammenhänge!
Plötzlich verstand er den Traum der letzten Nacht: Maria!
Maria war es gewesen! Maria war die winzige, weiße
Schlange, die hinter seinen Augen fraß!
Er ging in die kleine Kellerwerkstatt und nahm ein Handbeil
aus dem Regal. Er hatte es zuletzt gebraucht, als er den alten
Wurzelstock ausgrub. Zähe, alte Holunderwurzeln. Die
Schneide war schartig von den Steinen. Er setzte eine
Schutzbrille auf und wartete, bis die Korundscheibe ihre
Drehzahl erreichte. Dann machte er sich, eingehüllt in einen
Funkenschauer, an die Arbeit. Werkzeug muss gewartet
werden. Eine stumpfe Hacke ist eine Beleidigung. Werkzeug
muss scharf sein wie ein Rasiermesser. Immer wieder prüfte
er die Schneide, indem er den Daumen dagegen drückte. Das
tat er so lange, bis aus dem dünnen, weißen Strich, den sie auf
seiner Haut zurückließ, feine Blutströpfchen quollen.
Zufrieden legte er die Axt zur Seite und steckte den Daumen
in den Mund.

Maria hielt es nicht mehr in ihrem Zimmer. Es gibt Momente im Leben jeder Frau, da muss sie sich einer anderen Frau mitteilen oder sie zerspringt. Es gibt Frauen, bei denen dauern diese Momente Jahre. Isabella beispielsweise. Isabella hatte sich ihr immer anvertraut. Sie lief hinunter, um Isabella, die Treue, anzurufen.

Ihre Eltern saßen in der Küche und spielten Karten. Sie spielten jeden Tag eine Partie Piquet. Der Verlierer war am darauf folgenden Tag fürs Abwaschen zuständig. Dank dieser Vereinbarung existierte längst eine Spülmaschine, doch blieben immer noch Töpfe und Pfannen und Besteck.

„Sie ist völlig verrückt heute", sagte der Vater. „Rennt herum wie angestochen."

„Ach was. Sie ist verliebt."

„Hab ich doch gemeint. Ich nehme alle."

Es war ein zähes Ringen. Minuten später hörten sie ihre Tochter erneut die Treppe herunter laufen. Sie steckte den Kopf zur Küche herein.

„Ich treffe mich mit Isabella", rief sie. „Wartet nicht mit dem Essen."

„Sei vorsichtig", bat die Mutter. „Der Irre läuft noch frei herum."

„Es ist ja hell. Und ich bin nicht allein. Ciao!"

„Kommt nicht los von ihrem Italienisch", sagte der Vater. „Spiel aus."

Die sirrende Schleifscheibe, der Geschmack von Blut, die blinkende Schneide hatten ihn in Hochstimmung versetzt. Er mochte noch nicht aufhören. Da lag eine große Auswahl von Stemmeisen und Schnitzmessern. Er nahm sich alle vor, sogar die Meißel. Beim zweiten Meißel gab die Maschine den Geist auf.

NICHT FÜR DAUERBETRIEB GEEIGNET.

Rote Großbuchstaben auf einer schwarzen Plakette. Wieso er die nicht früher gesehen hatte? Er zuckte die Achseln. Sie würde sich schon erholen, die Maschine. Er musste ihr nur Zeit lassen und fest daran glauben. Außerdem brauchte er sie so bald nicht mehr. Sein Daumen war zerschnitten und blutverschmiert von den vielen Proben. Er ging hinauf zur Hausapotheke. Noch während er ein breites Pflaster abschnitt, zwang 'es' ihn, seinen Blick zu heben. Aus dem Fenster des Abstellraums sah er den Eingang des Nachbarhauses. Die Tür öffnete sich und Maria trat heraus. Er klebte das Pflaster um den Daumen und klaubte seine Angelausrüstung aus dem Garderobenschrank. Das Beil steckte er in den Gürtel. Die lange Windjacke verdeckte auch den Stiel. Man durfte die Leute nicht erschrecken. Besonders Maria durfte er nicht erschrecken. Irgendwann würde er sie ja doch heiraten, aber gegen die Schlange hinter seinen Augen musste er sich wehren. Das würde sie einsehen.
Maria war viel zu früh dran. Isabella hatte erst ab sechs Zeit für sie, jetzt war es fünf. Doch sie zog es vor, im Zickzack durchs Dorf zu laufen. Alles, nur nicht länger im Haus eingesperrt sein. Die wintermüden Wiesen waren binnen zwei, drei Tagen zu grünen Teppichen geworden, manche Bäume und fast alle Sträucher setzten in atemberaubendem Tempo Blätter und Blüten an. Aus den Hecken leuchtete das satte Gelb der Forsythien wie Farbmarkierungen. In den schattigen

Ecken der Gärten drängten sich Schneeglöckchen, Krokusse und Frühlingsknotenblumen. Viele Nachbarn beschäftigten sich mit ihren Beeten oder saßen einfach draußen, Grüße wurden getauscht, Gesprächsfetzen schwirrten durch die Luft.

„Hallo Maria!"

„Wie geht's?"

„Was macht die Arbeit?"

„Richte ihr schöne Grüße aus."

„Guten Abend, Hochwürden."

„Ich brauche dringend das Rezept. Ich komme bestimmt morgen vorbei."

„Weißt du was Neues?"

„Ja, es ist schrecklich. Man kann nicht mehr ruhig schlafen."

Doch trotz des Schocks und der Aufregung, die allen noch in den Knochen saß, machten sie schon wieder Witze und Anspielungen und genossen die Sonne. Der Frühling war stärker als die Angst.

Rund um die Uhr war Polizei im Dorf. Uniformierte und Zivile verfolgten Spuren und Theorien, ein Wagen fuhr langsam Streife, ehe er irgendwo anhielt und eine halbe Stunde vergehen ließ. Anwesenheit zeigen, Sicherheit vermitteln. Manche meinten, es sei die Sicherheit eines Kindes, das im finstern Wald laut pfeift. Den Täter abschrecken. Lässt sich ein Verrückter abschrecken?

Er verstaute die Angelsachen im Kofferraum und rollte auf die Zufahrt. Maria war nicht mehr zu sehen, aber er würde sie finden. Er nahm nicht den kurzen Weg zur Hauptstraße, sondern fuhr die lange Schleife. Richtig, vorne stand sie am Zaun und schwatzte. Er hielt neben ihr und kurbelte das Fenster herunter.

„Tag, Maria."

„Servus."

Sie sang es fast. Sie war so fröhlich heute. 'Es' hatte fest das Kommando übernommen und machte ihn zu einem ganz normalen Mann in den Vierzigern. Allein stehend und daher nicht so gut in Schuss, wie die Frauen meinten, aber noch recht passabel. Etwas aufgeschwemmt vielleicht, Ringe unter den Augen, ein paar geplatzte Äderchen - die Lötter saufen alle zu viel. Wenn keine auf sie schaut überhaupt. Es war Zeit, dass er wieder eine bekam. Jetzt war noch Zeit. Lang darf er allerdings nicht mehr warten. Komisch, dass er noch keine hat. Immerhin ein sicheres Einkommen, Beamter, pragmatisiert, ein Haus. Natürlich werden sie eigen, wenn sie jahrelang allein wirtschaften. Aber die Richtige treibt ihm das schnell wieder aus. Alles in allem keine schlechte Partie. Nicht gut genug für die Maria. Noch nicht. Die sucht was Besseres. Wird ja sehen, wie weit sie kommt. So berühmt ist sie auch nicht.

„Ich geh' fischen", sagte er. „Kommst du mit?"

Sie war öfter mitgegangen, früher. Sie mochte den Fluss. Sie mochte fließendes Wasser. Die meisten Menschen mögen es. Maria sah auf die Uhr.

„Ich hab' nur eine halbe Stunde Zeit."

„Macht ja nichts. Sind ja nur drei Minuten. Ich bringe dich wieder herauf."

„Gut."

Sie lief um das Auto und stieg ein. Die Nachbarin am Zaun winkte.

Maria hatte ein übervolles Herz. Sie plapperte daher wie ein kleines Kind, heiter und zufrieden. Er versuchte zu lächeln und ein paar Worte zu sagen, aber hinter seiner Stirn hatte nur ein Gedanke Platz: Da sitzt die kleine, weiße Schlange und diesmal muss ich mich wehren!

Sie standen neben der Straße, ein paar Meter entfernt von der Hofeinfahrt. Ungefähr an der Stelle, wo Rosi dem alten Matte ihre Stärke bewiesen hatte. Um diese Szene ging es auch.

Lydia Kern, die Schafswirtin, hörte zu, während Matte auf sie einredete. Er war erregt und ärgerlich. Hinter seinem Rücken machten sie Bemerkungen über ihn und grinsten sich eins. Der Matte, der alte Fuchs, lässt sich von einer Kellnerin auf offener Straße lächerlich machen.

„Geärgert hat er sich schon. Aber die Hand hat er sich nicht gewaschen, damit er wenigstens was zum Schnuppern hat ..." Er musste schnell reagieren. In letzter Zeit war zu viel schief gelaufen. Ein Glück noch, dass der Irre die Aufmerksamkeit ablenkte. Aber wenn sie den fingen, würde es richtig losgehen. Im Dorf vergessen sie nicht so schnell. Schon gar nicht, wenn es darum geht, einem Großen eins auszuwischen. Neidisch sind sie und buckeln tun sie auch. Sie tun's, aber es gefällt ihnen nicht. Wenn sich dann eine Gelegenheit ergibt ...

Mit einem Ohr hörte die Kern ihm zu und heuchelte Interesse. Tatsächlich hing sie ganz anderen Gedanken nach.

Es war eine Verschwörung großen Stils. Der, den sie am meisten treffen sollte, hatte noch nicht einmal Verdacht gefasst. Lydia hatte viel gelernt von ihm und eine unendliche Geduld bewiesen. Sie hatte es zuwege gebracht, dass die Wechselwilligen aus freien Stücken zu ihr kamen, obwohl sie als Mattes Verbündete galt. Aber eben doch nicht so verbündet, dass es ganz aussichtslos schien, sie zu bitten ... Es ist eine große Kunst, bei vielen verschiedenen Gesprächspartnern die gleiche Wirkung zu erzielen. Die richtige Mischung aus Andeutung und Augenzwinkern und Schlauheit und Offenheit und Versprechen sofortiger und künftiger Vorteile, ohne einen ausdrücklichen Zusammenhang herzustellen - ihr politisches Meisterstück.

„Du musst sie rauswerfen", kam der alte Matte zum erwarteten Schluss.

Er vertraute ihr noch voll und ganz, zumindest so sehr, wie er überhaupt jemandem vertraute.

Die meisten ihrer neuen Anhänger würden später vielleicht glauben, sie hätten *seinem* klugen Wunsch entsprochen! Durchaus möglich, dass sogar Matte darauf einstieg.

Schadensbegrenzung. Aber *er* würde wissen, wie es wirklich war. Und sie würde es ihm nicht leicht machen. Stück für Stück wollte sie ihn demontieren, bis er dort ankam, wo er ihren Vater gehabt hatte. Dann mochte er bei lebendigem Leib verfaulen - das war ihr einerlei.

Sie lächelte ihn an und sagte: „Natürlich werfe ich die Rosi raus, wenn du willst, aber ich brauche zuerst eine neue. Bei dem Betrieb jetzt, kann ich mir keinen Tag ohne Kellnerin leisten."

Matte war es zufrieden. Geschäft geht vor Rache. Auf ein paar Tage kam es nicht an.

„Aber such' gleich. Vergiss es nicht."

„Ist recht."

Er schwang seinen Stock zum Gruß und wollte gehen.

In diesem Augenblick rollte stotternd ein Wagen heran, der Motor spuckte noch ein bisschen, dann setzte er endgültig aus. Mit letztem, müdem Schwung bog er in einen der Parkplätze vor dem Schafswirt und stand still.

„Der Müller", sagte Matte. „Mit dem Kübel kommt er nicht mehr weit."

Hannes und Maria stiegen aus. Sie gut aufgelegt, er bleich vor Ärger, wie es der Schafswirtin schien.

„Kein Benzin", presste er hervor. Der alte Bauer kicherte.

„Wenn du willst, kannst du von meinem ein paar Liter absaugen", bot die Schafswirtin an. „Bis zur Tankstelle wird es reichen."

Müller schüttelte den Kopf.

„Ich lass' ihn lieber stehen. Zum Wasser ist es nicht weit."

Aus seiner Stimme sprach eine mühsam unterdrückte Wut, die den alten Matte noch mehr amüsierte. Wenn sich einer über ein Missgeschick so aufregt, ist es doppelt schön. Ein fester Tepp!

„Nimm's nicht so schwer", stichelte er. „Der Krempel verstınkt eh nur die Luft."

Müller warf ihm einen bösen Blick zu, packte wortlos seine Ausrüstung aus dem Kofferraum, sagte, „Ich hol ihn dann morgen" und stapfte davon. Maria winkte er nur zu. Sie war viel zu gut gelaunt, um sich darüber zu ärgern.

„Komm", sagte die Schafswirtin zu ihr. „Trinken wir einen Kaffee."

Matte ließen sie stehen.

Er schritt weit aus. Die hohen Stiefel erschwerten das Gehen. Nun ließ 'es' die Zügel fallen und überließ ihn seiner Enttäuschung, der Wut und dem Hass. Was für ein Hass! Wie ein lohender Berg schwebte er im Zentrum seines Ichs, groß und dunkel glühend und bedrohlich, ein vernichtender Vulkan, der nur durch die Launen tektonischer Bewegungen nicht in diesem Augenblick explodierte. Warum nicht umkehren und losstürmen? Reinen Tisch machen?

Er ging nun in sich und neben sich. Gleichzeitig. Ein vollkommen überraschendes Gefühl. Ein Hinaus- und Hereinfluten, ein Innen und ein Außen, das wieder nur ein anderes Innen war. Grenzland. Ich bin Grenzland!

„Ich bin Grenzland!", sagte er laut und lachte. Niemand hörte ihn. Da vorn war schon der Fluss. Am Ufersteig ging jemand. Er erkannte ihn nicht. Da war noch immer dieser Hass. Wie ein auseinander fallender Heerhaufen, der sich unter dem Kommando eines großen Generals sammelt, sammelte auch er sich wieder zu einer geschlossenen Einheit. Eine Hand fasste nach der Axt, die er nun unter der Jacke verborgen hielt. Sein Blick wurde zu gefärbtem Glas mit einem violetten Schimmer um die Augen. Der uralte Schimmer des Todes. Und irgendwo tief innen die dünne, verirrte Stimme, die nach dem Ausgang fragte und keine Antwort erhielt.

Robby war, was man eine Promenadenmischung nennt. Viele Rassen hatten in seiner Ahnenreihe ihren Pfotenabdruck hinterlassen. Das Ergebnis war ein kniehoher, langhaariger Streuner mit unglaublich klugen Augen und dem festen Willen, sein eigener Herr zu sein. Dafür wurde er, je nach Einstellung, geschmäht oder geachtet.

Es gibt, grob gesprochen, drei Kategorien von Hunden. Die einen sind die treuen Freunde. Sie sind hoch gezüchtet und lassen sich buchstäblich alles beibringen, außer vielleicht Lesen und Schreiben. Die Menschen loben ihr angepasstes Verhalten und ihren guten Charakter, obwohl das eine das andere naturgemäß ausschließt. Ein Hund, der vom Menschen so bejubelt wird, ist für den eigenen uralten Stamm verloren. Anders die freiheitsliebenden, unabhängigen, stolzen und gerissenen Streuner. Der Mensch hat abfällige Namen für sie und hält von ihrem Charakter gar nichts, was ein starkes Indiz dafür ist, dass sie tatsächlich einen besitzen. Für die Bewahrung und Entwicklung des originären Hundeseins sind diese Tiere unendlich wertvoll. Alle übrigen gehören der dritten Gruppe an. Das sind winzige Fellbeutel, die auf den Teppich pinkeln, ihre spitzen Zähne in jedermanns Knöchel schlagen und von ihren Besitzerinnen für das Süßeste auf der Welt gehalten werden. Es sind aber auch kalbsgroße, gutmütige Monstren, deren Dummheit nur noch von derjenigen ihrer Halter übertroffen wird, die jeden Tag ein halbes Schwein nach Hause schleppen, um ihren Liebling zu ernähren.

Die Hunde dieser Gruppe sind also in jeder Hinsicht uninteressant und nutzlos und haben dennoch nicht weniger Lebensberechtigung als irgendein anderes Wesen auf der Welt.

Robby hielt sich pro forma ein Herrl. Eine Art Strohmann, der für ihn die Marke kaufte, den Tierarzt bezahlte und seufzend den Ärger entgegennahm, den 'sein' Hund von Zeit zu Zeit verursachte. Dafür hatte er nichts mit Robbys Erziehung zu tun, denn Robby ließ sich nicht erziehen. Auch für sein Futter sorgte er weitgehend selbst. Ebenso wie der alte Matte (den er nicht ausstehen konnte), machte Robby seine tägliche Runde. Er wusste genau, was in welchem Haus gerade auf den Tisch kam, wo es sich einzukehren lohnte, wer nur Fett und Flachsen abgab und welche nette Frau ihm auch einmal eine ganze Wurst spendierte, vorausgesetzt, *ihr* Herrl war nicht im Lande.

An jenem Abend trottete Robby zufrieden den Weg am Fluss entlang. Im flachen Wasser, unter den Ufersteinen, verbargen sich Forellen. Es gab zwei, drei Katzen, die geschickt genug waren, sich hin und wieder eine zu angeln. Robby hatte Lust, ihnen dabei ein wenig unter die Arme zu greifen. Mal sehen, ob die Katzen das zu schätzen wussten. Robby zog die Lefzen hoch, als wollte er grinsen. Vielleicht tat er es. Noch war keine Katze zu sehen. Andere Gesellschaft nahte.

Er kannte den Zweibeiner gut, der ihm entgegenkam. Ein freundlicher Zweibeiner. Immer bereit, etwas von seinem Futter abzutreten. Robby lief zu ihm und beschnupperte seine Hose. Etwas war anders heute an dem Zweibeiner. Er war es und war es doch wieder nicht. Robby wurde nicht klug daraus. Plötzlich spürte er die Gefahr und seine Nackenhaare sträubten sich. Aber da war es schon zu spät.

Auftauchen aus einem wilden Rausch. Plötzliche Angst.
Umherblicken. Sichern. Niemand hatte ihn beobachtet. Er riss
Grasbüschel aus und wischte damit die Axt sauber. Auch die
hohen Stiefel reinigte er auf diese Art. Die Blutspritzer von
der Jacke bekam er nicht weg. Es war eine dunkle Jacke, sie
fielen nicht auf. Auch war das Licht nicht mehr gut. Er wäre
ohne Umweg direkt nach Hause gegangen, aber 'es' erlaubte
das nicht. 'Es' zwang ihn dazu, mit seiner gesamten
Ausrüstung einer langen Schleife des Flusses zu folgen. So
kehrte er aus einer ganz anderen Richtung ins Dorf zurück,
müde und zerschunden von den Erlenzweigen, durch die er
sich gedrückt hatte, um möglichst unsichtbar zu bleiben. Er
wusste gar nicht, wozu das gut gewesen war. Hatte das nicht
einmal gewusst, als er es tat.
Ein Bekannter begegnete ihm, sein Name fiel ihm nicht ein.
„Was gefangen?", fragte er. Nicht wirklich interessiert. Eben,
um etwas zu sagen. Ein Gespräch im Vorübergehen.
„Nein", brummte Hannes. „Kein einziger Biss."
„Vielleicht das Wetter."
„Vielleicht."
Er kehrte in sein Haus zurück, ließ die Angelausrüstung
achtlos fallen, zog die Jacke aus und betrachtete erstaunt das
Beil, das an seiner Seite baumelte. Seit wann nahm er zum
Angeln ein Handbeil mit?

Der Anruf erreichte Dr. Terrazzo, als er seinen Wagen durch
enge, schlecht befestigte Serpentinen zum Hof eines
entlegenen Bergbauern hoch quälte. Die Verbindung war
schlecht, die Lenkarbeit schwer. Er zog es vor anzuhalten.
„Was sagen Sie?", schrie er ins Funktelefon. „Wieder ein
Opfer? Kein Mensch? Reden Sie lauter, ich verstehe Sie
kaum. Wie schnell ich kommen kann? Sie machen mir Spaß.
Ich bin Arzt, ich habe Patienten zu versorgen. Wie? Jetzt
verstehen Sie mich nicht. Im Süden auf dem Uferweg.
Natürlich weiß ich ... Ich tu, was ich kann."
Wenn er den Hausbesuch verschob, würde er eine halbe
Stunde sparen. Mindestens. Er blickte den steilen Weg hinauf.
Dort oben lag ein Kind mit einer schweren Angina. Die
Menschen hier riefen nicht wegen jeder Kleinigkeit einen
Arzt. Er fuhr an und versuchte die Steigungen noch schneller
zu nehmen.
Als er am Fluss hielt, war es dunkel. Mehrere
Einsatzfahrzeuge und starke Scheinwerfer wiesen ihm den
Weg. Der Oberst stand am Rand der ausgeleuchteten Fläche.
Beamte mit Taschenlampen durchsuchten die Umgebung.
„Hat lange gedauert", sagte der Gendarm.
„Ich habe mich beeilt", erwiderte Terrazzo knapp.
Der andere ging nicht darauf ein.
„Sehen Sie sich das an."
Sie machten ein paar Schritte und standen vor dem
verstümmelten Kadaver eines Hundes.
„Das ist Robby", sagte Terrazzo. „Der intelligenteste Hund,
der mir je begegnet ist."
Den Oberst schien das weniger zu interessieren.
„Sehen Sie dorthin", sagte er.
Der Täter hatte dem Tier Vorder- und Hinterläufe
abgeschlagen und so auf den Boden gelegt, dass sie ein
Zeichen bildeten. Ein M oder W oder E, je nachdem, wie man

es betrachtete. Vorausgesetzt, es handelte sich um einen Buchstaben und nicht um eine primitive Zeichnung.

„Was schließen Sie daraus?", fragte der Arzt nach einer Weile.

„Es ist das erste Mal, dass so etwas wie eine Nachricht hinterlassen wird. Trotzdem gehen wir vom gleichen Täter aus. Zwei mordlustige Irre wären ein bisschen viel."

„Halten Sie das Zeichen für so etwas wie eine Paraphe?"

„Durchaus möglich. Es könnte aber auch ein stilisierter Blitz sein oder zwei Berggipfel. Wir werden einen Spezialisten ausgraben, der uns mehr darüber sagen kann. Was nicht heißt, dass es auch nützlich sein wird."

„Das klingt nicht so, als ob Sie Spezialisten liebten."

Der Oberst bekam einen eulenhaften Ausdruck.

„Wir brauchen sie. Manchmal sind sie mühsam. Ganz allgemein erzählen die Leute einem eher zu viel als zu wenig. Je mehr einer von einer Sache versteht, desto ausführlicher wird er. Nur Sie sind eine Ausnahme."

„Ich verstehe nicht viel von Geisteskrankheiten. Aber ich meine, der Täter wird ständig gefährlicher. Es gibt Fälle, die über lange Zeit in einem Stadium verharren. Andere entwickeln sich in schnellen Sprüngen. Diese Gewaltausbrüche kommen immer rascher."

„Nicht sehr ermutigend."

„Scheint so. Sie können den Kreis der Verdächtigen jedenfalls enger ziehen. Alle, die Robby nicht mochten, scheiden aus. Der Hund hätte sie nicht nahe genug an sich herangelassen."

„Vielleicht wurde er angelockt", sagte der Oberst skeptisch.

„Nicht Robby. Der wäre auf so was nicht hereingefallen."

Der Oberst machte sich eine Notiz.

„Wenigstens von der Psyche von Hunden verstehen Sie eine Menge", murmelte er.

„Wir haben keine Waffe gefunden. Er muss eine Hacke oder ein Beil verwendet haben. Jeder Haushalt auf dem Land hat wenigstens zwei von den Dingern."

„Ist niemandem etwas aufgefallen?"

„Wir versuchen, das herauszubringen. Es dauert alles seine Zeit. Und wie es aussieht, läuft uns gerade die Zeit davon."
Er blickte Terrazzo fragend an. Der Arzt griff seufzend in die Brusttasche und zog einen Zettel hervor.
„Ich wollte es noch überprüfen. Was ich mache, widerspricht allen Regeln."
„Das hier auch", sagte der Oberst. „Das hier doch wirklich auch. Danke."

Donnerstag war Rosis freier Tag. Sie fuhren ziellos durch die Gegend, beide froh, das Dorf für Stunden hinter sich zu lassen. Zu Mittag aßen sie in einem weithin bekannten Restaurant, dann spazierten sie einen Höhenweg entlang, der hinter jeder Biegung neue, atemberaubende Bilder dieses Landes lieferte, das nicht für den Menschen gemacht war. Zu schön, zu tief in sich ruhend. Gleichgültig gegenüber den flüchtigen Schritten seiner Bewohner. Vermutlich gilt das überall, doch dem Griechen schien es hier so deutlich, dass er sich wunderte, dass es niemandem sonst auffiel.

Sie sprachen über Liebe. Dann legten sie sich Hand in Hand auf eine sonnige Lichtung und schwiegen gemeinsam. Rosi strahlte vor Glück. Kein Gemeinplatz. Sie hatte in den vergangenen Tagen eine Schönheit gewonnen, die nichts mit langen Beinen, sinnlichen Lippen, rassigen Linien zu tun hatte. Es war die Schönheit eines starken, liebenden Herzens in Verbindung mit einem starken, glücklichen Charakter, die sie einhüllte wie eine Aura, kostbarer als erlesener Schmuck. Für Rosi waren es vollkommene Tage. Padoponos schwankte dagegen zwischen seinem Glück und seiner Aufgabe, zwischen Wissen und Ahnung, Freude und Trauer. Er dachte an die Organisation. Er lag da, ihre Hand in der seinen, und starrte in den Himmel, sah durch das freundliche Blau hindurch in ferne schwarze Welten. Unendlich fern, unendlich nah. Ein Unterschied?

Die Organisation. Sie waren Mörder. Manchmal ließ er den Satz über seine Lippen tropfen, dass er brannte wie heiße Säure. 'Ich bin ein Mörder.' Es stimmte. Sie waren eine Organisation von Mördern. Sie mordeten im Dienst der Gerechtigkeit. Der Gerechtigkeit, nicht eines staatlichen Rechts. Sie mordeten die Davongekommenen. Diejenigen, an denen Justitia mit Waage und Schwert blind vorüber geschritten war. Diejenigen, die keinen Prozess zu fürchten hatten. Es gibt viele Henker und Folterknechte, die sich in

Freiheit und Sicherheit befinden. Es gibt immer noch die alten Kriegsverbrecher, die seit mehr als einem halben Jahrhundert ein bürgerliches Leben führen und sich für unangreifbar halten. Es gibt die neuen Kriegsverbrecher und die neuen Staatsterroristen. Es gibt sie auf der ganzen Welt. Tag für Tag werden es mehr und aus politischen und wirtschaftlichen Gründen werden viele von ihnen nie verfolgt, manche geehrt und hofiert. Politik, speziell Außenpolitik, gehört mitunter zu den schmutzigsten und widerlichsten Geschäften, die der Mensch betreibt. Weil Politiker für alles gute Gründe finden, wenn nur ein handfestes Interesse dahinter steht, drücken sie bei Staatsbesuchen mit freundlicher Miene auch Hände, deren Besitzer weit von der moralischen Integrität eines Spulwurms entfernt sind.

Padoponos ließ Bilder von Staatsmännern an sich vorüberziehen, an deren Händen mehr Blut klebte als alle 'zivilen' Mörder ihrer Länder gemeinsam vergossen hatten. Doch die, die noch an der Macht waren, ließen sie in Ruhe. Zu aufwendig, zu schlechte Chancen, zu viel Publicity. Es gab genügend andere. Verbrecher, Folterer und Terroristen aus dem zweiten Glied. Verbrecher, Folterer und Terroristen außer Dienst. Leute, die glauben, man könne sich von seiner Vergangenheit trennen wie von einem schmutzigen Hemd. Leute, die empört sind, wenn die Vergangenheit sie einholt. Jetzt, nach so langer Zeit! Aber die Zeit heilt keine Wunden, solange die Täter nicht büßen. Sie erlagen auch nicht dem Irrtum, dass man die Kleinen laufen lassen müsse, nur weil man an die Großen nicht herankommt. Die kleinen Rädchen im blutigen Getriebe einer Terrormaschine sind keinen Deut besser als die großen. Ohne die kleinen gäbe es die großen nicht. Keiner der Folterer und Mörder soll sich herausreden mit Pflicht und Befehl. Es gibt nur eine einzige Pflicht von Rang, nämlich nicht zu foltern und zu morden. Nichts und niemand ist legitimiert, diese Pflicht aufzuheben, kein Staat, keine Volksgemeinschaft, keine Religion, keine Idee. Nur die Idee der Gerechtigkeit. Also doch eine Ausnahme?

Sie waren selbst Mörder. Sie taten selbst Unrecht. Sie taten es in vollem Bewusstsein dieser Tatsache. Sie taten Unrecht, um noch viel größeres Unrecht zu rächen. Diejenigen, die sich von dem noch viel größeren Unrecht abwenden und Schweigen darüber breiten, sind nicht besser. Im Gegenteil. Sie sind auch noch feige.

Es stimmte und doch stimmte etwas nicht. Es blieb ein Widerspruch. Mit jedem neuen Tag, mit jedem neuen Auftrag, verschärfte er sich. In gewisser Weise handelten sie gegen ihre eigenen Grundsätze und rechtfertigten das, indem sie sich auf ein höheres Gut beriefen. Das haben alle Ideologen getan, von den Hexenverbrennern bis zu den Volkssäuberern. Es ist so leicht, sich voll Eifer und Hass auf das Übergeordnete zu berufen. Letztlich geht es immer um Macht. Die Macht des Diktators, die Macht der Kirche, der Armee, der Partei, eines Konzerns, einer kleinen Gruppe. Der Organisation ging es nicht darum. Das war der Unterschied. An diesen Unterschied klammerte er sich.

Padoponos hatte mehrere Männer getötet. Mit eigener Hand und ohne Reue.

Sie spürten den alten und neuen Verbrechern nach, ohne Rücksicht auf Grenzen und Zuständigkeiten. Sie hatten Verbündete in Archiven, von deren Existenz viele Justizapparate nichts wissen. Sie hatten Mitarbeiter in diesen Apparaten selbst. Auf der ganzen Welt gibt es Menschen, für die Gerechtigkeit etwas bedeutet, das sich nicht zerreden lässt. Vermutlich waren die alten Römer die ersten, die dieses starke und reine Rechtsgefühl entwickelten. Dieses Gefühl für das Recht an sich, das nicht nur ein Mittel des Interessenausgleichs, der Schadenbegrenzung oder Psychologie ist, sondern ein originärer Wert. Etwas Eigenes, das darauf verzichten kann, von Soziologen wissenschaftlich begründet zu werden. Das stimmte doch!

Sie verfügten über Superrechner und hatten Zugriff auf Behördendaten in aller Welt. Illegal, aber höchst effizient. Mancher Geheimdienstchef hätte für die Einbindung in ihr

Netzwerk die rechte Hand seines besten Mitarbeiters gegeben. Die von einem Dutzend zweitklassiger Leute ohnehin. Die spitze Zunge seiner Frau als Draufgabe. Aber sie ließen sich nicht benutzen, sie benutzten.

Padoponos und eine Handvoll anderer waren die Speerspitzen in ihrem Kampf. Er kannte keinen der anderen. Sie handelten immer alleine. Sie bekamen Fälle übertragen, die von Spezialisten der Fahndung und Auswertung offen gelegt worden waren. Von diesem Augenblick an hatten sie freie Hand. Was noch zu überprüfen war, überprüften sie. Wenn ein Zweifel auftauchte, mochte er noch so geringfügig sein, legten sie den Auftrag zurück. Er wurde dann nicht weiter behandelt, sofern nicht neues Material auftauchte.

'Ich bin ein Mörder.' Ein Killer. Zugleich ein hochgradiges Medium. Sein starker Sinn für die Ausstrahlung von Landschaften, Gegenständen, Tieren und Menschen gaben ihm die Kraft, die er benötigte. Ein gerechter Mörder benötigt ungleich mehr Kraft als ein Drecksack, der aus purem Sadismus oder dummer Verbohrtheit Frauen und Kinder und Männer bei lebendigem Leib zerschnippelt.

Dummheit ist der gefährlichste Feind des Menschen. Auch hochintelligente Leute können abgrundtief dumm sein. Manche der abscheulichsten Bestien waren und sind hochintelligent, gebildet und kultiviert. Es hindert sie nicht daran, abscheuliche Bestien zu sein. Zivilisierte Bestien. Maskierte Bestien. Dein bester Freund? Deine beste Freundin? Du selbst? *Ich selbst?*

Seine Gedanken schweiften ab. Das durfte er nicht zulassen. Er hatte eine Aufgabe zu erfüllen und er hatte Rosi kennen gelernt. Von einer Sekunde zur anderen war ihm klar geworden, dass sie ihm mehr bedeutete als irgendwas sonst. Vielleicht sogar mehr als Gerechtigkeit. Das war ein Schock, mit dem er fertig werden musste. Und er war auf der Jagd ...

In diesem unbedeutenden Dorf, in dieser unbedeutenden Gegend, würde sich vielleicht auch sein Schicksal erfüllen. Er sah den bewaldeten Berg seiner Vision und erinnerte sich des bewaldeten Berges, der hinter dem Dorf aus bewaldeten Hügeln aufstieg. Es war ein und dasselbe Bild. Hier waren Dinge vorgegangen und gingen Dinge vor, die weit über seinen begrenzten Auftrag hinausreichten. Das verschwundene Mädchen hatte damit zu tun. Aber er fühlte die Zusammenhänge nur, er erkannte sie nicht. Er wusste nur: Bald war es soweit. Bald würde er töten.

Padoponos war ein Meister seines Fachs und er hatte es nicht eilig. Sie durften es nie eilig haben. Es hing zu viel davon ab. Menschenleben. Alle Zweifel waren ausgeräumt. Es kam nur noch auf den richtigen Zeitpunkt an. In diesem Dorf würde sich ein Kreis schließen, der fast ein halbes Jahrhundert umfasste. Konnte das zeitliche Zusammentreffen mit den Frauenmorden ein Zufall sein? Er wusste, dass *sein* Mörder nicht der Mörder der Pfarrersköchin war. Er wusste es, weil er ihn beobachtet hatte. Außerdem würde kein rational denkender Mensch Verbrechen, die Hunderte Kilometer und über fünfzig Jahre entfernt begangen worden waren, mit den Taten der letzten Tage in Beziehung setzen. Es gab keine gemeinsame Täterschaft. Konnte sie nicht geben. Und doch bestand eine Verbindung. Es war *dieser Ort*, von dem das Böse ausging, damals wie heute. Es lag in der Luft. Er spürte es, wie starke, in sich verwundene Kraftfelder. Er spürte es auf seinen Wanderungen, in seinen Visionen, es war ihm in der Gaststube begegnet am Tag, an dem Grete Strutz getötet worden war. Hatte er damals den Mörder gesehen? Hätte er etwas verhindern können? Die Regeln waren streng. Ein Auftrag war ein Auftrag. Alles andere ging ihn nichts an. Eine lange, grausame Geschichte wollte beendet sein. Er war auserwählt, den Schlusspunkt zu setzen und er würde es tun. Die Fährte, jahrzehntelang kalt, dann plötzlich heiß geworden, hatte zum Ziel geführt. Beinahe hätte der Hauptmann es geschafft, seine Spur endgültig zu verwischen. Nichts ist so endgültig wie der eigene Tod. Doch da war dieser Eintrag in einem alten Akt.

'Vermutlich Tod durch Autounfall'.

Eine untypische Formulierung für einen Bürokraten. Der
Zweifel in der Notiz erklärte sich zum Teil aus dem Zeitpunkt
des Unglücks. Die Front war in nächste Nähe gerückt, die
Nachrichtenlage niederschmetternd. Da hatte man andere
Sorgen als die Aufklärung eines dubiosen Verkehrsunfalls.
Dennoch hatte die Wortwahl entscheidende Bedeutung gehabt
für ihr weiteres Vorgehen. Sie legte nahe, dass ungewöhnliche
Umstände aufgetreten waren. Der Mann, der den Satz
niedergeschrieben hatte, musste über Informationen verfügt
haben, die ihn zu dem 'Vermutlich' bewogen. Und was sie
von jenem anderen Mann schon wussten, auf den sich der
Eintrag bezog - damals noch ein Phantom für sie - ließ sie auf
die kleinste Ungereimtheit empfindlich reagieren.
Die Organisation hatte Zugriff auf Datenbanken und Akten,
die auch ein halbes Jahrhundert nach dem Krieg noch kein
deutscher Richter zu Gesicht bekommen hatte. Es gelang
ihnen, den Beamten ausfindig zu machen, der die Notiz
geschrieben hatte. Aber sie fanden nur noch sein Grab.
Sie ließen sich nicht entmutigen. Falls der Gesuchte nicht
einem Unfall zum Opfer gefallen war, wohin hätte er sich
gewandt? Wieder kamen die Spezialisten hinter den
Bildschirmen zum Zug. Nach mehreren Fehlschlägen dann die
Nachricht: Identifizierung mit hoher Wahrscheinlichkeit
gelungen. Der Gesuchte lebt in ...
Aber das griff zu weit vor. Die Geschichte ihrer Jagd hatte
früher begonnen.

60

Das Lager mit dem Namen 'Freundschaft' war lange Zeit nur
als blutleeres Gespenst durch riesige Datenberge gegeistert.
Da ein Hinweis, dort eine Anmerkung, immer im
Zusammenhang mit der Verlegung von Gefangenen. Soweit
sie wussten, war keiner der wenigen, deren Namen sie
kannten, je wieder aufgetaucht.
Den Stein ins Rollen brachte erst die Aussage eines
Sterbenden. Er hatte die Last seines Gewissens ein Leben lang
getragen, er wollte sie nicht mit in den Tod nehmen, ohne sich
jemandem zu offenbaren. Als sein Ende nahte, rief er einen
Staatsanwalt zu sich und berichtete über alles, was er in fünf
Monaten 'Freundschaft' gesehen, gehört und getan hatte. Der
Staatsanwalt war sehr blass, als er Stunden später wieder ging.
Drei Tage danach war sein Zeuge tot. Es gab eine Fülle von
grausigen Einzelheiten und eine Liste mit Namen, nicht mehr.
Heilmann, so hieß der Staatsanwalt, machte sich keine
Illusionen über den Wert seines Tonbands. Er war von der
Echtheit des Geständnisses überzeugt. Doch welches Gericht
würde ausschließlich aufgrund der Aussage eines Toten einen
Schuldspruch fällen? Dennoch versuchte er, wenigstens einen
der mutmaßlichen Täter zu ermitteln. Vergeblich. Gegen den
Willen seines Vorgesetzten, der die Angelegenheit auf sich
beruhen lassen wollte, schickte Heilmann sein Material an ein
Institut für Zeitgeschichte. Dort verursachte es keine
besondere Aufregung. Zu dünn, nicht verifizierbar. Die
genannten Namen waren unbekannt. Ein Mitarbeiter war doch
alarmiert. Am nächsten Tag traf eine Kopie des Tonbands bei
einer Kontaktperson der Organisation ein. Geheime
Datenberge, frei von jeder staatlichen Kontrolle, gerieten in
Bewegung. Acht Namen. Acht Männer. Acht Verbrecher.
Vier davon noch im Krieg gefallen. Zwei vermisst, einer in
den Fünfzigern gestorben. Blieb der letzte, der wichtigste.
'Vermutlich Tod durch Autounfall'.

Beinahe wäre er davongekommen. Viel zu lange war er davongekommen. Doch nun spürte er den Atem des Jägers im Genick. Nein. Er hätte ihn spüren sollen. Aber ein halbes Jahrhundert in Sicherheit hatte die Furcht vor der Vergangenheit begraben. Der alte Mann hasste Padoponos aus anderen, näher liegenden Gründen.

Zärtlich drückte der Grieche Rosis Finger. Sie erwiderte den Druck. Sie hätten einfach fahren sollen. Eine Richtung wählen und fahren. Die Rückkehr ins Dorf kostete ihn mehr Überwindung, als er je zuvor hatte aufbringen müssen.

Bald war es soweit.

61

Riements Bibliothek, 'Zitate der Weisen Endares',
Bruchstücke aus Rückführungen:

Zu dritt saßen sie im Schatten einer Eiche, deren Alter nicht
zu erraten war. Noch immer trug sie ein dichtes Blätterkleid
und wuchs von Jahr zu Jahr, wenn auch unendlich langsam.
Die beiden Mädchen, Devvas Gesicht von Tränen gezeichnet
wie sanfte Striche mit weichem Pinsel, lagerten im Gras. Der
Greis saß auf einem Stuhl aus lebenden Ästen. Ihm gehörte
die Eiche und er gehörte ihr und sie gehörten einander an. Er
sprach leise, doch wenn er sprach, dämpfte ein Zauber die
Stimmen der Vögel und Insekten und Blätter und Bäche.

„Trauere Devva", sagte er. „Deine Trauer besänftigt. Unsere
Gedanken sind Bilder, kindlich und notwendig. Weisheit und
Trauer und Liebe brauchen nicht viele Worte. Wir schauen
sie."

„Das Böse ist ein schwarzer Stern", sagte er, „ein ewiger
Dämon, ein dunkler Quell, der manchmal fließt, den man
jedoch nie sehen kann. Auch das sind Bilder. In Wahrheit ist
das Böse nichts von alldem, doch es ist da. Wir brauchen
Bilder, um ihm einen Namen zu geben. Wir sehen Bilder vom
Bösen und Bilder vom Guten. Wir sehen nicht den fernen
Punkt, in dem sie beide eins sind. Es gibt nur *einen* Eingang,
der ins Reich des Guten wie ins Reich des Bösen führt. Der
Dämon leitet die einen ins Dunkel, die anderen ins Licht. Es
gibt nur *einen* Dämon. Allein die Menschen sind
verschieden."

„Es gibt Orte, die unsichtbare Tore sind. Tore zwischen
vielerlei Welten. Erde, Mond, Sterne sind nur eine Schicht der
Wirklichkeit, die fest und unverrückbar vor uns steht. Erst
wenn du durch ein Tor getreten bist, wird die Schicht, aus der

du wechselst, zum durchscheinenden Gespinst. Doch nur für dich. Für die Zurückbleibenden besteht sie weiter in ihrer Undurchdringlichkeit.
Die Tore strahlen aus und ziehen an. Für manche bedeuten sie Hoffnung, für andere Gefahr. Niemand weiß im Vorhinein, welche Welt er betreten wird."

„Das Böse ist an solchen Orten lebendig und stark", sagte der Weise. „Es folgt seinen eigenen Zyklen. Es senkt sich in die Herzen der Menschen. Es ist wie die Sonne, die keinen Unterschied macht zwischen Acker und Felsen. Auf fruchtbarem Acker bringt sie die Pflanzen zum Wachsen. Herzen, die dem Bösen geneigt sind, bringen Früchte des Bösen hervor. Niemand weiß im Vorhinein, welche Herzen sich dem Bösen öffnen werden, welche ihm unfruchtbar sind."

„Menschen sind Tore. Die Tore sind in uns. Es gibt Orte, an denen sie aufgestoßen werden. Gewöhnliche, unauffällige Orte."

„Zeit hat Richtung. Sie kann ihre Richtung verlieren. Es gibt Momente, da du in die Vergangenheit oder Zukunft blickst, sie aber nicht unterscheiden kannst. Schlimmer noch: Da du dich in der Vergangenheit oder Zukunft *bewegst!* Zeit wird zum tiefsten Geheimnis. Der Rhythmus von Sonne und Mond, Ebbe und Flut, Säen und Ernten verliert seine Gültigkeit. Zeit ist Geheimnis im Geheimnis. Alles Einfache löst sich auf. Was aus der Ferne glatt ist, entpuppt sich mit zunehmender Größe als Labyrinth. Du kannst es durchschreiten. Du kannst alles durchschreiten. Es ist ein unendlicher Kosmos aus Geist und Energie, urtümliche, allgegenwärtige Kraft. Wir sind Teil von ihr. Jede gute Tat wird ebenso wie jedes Verbrechen aus dieser Kraft geboren und erzeugt neue Muster auf der Landkarte des Seins und Werdens. Unzerstörbare, auf ewig festgeschriebene Muster. Aber nicht in Bildern geschrieben, sondern in der Struktur des Ganzen selbst. So wird jeder

heimliche Mord zur Selbstverstümmelung, jeder gute
Gedanke zur Selbsterhöhung der gewaltigen Einheit, die Gut
und Böse weder bejaht noch verneint, weil sie das Gute und
das Böse und alles andere *ist*."

Schwer atmend stellte er das Buch weg. Warum war es
geschehen? Gibt es irgendwo eine Antwort auf das Warum?
Alles fragwürdig, alles unglaubhaft, alles Geschwätz! Er
schenkte klaren Schnaps in ein Bierglas, halbvoll, und trank in
kleinen Schlucken.

62

Ein milder Frühlingsabend. Auf dem Hof herrschte nervöse Geschäftigkeit. Beim großen Traktor war die Kurbelwelle gebrochen. Eine kleine Katastrophe um diese Jahreszeit. Am gleichen Tag hatten sie vier Schweine geschlachtet, die zu verarbeiten waren. Matte rührte keinen Finger. Kommentarlos beobachtete er, wie seine Söhne mit den Problemen fertig wurden. Wenigstens fleißige Arbeiter waren sie. Aber was half das, wenn sie nicht in der Lage waren, ihre Macht zu nützen? Jahrelang hatte er versucht, es ihnen beizubringen, vergeblich. Welche Funktion er den Dummköpfen auch zugeschoben hatte, sie verpatzten alles. Sie taten es lustlos, behandelten ein Ehrenamt als lästige Pflicht. Sie begriffen nicht! Man ist nicht Vereinsvorstand, weil einen der Verein interessiert, man ist es, weil der Vorstand eine öffentliche Position darstellt. An sich unbedeutend, wichtig nur als Signal. Man zeigt Flagge. Man zeigt, dass man bereit ist, Verantwortung zu übernehmen, wenn sie an einen herangetragen wird. Man zeigt, dass man etwas für seine Leute tut. Man kann 'meine Leute' zu ihnen sagen. Und ganz nebenbei lernt man, mit Leuten umzugehen. Nicht seine Söhne. Alles Gewicht, das er und sein Besitz ihnen verschaffen konnten, würden sie verlieren. Sie würden ein Leben lang fleißige Bauern bleiben, aber die Macht, die ihnen zustand, würden andere an sich ziehen. Macht ist überall. Wer darauf verzichtet, wird über kurz oder lang von denen gegängelt, die nicht verzichten. Der Kleine könnte es schaffen. Um den musste er sich mehr kümmern. Die Weichen hatte er gestellt.

Ein milder Frühlingsabend. Matte nahm seinen Stock und spazierte die Hauptstraße entlang, ehe er in einen der Waldwege einbog. Er ahnte nicht, dass in jenen Minuten die Schafswirtin in ein Gremium gewählt wurde, einen Sitz einnahm, der sie automatisch zur Nummer eins im Dorf machte. Er ahnte nicht, dass die Vergangenheit wieder lebendig geworden war. Dass jeder Schritt, den er tat, größte Gefahr bedeutete.

Matte spazierte in dieser Jahreszeit gern die Waldwege entlang. Damals, im Osten, war es auch die schönste Zeit gewesen. Der erwachende Wald. Ein ganz anderer Wald, allerdings. Viel mehr Laubbäume, lichter, auch viel weitläufiger. Es war eine schöne Zeit gewesen. Im Frühjahr leistete er sich den Luxus, davon zu träumen. Von Freundschaft zu träumen.

1943.

Das Lager liegt tief im Wald verborgen. Der nächste Ort ist eine Autostunde entfernt, die Zufahrt mit Posten gesperrt. Zufällig verirrt sich niemand bis vor die drei Meter hohen Mauern, auf denen Drahtrollen befestigt sind, durch die weitere Drähte gespannt wurden. Isolatoren an den Halterungen verraten ihre Funktion. Im gesamten Reich weiß kaum ein Dutzend Menschen um Existenz und Aufgabe der kleinen Truppe, die hinter diesen Mauern Dienst tut. Es sind durchwegs Spezialisten, ausgesucht nach hervorragender Eignung. Ihre Eignung heißt Sadismus. Ihre Opfer sind die Verstockten aus Europa, jene, die nicht einmal in den Folterkellern der Gestapo zerbrachen. Viele sind dabei, die nichts mehr zu verraten haben, bei denen man jedoch ganz sicher gehen will. In diesem Lager wird nicht unter Zeitdruck gearbeitet. Was man unter Zeitdruck erfahren kann, haben die Schergen schon hervorgeholt. In diesem Lager orientiert man sich ausschließlich am Ergebnis. Niemand wusste mehr so genau, wer das Projekt auf den Namen 'Freundschaft' taufte. Er entspricht jedenfalls ganz dem Humor dieser Leute. Wenn sie ihrem Humor freien Lauf lassen, sind sie beinahe am schlimmsten. Lachende Folterknechte zeichnen ein Bild vom Menschen, das tiefere Verletzungen zufügt als jedes andere. Nur dreißig Mann dürfen das Tor passieren. Die Außenposten und alle, die für die äußere Sicherheit zuständig sind, bleiben draußen.

Unumschränkter Herrscher ist der Lagerkommandant. Er ist noch sehr jung, ein Milchgesicht, aber bereits Hauptmann und alleinverantwortlich für 'Freundschaft'. 1942 hat er große Pläne. Doch vorsichtig ist er damals schon. Je weniger Menschen von seinem Spezialauftrag erfahren, desto besser. Daheim haben sie keine Ahnung von dem, was er hier tut. Sie glauben ihn an der Front. Sie wissen noch nicht einmal genau, bei welcher Einheit er dient. Es sind einfache Leute, die mit dem Hof genug zu tun haben.

Man kann nicht sagen, dass er die Niederlage damals schon voraussah. Vorsicht ist lediglich einer seiner Wesenszüge. Er hat persönlich die Zellen für die 'Klienten' entworfen. Es sind enge gepolsterte Löcher mit einem Eisenrost als Boden. Gepolstert sind sie, damit keiner sich den Kopf an der Wand einschlagen kann. Selbstmord ist eine Gnade. Gnade wird nicht gewährt. Die Zellen haben eine Grundfläche von einem Quadratmeter. Zweieinhalb Meter über dem Boden befindet sich ein zweiter Eisenrost. Das ist der Ausgang. Es gibt 128 solcher Löcher. Gegen den Regen sind sie durch ein Flugdach geschützt. Mehr Schutz brauchen sie nicht. Wer unten sitzt, hört Tag und Nacht die Schreie aus Block B. Auch das ist beabsichtigt. Unablässig die Schreie der Gefolterten vernehmen ist eine Folter für sich. Block B nennen sie 'Kurzentrum'. Wer ins Kurzentrum gebracht wird, kehrt nie wieder in seine Zelle zurück. Sie behandeln ihn so lange, bis er alles gesagt hat oder bis sie sicher sind, dass er nichts mehr zu sagen hat. Was von ihm danach übrig ist, kommt in die 'Entsorgung'. Die 'Entsorgung' ist ein LKW, der jeden Tag eine Fahrt macht. Sein Ziel ist eine aufgelassene Kohlengrube. In die abgrundtiefen Schächte werfen sie die Reste der Klienten. Manche von ihnen leben noch. Der lange Sturz ins schwarze Innere der Erde ist für sie nicht mehr Qual, sondern Erlösung. Einmal pro Woche werden einige Tonnen Abraum nachgeworfen. Der Kommandant ist übervorsichtig, meinen die Leute, aber seine Befehle werden auf Punkt und Komma ausgeführt. Höheren Orts ist man äußerst zufrieden mit ihm.

Man lässt ihm große Freiheiten. Er ist auch sehr innovativ. Ständig entwickelt er neue Techniken und probiert sie selbst aus. Er vergießt nicht viel Blut. Seine Opfer sind schwach genug, sie dürfen nicht vorzeitig sterben. Er lässt sich Zeit. Er weiß, dass ein punktueller Schmerz über Stunden hin zu einem völlig unerträglichen Schmerz anwachsen kann. Er hört die Veränderung an den Schreien. Es macht ihm Spaß, zu experimentieren. Mit Frauen experimentiert er besonders gern. Er versteht es auch meisterhaft, die Psyche zu quälen. Er zwingt seine Opfer, der Folterung anderer zuzusehen. Er zwingt sie, selbst mit zu foltern. Er stellt Dinge an, die einem durchschnittlichen Schinder von Gestapo oder SS in hundert Jahren nicht einfielen. Ja, man kann sagen, er versteht seinen Job.

Manchmal macht einer aus der Truppe schlapp. Hierher kommen nur erbarmungslose Sadisten, aber selbst Sadisten stoßen hin und wieder an Grenzen. Auch manche Idealisten kommen her. Idealismus und Sadismus umarmen sich von Zeit zu Zeit ganz gern. Gelegentlich passiert auch ein Fehler bei der Auswahl. Wer schlapp macht, findet sich über Nacht bei einem Sonderkommando. Er hat dort permanenten Freiwilligen-Status. Der Kommandant würde die eigene Entsorgung vorziehen. Aber so viel Freiheit lässt man nicht einmal ihm.

1944 wird 'Freundschaft' aufgelöst. Der Kommandant erschießt persönlich die verbliebenen Insassen und sorgt dafür, dass das Gelände gründlich in Schutt und Asche gelegt wird. Übrig bleiben die Reste eines unbedeutenden Lagers von vielen. In das Gedächtnis der Welt werden sich andere Namen einprägen.

Hauptmann Körner macht sich zu diesem Zeitpunkt keine Illusionen mehr über den Ausgang des Krieges. Er hat es verstanden, Beziehungen auf allen Ebenen zu pflegen und ist immer gut informiert. Und er ist nicht dumm. Seine einzige Chance besteht darin, jede Spur so gut wie möglich zu verwischen. Hinter dem Rücken seiner Leute setzt er durch, dass sie zu verschiedenen Einheiten an der schwer umkämpften Ostfront beordert werden. Er selbst geht nach München, wo er eine untergeordnete Funktion bekleidet. Das ist ganz in Ordnung. Es ist die falsche Zeit für Ehrgeiz im Dritten Reich. München bietet die ideale Absprungbasis für seine private Operation Heimkehr. Er bereitet sie gut und gründlich vor. Als die Zeit des letzten Aufgebots angebrochen und der Vormarsch der Alliierten unaufhaltsam ist, handelt er. Er nimmt einen Wagen und fährt in ein Waldstück außerhalb der Stadt. In der Stadt hat er zuvor einen Bekannten abgeholt. Als in dem Wald Wagen, Leiche und Uniform noch glosen, ist der Zivilist längst auf dem Marsch nach Süden. Große Untersuchungen wird es nicht geben. Für eine Notiz, die sein Ableben offiziell macht, sollte es reichen. Sie werden vieles aufdecken, die Sieger, davon ist er überzeugt. Da kann einem der Tod kurz vor Kriegsende manches ersparen. Vorsicht ist ein Wesenszug von ihm.

Er schlägt sich zu Fuß durch, kritische Stellen passiert er nachts. Er macht weite Umwege, wenn sich dadurch ein kleines Risiko vermeiden lässt. Wochen später erreicht er erschöpft, aber unbehelligt, den väterlichen Hof. Den neuen Herren im Lande präsentiert er die sorgsam vorbereitete Vita vom einfachen Landser. Es dauert nur wenige Wochen und er verfügt wieder über die besten Kontakte. Zielstrebig bastelt er an seiner zweiten Karriere, der Tod des Vaters kommt dabei nicht ungelegen. Als der Wiederaufbau voll einsetzt, zählt er bereits zu den Mächtigen im Hintergrund.

63

Ein milder Frühlingsabend. Erwachender Wald. Man kann feig sein oder nicht. Unter den Mutigen gibt es welche, die zu dumm sind, um feig zu sein, eine solide Mehrheit, und wenige, die zu klug zur Feigheit sind. Matte war zu klug. Aber als er weit genug gegangen war, sich umdrehte und nur drei Meter hinter sich den Fremden sah, fuhr er doch zusammen.

Der Fremde stand da, wie von einer unsichtbaren Hand hingestellt. Er war nicht besonders groß. Der Kopf war das Beeindruckendste an ihm. Matte hatte immer noch gute Nerven. Wenn der Fremde was von ihm wollte, musste es mit Kare zu tun haben. Da ließ er sich von vornherein auf nichts ein. Er murmelte einen Gruß und versuchte an dem Mann vorbeizugehen. Aber der versperrte ihm den Weg. Matte stieg die gesammelte Wichtigkeit von vier Jahrzehnten zu Kopf. Er fauchte wie eine wütende Katze.

„Wer zum Teufel sind Sie? Was wollen Sie von mir?"

„Freundschaft", sagte der Fremde.

Der Alte erstarrte. Das war unmöglich. Nach fünfzig Jahren! Keine Überlebenden, keine Spuren, keine Beweise. Alles gesprengt. Es war unmöglich.

„Was meinen Sie?"

„Freundschaft, Hauptmann Körner. Ein schönes Wort. 1942 bis 1944."

„Ich war damals an der russischen Front. Ich weiß nicht, wovon Sie reden."

„Von den Klienten, Hauptmann. Vom Kurzentrum und der Entsorgung."

Irgendwie war es durchgesickert, trotz aller Sicherheitsmaßnahmen. Aber es konnten nur Vermutungen sein, nichts Stichhaltiges. Ob der Pfarrer …? Er wusste, wie sehr Weilrich ihn hasste, aber er hätte seine Hand ins Feuer gelegt, dass er das Beichtgeheimnis nicht brechen würde. Sollte er sich diesmal getäuscht haben? Menschen waren für ihn immer Material gewesen, das Material schlechthin. Er beurteilte sie mit derselben Sicherheit wie ein Meistertischler ein Stück Holz. Mit Menschen kannte er sich aus wie kein zweiter. Es gab nur einen Unterschied zum Tischler: Der Meister liebt sein Material. Matte war unfähig, Menschen zu lieben. Er liebte auch keinen Hund, keine Blume, kein Bild, kein Lied. Die Liebe seines Lebens war Macht über andere. Es mussten nicht besonders viele sein, aber die wollte er beherrschen. Die Herrschaft über die Lagerinsassen zählte zu seinen schönsten Erinnerungen, weil sie völlig schrankenlos gewesen war. Gibt es eine freiere Herrschaft als die Freiheit zur grenzenlosen Grausamkeit?

Es konnten keine Beweise vorliegen. Wenn es einer der Kameraden überlebt hatte, würde er sich selbst belasten. So dumm war keiner. Und gegen die Aussage des Pfaffen stand seine eigene. Weilrich würde niemals einen Prozess durchstehen. Er müsste sein Amt aufgeben und stünde da als abtrünniger Priester, der auch noch das Beichtgeheimnis verletzt. Ein gefundenes Fressen für jeden Anwalt. Alles abstreiten und die Gefühle anheizen für einen alten Soldaten, der wie Hunderttausende nur seine Pflicht getan hat. Nun von dubiosen Kreisen dafür verfolgt wird. Bestimmt steckte irgendwo ein Jude mit drin, einer von diesen unversöhnlichen, die wie ein rotes Tuch sind für die Leute, weil sie von den alten Geschichten nichts mehr hören wollen. Ein Teil der Presse würde ohnehin hinter ihm stehen und der Rest war linksliberales Gesindel. In einem katholischen Land sind Juden und Liberale immer noch schlimmer als der Verdacht von Folter und Mord. Außerdem war es so lange her ... Der alte Matte hatte den ersten Schock überwunden und fühlte sich sicher.

„Entweder Sie spinnen", sagte er grob, „oder Sie verwechseln mich mit einem anderen. Ich geh' jetzt heim. Und merken Sie sich's: Wenn Sie Ihre Hirngespinste nicht für sich behalten, werden Sie große Schwierigkeiten kriegen."

„Es wird keine Schwierigkeiten geben", sagte der Fremde. „Sie werden auch nicht nach Hause gehen."

Der alte Matte schnaubte und hob seinen Stock. „Mich hat noch keiner am Gehen gehindert!"

Da fühlte er die Hand auf seinem Oberarm, kräftig und hart wie Eisen. Der Stock entglitt ihm. Zuerst stieg kochende Wut auf, aber dann, seit langer Zeit zum ersten Mal, bekam er Angst. Er dachte an Kares Handgelenke.

„Es wird auch keinen Prozess geben", sagte der Fremde, als hätte er Mattes Gedanken vorhin gelesen. „Das Urteil ist gefällt."

„Sie sind verrückt", keuchte der Alte. „So geht das nicht. Früher vielleicht, aber heute nicht. Mich kann nur ein Richter verurteilen, nach einem ordentlichen Verfahren. Wenn Sie sich an mir vergreifen, machen Sie sich strafbar. Man wird Sie drankriegen wegen ..."

Er wollte das Wort nicht aussprechen, nicht dem Undenkbaren selbst noch Schwung verleihen.

Der Fremde achtete nicht darauf. Suchend blickte er um sich und traf seine Wahl. Eine mächtige Fichte am Wegrand. Ohne ein weiteres Wort schleppte er sein Opfer mit sich. Die Dämmerung war weit fortgeschritten. Wenn der Druck der stählernen Finger zunahm, würde Mattes Knochen brechen. Stolz und Hochmut, Elixier seines Lebens, fielen von ihm wie welke Blätter. Was übrig blieb war ein weinender, schlotternder Greis.

„Ich habe nichts getan", winselte er. „Ich schwöre, ich habe nichts getan!"

Des Griechen Miene war düster, seine Augen glanzlos. Eintreiber einer alten Schuld. Gnadenlos, fast abwesend.

„Bei meiner Ehre!", schluchzte Matte.

Ein kurzes Auflachen und er fühlte sich hoch emporgehoben, an den Stamm gedrückt. Etwas Spitzes stieß gegen seinen Unterleib, im selben Moment reduzierte sich seine Wahrnehmung auf den furchtbaren Schmerz, der in seinen Eingeweiden brannte. Er wollte schreien, aber dazu blieb ihm keine Luft. Der Schmerz war so groß, dass es kaum zum Atmen reichte.

„Freundschaft", sagte die Stimme unter ihm. Dann wurde es still. Nichts lenkte ihn mehr ab von den glühenden Teufeln, die in seinem Leib wühlten und tobten.

64

Mattes Todeskampf brachte die Montag-Abendstunden zum
Schwingen, verstärkte den unbrechbaren Rhythmus des
Entsetzens, der zu jeder Stunde, an vielen Orten der Welt, den
ewigen Kreislauf der Grausamkeit in Gang hält. Er tat dies
fast genau eine Erddrehung nach Robbys elendem Ende.
In der Morgendämmerung desselben Montags war Hannes
Müller in einem Sud aus Schweiß und Blut erwacht. Die
schwachen Verbände waren von der Brust gerissen, die
Krusten abgeschält. Ganz teilnahmslos verarztete er sich,
setzte sogar einige Nähte mit Nadel und Faden. In den
einsamen Jahren hatte er gelernt, damit umzugehen, Knöpfe
anzunähen. Stoff oder Haut, da war kein Unterschied.
Teilnahmslos sank er wieder zurück.
Früher hatten seine Alpträume eine Handlung gehabt. Keine
logische Handlung vielleicht, aber doch immer einen Ablauf,
eine Aneinanderreihung von Szenen, die einen Sinn ergab.
Das war selten geworden. Die Strukturen lösten sich auf.
Wenn der Schlaf ihn jetzt überfiel, war es meist wie ein Sturz
in zuckendes, brüllendes Fleisch, in pure Schlächterei.
Entsetzen pur. Berge zerstückelter Gliedmaßen, blutender
Fetzen, gespaltener Köpfe. Seine eigenen Gliedmaßen waren
dabei, sein eigenes Blut, seine abgerissene Haut, seine
Muskeln und Sehnen, sein eigener Kopf. Das alles hatte
nichts mehr zu bedeuten. Es blieb nur noch ein reines
Konzentrat von Grausamkeit und Mord und Schrecken.
Augen starrten ihn an und lösten sich auf, Gesichter zerfielen
zu gestaltlosen Klumpen, ein Mund mit krankem Gebiss grub
sich in seinen Bauch, um die Lippen noch Lappen fauliger
Haut ...
Er kroch halb tot aus diesen Träumen hervor. Er war wie eine
Maschine kurz vor dem Kollabieren. Alles rasselte, feine
Rädchen gerieten aus der Senkrechten und verwanden sich
unter Ächzen und Knirschen, lose Teile schlugen klackend
gegeneinander, filigrane Kolben raspelten sich wund,

Schwungscheiben verloren ihre Achse. Jeden Moment konnte das Werk zerfallen. Doch wie durch ein Wunder festigte es sich immer von neuem. Die sterbende Maschine verwandelte sich zurück in einen Menschen. Der Mensch war schwer krank. Er funktionierte in immer kürzeren Etappen, dazwischen saß er und hing seinen Gedanken nach, den klebrigen Fäden des Wahnsinns. Äußerlich hatte er sich nach wie vor in der Gewalt. Er nickte den Leuten zu, die ihn grüßten. Er verzog die Lippen, wie er es ehemals getan hatte, wenn er lächelte. Aber er ging kaum noch aus. Wie lange war er nicht mehr im Amt gewesen? In welchem Amt? Was hatte er mit dem Amt zu tun? Er schlief wieder ein, dämmerte dahin zwischen Traum und Wachsein und den vielen dunklen Welten, denen sein Geist wehrlos ausgeliefert war.

65

Bernd schlenderte das schmale Asphaltband entlang, das die alte Siedlung in Form eines Hufeisens an zwei Punkten mit der Hauptstraße verband. Es reizte ihn, ein Sträußchen Gänseblümchen zu pflücken, vielleicht, um sie heimlich Rosi zu überreichen. Doch immer, wenn er einen Stängel packte, fühlte er die Angst und den Schmerz der Pflanze und brachte es nicht übers Herz, sie zu verletzen. Nicht einmal für Rosi mochte er es tun. Er ärgerte sich über sich selbst. Es war Montagvormittag, halb elf. Müllers Wagen stand in der Einfahrt, also war er zu Hause. In letzter Zeit war er oft zu Hause. Möglich, dass er Urlaub genommen hatte. Bernd ging durchs unversperrte Gartentor. Vor der Haustür zögerte er. Üblicherweise kam er zu den Leuten, um bei ihnen zu arbeiten, etwas zu bringen oder abzuholen. Er kam nicht einfach auf Besuch und zum Reden. Er drückte auf den Klingelknopf und wartete, während er von einem Bein aufs andere trat. Es dauerte lange. Ein anderer hätte wohl aufgegeben, aber Zeit bedeutete ihm etwas sehr Ungefähres. Er betrachtete mit Interesse die abgesteckte Wiese und den großen, immer noch feuchten Laubhaufen. Er umrundete das Auto mit derselben Mischung aus Vorsicht und Neugier wie in Bubentagen. Maschinen, kleine und große, zählten für ihn zu den tiefsten Geheimnissen der Welt. Für alles, was lebte, hatte er ein sehr feines Sensorium, das künstliche Leben der Motoren verwirrte ihn. Immer suchte er bei ihnen die Aura der Gefühle und Ideale, die Tiere und Pflanzen ihm offenbarten, und fand sie nicht. Dabei redeten die Leute mit ihren Maschinen, beschimpften sie, wenn sie Zicken machten, lobten sie, pflegten sie und liebten sie häufig mehr als Vater und Mutter. Es machte Bernd traurig, dass allein er aus dieser Gemeinschaft ausgeschlossen blieb. Manchmal, wenn er sich unbeobachtet fühlte, sprach er mit einem geparkten Wagen oder einem der großen Traktoren, aber nie erhielt er eine Antwort. Er beugte sich über Müllers Auto und murmelte:

„Wie geht es dir? Du kannst ruhig mit mir reden, ich bin Bernd."

Das Auto blieb stumm.

„Ich mag Autos", beteuerte Bernd und entschloss sich zu einer Notlüge. „Ich unterhalte mich oft mit euch." Doch Lügen zählte nicht zu seinen Stärken. Er wurde rot und verlegen. Müller erlöste das Auto und ihn aus der peinlichen Lage. Er stand in der Haustür und sagte: „Du bist es. Was gibt's denn?" Bernd wusste gar nicht mehr, was er eigentlich hier wollte, dann fiel es ihm ein.

„Fragen", sagte er. „Wegen der Sonja."

Müller sah müde aus. Er trug noch den Schlafanzug, war ungekämmt und unrasiert und hatte schwarze Schatten unter den Augen.

„Sonja?", fragte er zweifelnd. Bernd fühlte seine Verwirrung und stärkte sich an ihr.

„Sonja Lassnig. Die Tochter vom Lassnig-Hof."

„Ach ja", sagte Müller, immer noch nicht überzeugt. „Was ist mit ihr?"

Bernd verfiel in den Ton, in dem manche Leute mit ihm sprachen.

„Die Sonja vom Lassnig-Hof", sagte er langsam und überdeutlich. „Die Sonja, die verschwunden ist."

Müllers Gesicht zuckte, als habe er Schmerzen. So was wie Zahnschmerzen, dachte Bernd.

„Komm herein", sagte der andere, drehte sich um und ging ins Haus. Bernd folgte ihm. Die Wohnstube bot einen seltsamen Anblick. Aus dem Boden waren Bretter gerissen, eine Wand war ganz frei geräumt und die Möbel drängten sich in einer Ecke. Vor der leeren Wand stand ein Schaukelstuhl. Müller setzte sich hinein.

„Nimm dir einen Sessel", sagte er und betrachtete die Wand. 'Ein netter Kerl', dachte Bernd. 'Ein guter Freund.'

Er suchte sich einen Stuhl. Die Unordnung beeindruckte ihn wenig. Er war so mit seinen Gedanken beschäftigt, dass er sie kaum wahrnahm. Aber er merkte doch, dass der Sessel ungewöhnlich niedrig und wackelig war.

„Das ist ein komischer Sessel", lachte er. „Der hat zu kurze Beine."

„Ja." Müller lachte auch auf. „Die wachsen zu schnell. Ich habe keine Lust, sie alle paar Wochen zu schneiden, deshalb war ich großzügig."

„Das hab ich nicht gewusst, dass man Sesselbeine schneiden muss", sagte Bernd erstaunt. Er spürte die Aufrichtigkeit seines Freundes. Der machte keinen Spaß, um ihn zu foppen. Der meinte es ernst. Er spürte auch noch was Anderes, das sich im Hintergrund hielt, etwas Lauerndes.

„Was ist mit der Wand, Hannes?", fragte er. „Du schaust sie so an."

„Es ist eine gute Wand, eine sehr gute Wand."

Bernd prüfte sie mit einem langen, nachdenklichen Blick.

„Ja", stimmte er zu. „Eine gute Wand."

Eine Weile betrachteten beide die Wand und schwiegen.

Bernd war es, der wieder die Initiative ergriff.

„Ich habe dich im Wald gesehen. Du hast einen Knüttel genommen. Weißt du nichts Neues von Sonja? Ich möchte es gern der Frau Lassnig erzählen. Sie ist nett."

Es war eine Ansprache, wie er sie selten zustande brachte. Wohlig warmer Stolz breitete sich aus in ihm. Er wartete geduldig auf eine Antwort.

„Du musst aufpassen", flüsterte Hannes endlich, „du musst aufpassen, dass sie dich nicht auch verraten. Wenn sie dich verraten, tut 'es' dir weh."

„Ja", sagte Bernd ernsthaft.

„Ich kann mich nicht erinnern", fuhr Müller mit normaler Stimme fort, „dass ich im Wald war. Ich bin vergesslich geworden. Zuletzt war ich beim Angeln." Plötzlich stand er auf. „Komm mit."

Er ging in den Vorraum, von wo eine enge Stiege in den Keller führte. Willig trottete Bernd hinterher.

„Ich weiß nicht, ob du meine Werkstatt kennst. Ich schnitze eine Wiege."

Bernd beugte sich über den Tisch. Müller stand hinter ihm, in der Hand ein Stemmeisen, das er zu einem spitzen, lang zulaufenden Dorn umgeschliffen hatte. Er hob den Arm.

„Das ist schön", sagte Bernd und streichelte übers geschnitzte Holz. „Das ist sehr schön."

Müller stand zu einer Statue erstarrt, die Augen fest auf Bernds Nacken geheftet, während seine Lippen ein Eigenleben entwickelten. Mit äußerster Gewalt, wie gegen großen Widerstand, zogen sie sich von den Zähnen zurück, entblößten die Zahnreihen und schnappten wieder zusammen, um das Spiel von Neuem zu beginnen.

„Sehr schön", sagte Bernd.

Der Dorn entglitt Müllers Hand und bohrte sich in die Dielen. Keiner der Männer beachtete ihn.

„Ich habe eine Flasche Wein", sagte der Hausherr ruhig.

„Wenn du magst, trinken wir ein Glas."

„Wein? Gern. Wein ist sehr gut."

Sie begaben sich wieder nach oben und rückten niedere Sessel an einen Tisch, dessen Beine auch zu schnell gewachsen waren. Müller öffnete einen Doppelliter Weißen und schenkte zwei Gläser voll.

„Prost!"

Sie stießen an und tranken. Bernd war hochzufrieden. Nicht nur, dass er einfach zu Besuch gekommen war, um zu reden - also nicht arbeiten, nichts abholen, nichts bringen - war er auch noch zur Besichtigung einer Wiege und zu einem Getränk eingeladen worden. Noch dazu Wein. Und jetzt saßen sie da am Tisch, ganz unaufgeregt, ganz gelassen, schlürften Wein und unterhielten sich. Das heißt, eigentlich hatten sie kein Wort mehr gewechselt. Doch Bernd war entschlossen, diesen großartigen Besuch zu einem vollen Erfolg zu machen. Er sagte:

„Es ist nett, Freunde zu besuchen."

Müller ließ sich viel Zeit mit der Antwort. Er fixierte immer noch die Wand, wenngleich sein jetziger Platz ungeeignet dazu war. Er ließ sich *zu* viel Zeit mit der Antwort. Er gefährdete das neu begonnene Gespräch. Nun, wenn man so zusammensitzt, darf man sich schon einmal wiederholen.

„Es ist nett, Freunde zu besuchen."

Bernd fand den Satz immer noch erstklassig.

„Wieso?", fragte Müller nach einer weiteren Pause.

Diese Frage verblüffte Bernd, doch er zog sich hervorragend aus der Affäre.

„Ach", sagte er. „Es ist einfach nett."

„Ja", pflichtete sein Freund ihm jetzt bei. „Du hast recht." Sie tranken noch ein Glas. Bernd wurde bei all seiner Zufriedenheit klar, dass zum Erfolg so eines Besuches mit Reden, Sachenanschauen und Weintrinken auch ein zufriedenstellender Aufbruch gehört. Hannes half ihm nicht. Der saß da, ganz verliebt in seine Wand. Manchmal lächelte er und trank einen Schluck. Das war es schon. Bernd zerbrach sich den Kopf, wie er es anstellen sollte. Endlich fand er die passende Wendung.

„Es ist nett, Freunde zu besuchen", schickte er voran, denn es sollte nicht so aussehen, als ob er nur ginge, weil die Unterhaltung eingeschlafen war. Müller nickte.

„Aber", setzte Bernd elegant fort, „man darf auch nicht zu lange bleiben."

Er trank mit einem Zug das Glas leer, stand glücklich lachend auf und verließ das Haus. Erst hundert Meter weiter trübte seine Freude sich ein. Da legte er einen tadellosen Besuch hin mit Reden, Anschauen, Weintrinken und Aufbruch und dann vergaß er, sich zu verabschieden. Nicht einmal für den Wein hatte er sich bedankt. Trotzdem überwogen die positiven Seiten. Außerdem hatte Hannes es gar nicht gemerkt. Er war seltsam gewesen, fand er im Nachhinein. Nun, warum nicht? Alles in allem war es dennoch ein sehr schöner, sehr gelungener Besuch gewesen. Stunden später wurde ihm bewusst, dass er in seiner ursprünglichen Mission überhaupt

nicht weitergekommen war. Er hatte nichts Neues
herausgefunden über Sonja. Nichts Nettes für die Lassnig-
Bäuerin.
'Muss halt noch einmal hingehn', dachte er.
Doch insgeheim war er anderer Ansicht. Die Erinnerung an
diesen hervorragenden Besuch war viel zu wertvoll, als dass
man sie leichtfertig durch eine Wiederholung aufs Spiel
setzen sollte. Und Hannes war wirklich seltsam gewesen.

Pfarrer Weilrichs neu gefundener Glaube war nicht mehr süß.
Er war eine harte, bittere, stachelige Frucht. Je öfter er nun
Gottes Liebe im Mund führte, umso bedrohlicher erschien sie.
Liebe als eiserne Rute, vorgetragen mit eiserner Faust.
Verdrehte und perverse Liebe. Sein Leben lang hatte er den
Anstieg gesucht, oft die steilsten Pfade gewählt, war bis an die
Grenzen seiner Fähigkeit gegangen und darüber hinaus - nun
war er ausgeglitten und kopfüber in den großen Trichter
gestürzt.
'Fundamentalismus. Intoleranz. Nachbar der Hölle. Taktstock
des Teufels. Brutstätte des neuen Bösen und der neuen
Heuchelei.'
Das hatte er vor Monaten zornig in sein Tagebuch
geschrieben. An den Anlass konnte er sich nicht erinnern. Er
erinnerte sich an sehr wenig. Seite für Seite seines alten
Lebens arbeitete er auf und übergab es dann dem Feuer. Es
war eine Selbstkasteiung. Wie blind er gewesen war! Wie
überheblich. Wie taub für die Mahnungen Gottes. Er würde
daraus lernen. Er musste daraus lernen. Seite für Seite ließ er
den Toren auferstehen. Voller Zweifel, wohl auch voller
Verzweiflung. Immer verständnisvoll, immer lächelnd, immer
bemüht zu verzeihen, immer schwach. Was hatte er
angerichtet mit dieser Schwäche! Hart und unerbittlich war
SEIN Wille zu vollziehen, die Herde auch über die steinigsten
Pfade zu treiben. Es gibt keinen leichten Weg. Es gibt nur
Mühsal und Schweiß und Tränen. Alles andere ist Täuschung,
Blendwerk. Er hatte seine Lektion gelernt. Nun musste er die
Gemeinde mit fester Hand, aber behutsam, in die neue
Richtung lenken. Nur niemanden kopfscheu machen.
Menschen wollen geführt sein. Er war bereit.
Ein Brief von ihr lag auf seinem Schreibtisch. Ein Brief,
angefüllt mit Ungeheuerlichkeiten. Obszön, pornografisch,
durch und durch unmoralisch. Es schien ihr Vergnügen zu
bereiten, die Sünden auszumalen, die sie begangen hatten.

Fast begann er mit seinem neuen Gott zu rechten, weil er ihn vor dieser Erfahrung nicht bewahrt hatte. Bald würde er mit ihm rechten. Bald würde er seinen Willen als SEINEN Willen ausgeben, wie sie es immer tun, wenn sie erst einmal in dieses Fahrwasser geraten. Vermutlich würde er daran glauben, auf jeden Fall so tun, als ob. Alle, die ihr Menschsein den übergeordneten Interessen opfern, tun so als ob.

Sie schrieb:

„Ich habe nie gedacht, dass ich so etwas schreiben könnte. Aber du bist *gerne* zwischen meine sündigen Beine gekrochen. Du *hast* gekeucht und gestöhnt und von meinen weichen Schenkeln gestammelt. Obwohl du gar nicht die Schenkel gemeint hast, sondern das Unaussprechliche dazwischen, nicht wahr?"

Ihm fiel auf, dass sie das 'du' klein schrieb. Ein bewusst gesetzter Stachel. Kindisch. Sie nannte ihn einen widerlichen Heuchler und Lügner. Sie schrieb:

„Das alles wäre zu ertragen, wenn du in deiner Selbstgerechtigkeit nicht zu weit gegangen wärst. Wenn du mich nicht ohne Zögern geopfert hättest, um die Gnade deines Gottes wiederzuerlangen. Ganz egal, wie ich mich dabei fühle. Schlimmer noch: Je schlechter ich mir vorkomme, desto besser. Wenn ich mich schlecht fühle, unterstreicht das ja meine Schlechtigkeit."

Sein Kopf war dunkelrot, als er die Worte der Gossensprache las, mit denen sie ihn bedachte. Dann erbleichte er. Sie schrieb:

„Du hast mir eine Zusage abgepresst. Ich soll nicht über uns reden. Daran fühle ich mich nicht gebunden. Das sollst du wissen. Wann immer mir danach ist, von einer besonders üblen Erfahrung zu berichten, werde ich alles erzählen. Mit deinem Namen und deiner Anschrift. Ich werde nur die Wahrheit sagen, aber ohne Einschränkungen."

Sie wollte sprechen! Ihn bloßstellen. Das durfte nicht passieren. Er war zu ungeschickt gewesen. Er faltete die Hände und schloss für Minuten die Augen. Als er sie wieder öffnete, stand seine Verteidigung fest. Zunächst musste er sie beruhigen, Zeit gewinnen. Wenn sie ihre Drohung später wahr machte, würde er gewappnet sein. Mit einem verzeihenden Lächeln alles abstreiten. Es gab ja keine Zeugen. Sie würde ihre Rolle gut ausfüllen. Die überständige Jungfer, die vom religiösen Fieber in sexuellen Wahn abgleitet. In solchen Fällen ist das logische Opfer der Priester, der sich um ihre Seele bemüht. Nicht neu, nicht ungewöhnlich. Aber zunächst Zeit gewinnen. Er schrieb:

„Liebe Monika, Gott segne Dich! Ich habe Deinen Brief mit großem Verständnis und zugleich großer Angst gelesen. Es steckt so viel Verzweiflung drin, dass ich mich frage ..."
Gelegentlich huschte beim Schreiben ein Lächeln über seine Lippen, das dem alten Weilrich nicht gefallen hätte. Aber der alte Weilrich war tot. Der neue würde sich seiner Haut zu wehren wissen. Er schloss den Brief mit dem frommen Wunsch: Der Herr sei mit Dir!

Er las und war zufrieden. Die ersten Züge waren getan, das Spiel eröffnet. Sie würde bekommen, was sie verdiente. Davon war Hochwürden überzeugt.

67

Dienstagmorgen.

Maria stand früher auf als gewöhnlich. Ihre Eltern verreisten für drei Tage. Ein Treffen ehemaliger Schüler, das seit Jahren im Raum gestanden und nun doch, wider jede Erwartung, zustande gekommen war. Die Mutter trug einen kecken, neuen Hut und hatte gerötete Wangen. Sie wirkte so jugendlich, dass ihr Mann sie mit Begeisterung und Misstrauen unentwegt betrachtete. Manchmal lässt sich die Zeit doch zurückdrehen. Sie meinte: „Es ist mir gar nicht recht, ausgerechnet jetzt zu fahren."

Maria lachte. „Papa hat das Haus verrammelt wie eine Festung und ich lasse bestimmt niemanden herein. Außerdem kann Isabella hier schlafen."

„Komischer Vorname für den Doktor", murmelte ihr Vater und erntete strafende Blicke.

„Du bist unmöglich", sagte die Mutter. „Komm jetzt."

Sie umarmten ihre Tochter, ließen ein eindringliches 'Pass gut auf' zurück und fuhren ab.

In der Ordination herrschte Hochbetrieb. Keine Zeit für private Gesten. Doch gestern hatte er sie zum Essen eingeladen. Er aß jeden Tag beim Schafswirt. Er bezeichnete die Einladung als Dank für ihre abendliche Mitarbeit. In Wirklichkeit lag ihm an ihrer Gesellschaft. Er war besorgt. In gewisser Weise fühlte er sich mitverantwortlich für den Misserfolg der Polizei. Es tat ihm gut, darüber zu reden. Auch über den armen Hund. Er brachte für den Hund ebenso viel Mitleid auf wie für die anderen Opfer des Irren. Das konnte sie nicht nachvollziehen. Für Maria war ein Hund ein Hund. Er spürte es und es überraschte ihn nicht. Menschen, die auf dem Land aufgewachsen sind, haben häufig ein kühleres Verhältnis zu Tieren als eingefleischte Städter. Sie kennen sich zwar besser aus mit ihnen, beurteilen sie aber vor allem vom wirtschaftlichen Standpunkt aus. Was nicht geschlachtet und verkauft werden kann, erregt von vornherein ihr

Unverständnis. Landhunde sind daher lebende Alarmanlagen oder Jagdbegleiter. Freunde sind sie selten.

Gegen neun kam Hannes vorbei. Er wollte nicht warten, nur ein Rezept für eine Wundsalbe. Man erhielt sie auch so, aber mit Rezept war es billiger.

„Wie war's beim Angeln?", fragte sie.

Lange Sekunden sah er sie überrascht an, ehe ihm einfiel, was sie meinte.

„Ganz schlecht. Das Fischwasser ist nichts mehr wert. Zuviel Dünger und andere Chemie."

Das sagte er leise. Die Bauern hören es nicht gern. Sie schrieb das Rezept, holte die Unterschrift und drückte einen Stempel drauf. Er bedankte sich, war schon im Gehen, machte noch einmal kehrt.

„Bist du am Nachmittag zu Hause? Ich hab eine Wiege geschnitzt. Die möchte ich dir zeigen."

Beim Gedanken an die Wiege lachte Maria.

„Freilich", sagte sie. „Komm nur vorbei."

Früher war er ein häufiger Gast gewesen. Erst in den letzten ein, zwei Jahren hatte sich das geändert. Ihre Mutter war der gleichen Meinung wie alle anderen. Dem fehlt eine Frau. Dabei pflegte sie Maria von der Seite anzusehen. Doch die lächelte nur freundlich und unbestimmt.

68

Jeden Morgen wird die Welt neu geboren. Wenn die Sonne erst einmal zwei, drei Handbreit hoch am Horizont steht, ist davon nichts mehr zu merken. Die Tageswelt ist alt und gewöhnlich. Doch in der Spanne vom Beginn der Dämmerung bis zu dem Punkt, da die junge Morgensonne die feuchten Wälder und Wiesen und Wege mit rot getöntem Licht überflutet und segnet und tauft, in dieser Spanne ist die Welt neu wie am ersten Tag. Zeit wird zur Illusion und die reine Freude am Dasein beantwortet alle Fragen, die Menschen sich ausdenken, indem sie sie gegenstandslos macht.

Martin, vielfach Tine gerufen, verstand dieses Gefühl nicht auszudrücken, aber er hatte es erfahren und bewahrt und das war tausendmal besser. Er war Holzknecht. Ein einfacher Mann, der hart arbeitete. Er hatte eine Frau und drei Kinder. Er interessierte sich weder für Autos noch fürs Gasthaus noch fürs Kartenspielen. Sein ganzes Vergnügen bestand in jener morgendlichen Spanne, während der er zu seinem Arbeitsplatz wanderte. Meistens traf er vor den anderen Männern ein, die mit einem Kleinbus herangeschafft wurden. Unausgeschlafen, wortkarg, übellaunig in Erwartung eines weiteren Arbeitstages in der unendlichen Reihe solcher Tage, die alle mit dem gleich schlechten Geschmack im Mund beginnen. Martin begann dagegen seine Tage mit weit geöffnetem Herzen und dem unausgesprochenen Wissen um den Wert jeder einzelnen Stunde.

Der Morgen, an dem er Mattes Leichnam fand, war wie ein Schleier von Gold, der sich faltenlos an die Natur schmiegte und faltenlos noch die Bewegung des kleinsten Insektes begleitete. Die Luft war ein kühler, duftender Körper, nichts Flüchtiges, sondern einhüllend und allem zugehörig. Düfte vermischten und verwandelten sich mit jedem Schritt. Das Harz der Föhren oder Kiefern lieferte den Grundstoff, in den sich Wermut und Salbei, wilder Thymian und krause Minze mengten.

Martin sah das, was von Matte geblieben war, lange bevor er es als Mensch erkannte. Er ging ein sanft ansteigendes, gerades Wegstück entlang, an dessen Ende ihm ein mächtiger Stamm mit einem dunklen Buckel auffiel. Aus kürzerer Distanz wurde der Buckel zu einem Bündel, das jemand dort aufgehängt hatte, vermutlich an einem abgebrochenen Ast. Noch näher gekommen sah er, dass am unteren Ende des Bündels Schuhe hingen. Da verdichtete sich seine unangenehme Vorahnung zum handfesten Verdacht. Die letzten Schritte lief er. Vorsichtig berührte er eine alte, steife Männerhand. Sie fühlte sich an wie kaltes Wachs. Am Fuß des Baumes hatte sich eine schwarze Lache gebildet. Der Hut des Toten war hineingefallen. Der Gamsbart steckte in dem erstarrten Blut wie ein Pinsel in getrocknetem Lack. Martin versuchte, den herabhängenden Oberkörper des Mannes anzuheben. Es ging sehr schwer. Er erkannte Matte und entdeckte das Messer, das den Alten an den Baum genagelt hatte. Es steckte tief im Unterleib. Auf seinem Knauf stand die doppelte scharfkantige Rune, die er als SS entzifferte, von der er aber wenig wusste. Wenige wissen von den Strahlen des schwarzen Sterns und die sie erfahren haben, ziehen es vor zu schwafeln oder zu schweigen. Daran dachte Martin nicht. Er dachte nur an die Kraft, mit der der Stoß geführt worden sein musste. Obwohl Matte kaum sechzig Kilo wog, war es keine Kleinigkeit, ihn mit einer Hand einen halben Meter anzuheben und gleichzeitig so hart zu treffen, dass sich die Spitze des Messers noch tief in den Stamm senkte.
Die Kraft des Wahnsinns. Wieder der Verrückte!
Vom Gold des Morgens war nichts geblieben, als Martin mit weiten Schritten und pochendem Herzen ins Dorf eilte, um den jüngsten Mord zu melden.

69

Auf dem Hof hatte man sich über Mattes Ausbleiben keine
Gedanken gemacht. Es kam häufig vor, dass der Alte erst
nächsten Tag heimkam und wehe dem, der das auch nur
erwähnte. Als die Nachricht von seinem Tod eintraf, flatterten
sie herum wie aufgescheuchte Hühner. Die alte Bäuerin fühlte
sich wie in einem See aus Watte. Kein Schmerz, keine Trauer,
keine Angst. Was rundum vorging, hallte kaum wider in ihr.
Alles war gedämpft, Farben, Geräusche, Bewegungen. Sie
ging herum, ganz versponnen in sich selbst, hörte zu, redete
kaum und wenn, dann scheinbar wirres Zeug. Es achtete
ohnehin niemand darauf. Gedanken stiegen träge in ihr auf
und versanken träge wieder. '50 Jahre mit ihm verheiratet'.
'50 Jahre die erste Kuh im Stall'. 'Keine 50 Jahre. Die
goldene Hochzeit um ein Jahr verfehlt'. Träge. Versponnen.
Nicht unangenehm.
Was die anderen dachten, lässt sich in einen Satz fassen: 'Was
geschieht mit dem Hof?'
Das Warum und Wie von Mattes Tod interessierte sie nicht,
mit Ausnahme des jüngsten Enkels. Er empfand keinerlei
Bedauern für den Großvater, doch fesselte ihn die Vorstellung
eines alten, an den Baum gespießten Mannes. Und immerhin
war es *sein* Großvater, dem dies widerfahren war. Das
mürrische Gesicht des Jungen hellte unübersehbar auf. Gern
hätte er den Alten hängen sehen, doch der war längst
abgenommen worden und Gegenstand gerichtsmedizinischer
Untersuchung.
Im Dorf verbreitete sich die Nachricht wie eine Feuersbrunst.
Sie sprang von Nachbar zu Nachbar, wer noch im Haus war,
wurde herausgeklingelt. Telefone schrillten, Aufregung und
Sensation verbreiteten sich wie ein Bazillus in einer
schwärenden Wunde. Das Dorf *war* eine schwärende Wunde.
Ein Schwarm Fliegen mit Presseausweis stieg kurz auf und
ließ sich wieder nieder. Die Frauenmorde und der Vorfall mit
dem Hund hatten Hochspannung erzeugt, nun trat eine neue

Qualität hinzu. Matte war eine *wichtige* Persönlichkeit gewesen. Einer aus ihrem Nest, dessen Beziehungen weit über das Nest und sogar den Bezirk hinausreichten. Einer von denen, denen nie etwas passiert. Und nun doch! Es ist wie bei Rennfahrern. Wenn ein Lenkraddreher aus der zweiten oder dritten Garnitur zerschellt, wird das Entsetzen des Publikums rasch vom Kalkül überdeckt, dass diese Leute ja wissen, worauf sie sich einlassen. Je schlechter sie sind, umso höher ihr Risiko. Erst der Unfall eines *echten* Stars ruft *echtes* Gruseln hervor. Für echte Stars ist der Tod nicht vorgesehen. Die sterben in Sportflugzeugen und Motorbooten, aber nicht in ihren ureigensten Cockpits. Ähnlich ist es mit den Opfern von irren Mördern. Die haben Unbekannte zu sein, Leute ohne besondere Bedeutung, einfaches Volk - aber nicht der Präsident, nicht der Regierungschef, nicht der Minister, nicht die Nummer eins im Dorf. Und nun doch! Zum Gruseln gesellte sich die Lust an der Sensation. Umso leichter, als Mattes Dahinscheiden weit und breit keinen persönlichen Schmerz auslöste. Schmerz setzt ein Mindestmaß an Liebe voraus und geliebt hatte ihn weiß Gott niemand, noch nicht einmal ein Hund oder eine Katze oder ein Pferd.

Die Schafswirtin war ärgerlich, sie fühlte sich um ihren Triumph betrogen.

'Wenigstens den einen Tag hättest du noch erleben können', dachte sie. 'Wenigstens die Nachricht vom Wahlausschuss und dass Rosi bleiben kann, solange sie will.'

Pfarrer Weilrich, nicht mehr in Gefahr zu vertrocknen, weil zu Gneis und Granit geworden, dachte: 'Es ist Gottes Wille. Er hat den Frevler gestraft. Seine Mühlen mahlen langsam.'

An den Nachmittagsspaziergang mit dem Griechen dachte er nicht mehr. Er bereitete sich vor auf tröstende Gespräche mit den Hinterbliebenen, ein großes Begräbnis und eine beachtliche Spende.

Ein alter Weggefährte dachte: 'Jetzt hat's dich doch vor mir erwischt. So wie du will ich's nicht treffen. Aber du hast auch so gelebt.'

Dr. Terrazzo dachte: 'Zwei Frauen, ein Hund, ein Mann. Das ist reiner Hass. Wenn etwas daran rein ist, so der Hass, den der Mensch in sich trägt. Und er trägt ihn nach innen.'
Die Nachricht von Mattes Tod verwandelte sein Wartezimmer in einen aufgeregten Debattierklub, in dem alle gleichzeitig ihre Meinungen und Erinnerungen und Erklärungen loswerden wollten. Die erbaulichen Gespräche über Darmbeschwerden, eingewachsene Zehennägel, Koliken, Krampfadern und rheumatische Gelenke versandeten und lebten erst nach Minuten langsam wieder auf.
Maria genoss die Sensation nicht weniger als andere. In gewisser Weise verlieh die Mordserie ihnen allen einen erhöhten Stellenwert. Das Dorf wurde mittlerweile auch in ausländischen Zeitungen erwähnt, in Ländern, in denen der Name der Bezirksstadt und sogar der Landeshauptstadt nur verwundertes Kopfschütteln auslösten. Der Irre machte was aus ihnen. Sie saßen am Puls des Geschehens, kannten die Opfer, kannten höchstwahrscheinlich den Mörder, waren sogar selbst bedroht. Viele fühlten sich deshalb privilegiert und überlegen. Man hatte etwas, das die Nachbarn nicht hatten. Und es war noch dazu gefährlich. Auch die Opfer von Hochwassern und Hagelstürmen legen – nach angemessenem Abstand – einen ähnlichen Stolz an den Tag. Ihr Hochwasser sei das höchste gewesen seit undenklichen Zeiten, ihre Hagelschloßen groß wie Tennisbälle. Dazu ein bedeutungsschweres Nicken und milde Verachtung für diejenigen, die nicht das Glück hatten, von Katastrophen dieses Kalibers heimgesucht zu werden. Angeben lässt sich mit allem. Vom Weiter-Spucken übers Länger-Urinieren bis zum Besitz des wahnsinnigsten Mörders. Angeben ist die Grundlage des Sports. Angeben dient der Bekämpfung der Angst.
Der Doktor war erschüttert. Widerwillig hatte er dem Oberst seine Liste ausgehändigt und jetzt war es wieder passiert. Was stand ihnen noch bevor? Er erwartete, dass die Kriminalisten ihn erneut hinzuziehen würden und bat Maria, die

Hausbesuche zu verschieben. Es gab nur einen schwerwiegenderen Fall, den er sich noch vor dem Essen anschauen wollte.

„Haben Sie Lust mitzukommen?", fragte er. „Heute ist Schweinsbratentag. Nicht sehr gesund, aber sehr gut."

Maria hatte Lust.

Auch im Schafswirt war Mattes Ermordung das Thema Nummer eins. Rosi schien bedrückt, die Wirtin missmutig. Terrazzo dachte an seine Liste und sagte: „Schade, dass der Müller gleich wieder gegangen ist. Ich hätte ihn ganz gern gesprochen."

Maria verstand falsch und winkte ab.

„Der kuriert seine Kratzer vom Angeln selbst. Wenn es dringend ist, richte ich ihm etwas aus. Er wohnt ja gleich neben uns."

„Dringend? Nein, so dringend ... Oder vielleicht doch. Sagen Sie ihm einfach, es wäre wegen der Medikamente. Sind Sie näher mit ihm bekannt?"

Warum fragte er das? War er eifersüchtig?

„Früher schon. Jetzt schnitzt er lieber", sagte Maria. „Er will mich heute besuchen und mir seine neue Arbeit zeigen."

„Ach, er schnitzt?", fragte Terrazzo abwesend.

„Alles Mögliche. Diesmal ist es eine Wiege. Ist doch komisch, dass ein allein stehender Mann Wiegen schnitzt, finden Sie nicht?"

„Alleinstehende Männer haben die Chance, gelegentlich das zu tun, was ihnen Spaß macht", sagte der Arzt. Maria fand es wenig charmant. Draußen fuhr ein Polizeiwagen vorbei und beinahe wäre er aufgesprungen, um nach dem Oberst zu fragen. Aber schließlich war allgemein bekannt, wo er sich zu Mittag aufhielt.

Interessierte er sich nun für sie oder nicht? So wie er sich heute benahm, hätte sie ebenso gut eine lästige Zufallsbekanntschaft sein können. Er machte sich Sorgen wegen des Irren, na und? Was hatte das mit ihr und ihrer Beziehung zu tun? Sie wurde einsilbig wie er und als sie sich nach dem Essen trennten, hatte sie das Gefühl, er habe ihre Gesellschaft kaum wahrgenommen. Wütend ging sie nach Hause.

Die Fensterläden im Erdgeschoß waren verriegelt, die Tür doppelt versperrt. Als sie das stille, halbdunkle Haus betrat, verdrängte ein unangenehmes Kribbeln ihren Ärger. Die Lust an der Sensation hatte sich verflüchtigt, was blieb, war die Erinnerung an drei, eigentlich vier Menschen, die binnen kurzer Zeit Opfer eines brutalen Mörders geworden waren. Mit einem Mal wünschte sie, ihre Eltern wären doch nicht gefahren. Sie war drauf und dran, einen Ausflug in die Stadt zu machen, da fiel ihr Hannes ein. Er wollte ja vorbeikommen. Seufzend ging sie nach oben. Ihr Zimmer war hell und freundlich, doch das Kribbeln zog sich nur zurück, es verschwand nicht. So fuhr sie auch erschreckt zusammen, als die Klingel schrillte. Sie lief nach unten und öffnete die Tür.

„Grüß dich, Maria", sagte eine vertraute Stimme. „Zwanzig, wie immer?"

Es war die Eierfrau. Maria begleitete sie zum Auto und nahm die Wochenration entgegen. Am Zaun plauderten sie eine Weile. Als sie zurückkam, war die Haustür angelehnt. Sie konnte sich nicht erinnern, sie *nicht* geschlossen zu haben. Auf der Stelle war das Kribbeln wieder da. Sie trug die Eier in die Küche, die Haustür ließ sie sicherheitshalber weit offen. Dann spähte sie in alle Zimmer. Natürlich war niemand drinnen. Sie ärgerte sich über sich selbst.

„Tag, Maria", sagte eine Stimme in ihrem Rücken. „Die Tür steht offen, da bin ich gleich hereingekommen."

Sie fuhr herum.

„Ach du bist es", sagte sie erleichtert. „Gehen wir in die Küche."

70

Ein Bussardpärchen kreiste hoch im wolkenlosen Himmel.
Nur zwei Punkte, manchmal fast zu einem verschmolzen,
dann wieder deutlich getrennt. Tief unten lag das grüne Land.
Flache Teile, auf denen die Saat reifte und Feldmäuse
sicherten, hügelige, gebirgige Teile mit Wäldern und
Felsabstürzen und alten Lärchen, in deren weit ausladendem
Geäst die Horste der Bussarde Halt fanden. Wie alte Narben
und frische Wunden zerschnitten Wege das Land, in
Kahlschlägen wucherte Gestrüpp, wenn es nicht chemisch
niedergehalten wurde, im Dickicht der Jungwälder verbargen
sich die Nester kleiner und ängstlicher Lebewesen - *Futter*, in
der Sprache der Bussarde.
In einer Senke zwischen zwei Gipfeln lag ein kleiner See in
der Form eines ramponierten Ovals. Ein Chrysopras von
verhalten schimmerndem Grün, gespeist von einem Bach, der
sich in absurden Verrenkungen durch ein Moor wand. Eine
Seite des Sees begrenzte ein Felsabbruch, auf der anderen lag
eine Siedlung, ein halbes Dutzend kleiner Häuser entlang
eines Fahrweges, der hinter dem letzten Schuppen in einen
Fußpfad überging. Eine Ferien- und Wochenendsiedlung,
Häuschen mit dicken Läden vor den Fenstern. Große
Schlösser an den Türen und vertrocknete Blätter auf kleinen
Sitzterrassen. Neben dem Fußpfad saß ein Mädchen auf einem
Stein und blinzelte in die Sonne. Es hatte langes, blondes Haar
und trug einen Trainingsanzug in schrillen Farben.
Sonja war, als sei sie aus einem langen Schlaf erwacht. Sie
kannte die Siedlung, einer Tante gehörte eines der Häuser.
Um diese Jahreszeit verirrte sich nur samstags oder sonntags
einer der Besitzer hierher. Und das nicht oft. Sie hatte keine
Ahnung, wie sie zu diesem entlegenen Ort gekommen war.
Vom Dorf war es ein Fußmarsch von gut vier Stunden. Das
letzte, woran sie sich erinnerte, war ein Waldlauf bei
nebeligem, regnerischem Wetter. Ob sie ausgerutscht war?
Auf den Kopf gefallen? Die Formulierung entlockte ihr ein

Lächeln. Sie strich sich übers Haar. War da der Rest einer Beule? Das Wetter war schön, die kleinen Rasenflächen um die Hütten grün. Ihr fehlten etliche Tage. Man musste sie vermisst und nach ihr gesucht haben. Nicht in der Bergsiedlung. Falls sie, vielleicht mit einer Gehirnerschütterung, hier herauf gestolpert war, hatte sie ein perfektes Versteck gefunden.

Dann erschien Devvas sanftes Gesicht im Silberspiegel ihrer Erinnerung. Devva! Ein Traum von ungeheurer Eindringlichkeit. Sie war schon einmal aus tiefem Schlaf erwacht.

Devva, die ihr beim Abschied etwas zurief.

„Vergiss mich nicht", rief sie. „Es ist ein Traum, aber vergiss mich nicht!"

Und sie sah die Andere Welt verblassen, das Weiße Land in rötlichen Nebeln versinken bis sie die neue Sonne im Gesicht fühlte und blinzelnd die Augen öffnete.

So war es gewesen. So hatte der Traum begonnen. Sie hatte die Augen geöffnet. Sie lag auf einem Moospolster im Schatten einer Eiche. Nur wenige Schritte entfernt plätscherte eine Quelle in einen kleinen Teich, der zur Hälfte von einem Zelt, das aus zwei riesigen Steinplatten gebildet wurde, überdacht war.

Eine junge Frau tauchte ein Tuch in den Teich. Sie war in einen langen, weißen Umhang gehüllt und hatte langes, blondes Haar wie Sonja. Sie richtete sich auf und lächelte, als sie merkte, dass Sonja sie betrachtete.

„Ich wollte dir eben die Schläfen anfeuchten. Du bist schneller erwacht, als ich dachte."

Sie setzte sich neben das Mädchen.

„Mein Name ist Devva. Wie heißt du?"

Verwirrt gab Sonja Auskunft. „Was ist passiert? Ich habe diesen Platz nie gesehen."

„Hab keine Furcht", sagte Devva. „Du bist mein Gast. Du kannst mir vertrauen."

Sonja spürte keine Furcht, nur Verwunderung. Sie fand Devva sehr schön. Ihre Haut war makellos und hell, die Augen braun. Sie gebrauchte keine Schuhe, was in dieser Jahreszeit verwunderlich war, aber es war nicht kalt und der Boden trocken, obwohl es in den letzten Tagen viel geregnet hatte. Um Fuß- und Handgelenke trug sie schmale, goldene Reife und einen breiten, flachen um den Hals. Wenn sie Sonja in die Augen sah, war ihr Blick ein wenig so, als ob sie dennoch in die Ferne schaute. Es gibt solche Menschen, von denen ein kleiner Teil immer woanders weilt. Nicht aus Unhöflichkeit, sondern weil ein Teil von ihnen im Woanders zu Hause ist, gleichgültig wo sie sich aufhalten.

„Das ist das Weiße Land", sagte Devva und machte eine weite Handbewegung. „Die Andere Welt. Hast du einmal davon gehört?"

Sonja schüttelte den Kopf.

„Bin ich tot?", fragte sie vorsichtig. Doch die Vorstellung eines Geistes oder Engels oder was immer sie sein mochte, der einen pinkfarbenen Jogginganzug trug, lockte ein Lächeln auf ihre Lippen.

Devva lächelte ebenfalls.

„Fühlst du dich tot?"

„Keine Ahnung. Ich war es ja noch nie."

„Du bist munter wie ein Fisch im Wasser. Komm, ich will dir meine Heimat zeigen."

Devva sprang auf, nahm Sonjas Hand und zog sie hoch.

„Möchtest du trinken?"

„Ja", sagte Sonja. „Ich bin gelaufen."

Devva zog einen silbernen Becher aus ihrem Mantel, füllte ihn an der Quelle und trat zu Sonja.

„Trink", sagte sie feierlich. „Trink vom Wasser der Anderen Welt."

Sonja trank durstig. Das Wasser war kühl und klar und fast geschmacklos und trug dennoch von jedem denkbaren Geschmack eine Ahnung in sich.

„Komm jetzt", sagte Devva. „Es gibt so viel zu sehen."

71

Ein Traum von ungeheurer Eindringlichkeit. Sonja erinnerte sich jetzt so deutlich, dass sie keinen Unterschied fand zu wirklichen Erfahrungen. Was hatte sie erlebt, was nicht? Sie musste nach Hause, die Familie beruhigen. Wie lange war sie abwesend gewesen? Abwesend im doppelten Sinn des Wortes. Sie spürte keinen Hunger. Das Haus der Tante. Wahrscheinlich hatte sie im Haus der Tante gekocht. Sie wusste, wo der Reserveschlüssel versteckt war. Fast jeder hier versteckte einen Zweitschlüssel. Zu oft wurde gerade der Schlüssel vergessen. Das bedeutete dann Einbruch im eigenen Haus oder Rückkehr über die teils sehr steile, schlechte Straße. Bestimmt hatte sie im Haus der Tante gegessen. Da lagerten Vorräte für viele Monate. Die Tante zählte zu den Menschen, die sich nur wohl fühlen, wenn alle Regale randvoll sind. Ungeachtet des Umstandes, dass sie nur tageweise herkam. Man wusste schließlich nie ...
Doch sie hatte überhaupt keine Erinnerung daran. Die Erinnerung an den Traum war dagegen pulsierend, lebendig, *wahrhaftig*. Es wäre ein Leichtes gewesen, das Haus der Tante noch einmal aufzusperren und nach den Spuren ihrer Anwesenheit zu suchen, doch etwas in Sonja sträubte sich dagegen. Wer weiß, ob sich tatsächlich Spuren fanden. Sie war von Natur ein sehr ordentlicher Mensch. Wenn sie aus dem Bett stieg, hatte sie es im nächsten Moment gemacht, wenn sie Geschirr benutzte, wusch sie es gleich ab. Wahrscheinlich gab es keine Spuren. Bestimmt nicht. Sie wollte es nicht wissen. Sonja stand auf und verließ die Siedlung mit dem seltsamen Gefühl, dass sie nie wieder hierher zurückkehren würde. Im Vorübergehen warf sie einen Blick zum Häuschen der Tante. Es sah aus wie alle anderen. Unbewohnt, in sich zurückgezogen. Sie hatte es verstanden, ihre Anwesenheit geheim zu halten. Vielleicht *wollte* sie sich verbergen? Nach Kopfverletzungen treiben Menschen die seltsamsten Dinge.

Der Traum: Wald. Wunderbarer Wald. Lockerer, lichter, luftiger, laubreicher, welliger Wald. Wunsch- und Zauberwald. Die Andere Welt war die Welt des Waldes und der Lichtungen, die Welt der Blumen und Bäche und moosbedeckten Felsen. Die Welt der im Himmel kreisenden Bussarde, die von hoch oben viele Welten überschauen. Kein Mensch kann sagen, was sie sehen. Kein Mensch kann für alle sprechen. Nicht für alle Menschen, schon gar nicht für die Bussarde.

Ehrwürdige, alte Bäume. Bäume, die merkwürdige Namen tragen. Birken, die Airos oder Fleinsta heißen, Ahorne, die auf Ekkel und Maruta hören, Erlen, die sich dem Klang von Kandire und Banene neigen. Bäume, die diese Namen in Ehren hielten, lange bevor der erste Mensch die Andere Welt betrat. Devva erzählt Geschichten aus vergessenen Zeiten. Geschichten von Bäumen und Bäumen, Geschichten von Bäumen und Tieren, Geschichten von Bäumen und Menschen. Dann erzählt sie von Menschen. „Es gibt sieben Arten zu sehen, zu hören, zu riechen, zu schmecken. Jeder Mensch kennt nur eine davon. Es ist die einzige, die er sich vorstellen kann, die anderen erschrecken ihn. Daher rühren Argwohn und Angst. Bäume sprechen eine einzige Sprache."

Sie wandern schattige und besonnte Wege entlang, die sich durch Wälder, Wiesen und Hügel winden, Bäche ein Stück begleiten, sie auf großen Steinen queren, Felsformationen umgehen, Steilstufen mit wenigen, ausgesuchten Tritten überwinden. Der Wind ist lau und angenehm, das Licht von gläserner Klarheit, die in seltsamen Kontrast zu der verträumten Landschaft steht. Rehe weichen einige Schritte zurück, wenn sie vorüberkommen, bleiben dann aber stehen, um die jungen Frauen zu beobachten. Die Luft ist erfüllt von den Liedern zahlloser Vögel und dem Gesumm dicker Hummeln. Der Wald duftet nach Hölzern und Harz und Blüten. Das bloße Atemholen bereitet Freude. Devvas Rede plätschert wie ein Wiesenbach, Sonja sagt nicht viel. Tiefe

Zufriedenheit mit dieser Welt hat von ihr Besitz ergriffen. Ihre anfängliche Neugier ist verflogen.

„Diese Gegend muss weit weg sein von zu Hause", sagt sie einmal und erhält die Antwort: „Weiter als du dir vorstellen kannst. Zugleich so nahe wie ein Jedes sich selbst."

Devva sagt häufig Dinge, die Sonja ziemlich rätselhaft erscheinen. Sie macht sich kaum Gedanken darüber. Sowenig wie über ihre Lage. Nur einmal fragt sie: „Weshalb bin ich hier?" Die Antwort: „Du warst in großer Gefahr."

Doch im Traum verliert vieles an Gewicht, Unbedeutendes wird bedeutend und umgekehrt.

Kann es einen Traum geben, der so gestochen scharf, unverrückbar und wahr ist? Kann es eine Andere Welt geben? Sonja ging schnell und leichtfüßig. Sie betrachtete die Vegetation und versuchte abzuschätzen, wie viel Zeit sie in der Bergsiedlung oder in ihrem Traum verbracht haben mochte. Zwei Wochen, einen Monat? Aber es könnten auch viele Jahre sein. Ein Frühling in vielen Jahren. Sie musterte ihr Spiegelbild in einem Tümpel. Keine vielen Jahre. Doch nur Wochen. Die Eltern würden sich schreckliche Sorgen machen. Sie hatte an sie gedacht. Nicht in der Siedlung. Die Siedlung war wie weggelöscht. Im Traum.

„Meine Mutter wird sich Sorgen machen."

Devva überlegte. „Schreib eine Nachricht", entschied sie. „Ich werde sie überbringen."

„Ich habe nichts zu schreiben."

Devva schnitt ein Stück von ihrem weißen Umhang.

„Nimm das. Hier ist Kohle."

Sie reicht Sonja den Stoff und ein Stück Holzkohle, die sie vom Boden aufliest. Es ist schwierig mit diesen Materialien eine lesbare Notiz zustande zu bringen, gelingt aber doch. Devva nahm die Botschaft und sagte: „Raste dich aus. Ich komme bald zurück."

Sie lief durch das Unterholz neben dem Weg und war nach wenigen Momenten aus Sonjas Sicht verschwunden.

Sonja erinnerte sich an jedes Wort, das sie wechselten, an jeden Schritt, den sie tat. Das geschieht wirklich nur im Traum. Kein waches Gedächtnis ist jemals so aufmerksam und stark. Je näher sie dem Dorf kam, desto langsamer wurde sie. Ohne dafür einen Grund nennen zu können, fasste sie den Entschluss, ihren Traum nicht preiszugeben. Sie würde vom Leben in der Siedlung erzählen, vom Verlust ihrer Identität. Sie erkannte die Lichtung neben dem Weg. Sie erkannte jetzt alles und setzte sich auf einen Baumstumpf. Im oberen Drittel der Lichtung waren etliche Haselnusssträucher und wilde Rosen den Kettensägen entgangen, ein dicht belaubtes Bollwerk, fast undurchdringlich wegen der meterlangen Dornenranken. Dort hatten Rüdiger und sie sich ihr Sommernest gebaut, mit einem gut getarnten Eingang, etwas Laub und sehr viel Himmel über sich. Wenn sie einen Hubschrauber hörten, rührten sie sich nicht. Rüdiger sagte, dass man von einem Hubschrauber aus jede Bewegung am Boden sieht. Sie dachte an Rüdiger und fühlte sich wohl. Was immer mit ihr geschehen war, es hatte sie verändert. Die Tränenbirke fiel ihr ein.

Eine Lichtung im lockeren Wald. Inmitten der Lichtung die höchste Birke, die sie je gesehen hatte. Noch am kleinsten ihrer herabhängenden Zweige hängt ein Tautropfen, der in allen Farben des Regenbogens blinkt. Der Baum funkelt wie ein riesiges Juwel, nur viel beeindruckender, weil er durch sein Alter und seine Größe Erhabenheit und Würde ausstrahlt. Devva freute sich über die Empfindungen, die sich auf dem Gesicht ihrer Gefährtin spiegelten.

„Die Tränenbirke", erklärte sie. „Das Wunder der Anderen Welt. Jede Träne birgt eine eigene Geschichte vom Ursprung bis zum Ende, das wieder Ursprung ist. Jede Geschichte ist eine Welt für sich. Wenn der Wind die Tropfen abstreift, entstehen neue, noch klarere. Sie verwandeln Licht in alle Farben, die du dir wünschst."

Wald, noch mehr Wald. Sie hat nie Hunger, das Wasser genügt.

„Du musst lernen, nichts zu begehren. Du darfst dein Leben nicht als eine Reihe von Erfolgen und Misserfolgen betrachten. Das Leben ist kein Etappenrennen, das Tag für Tag neu gestartet wird. Erst wenn du frei von Ehrgeiz bist, beginnst du zu leben. Dann wirst du zahlreiche Tätigkeiten entfalten. Aus Freude an dem, was du tust, nicht um etwas zu erreichen. Das ist der erste Schritt."

„Das ist seltsam", sagte Sonja. „Es passt nicht zu mir."

„Du hast recht", lachte Devva. „Aber du wirst oft daran denken."

Die einzige Missstimmung im Traum. Sonja schob ihn beiseite, sie hatte sich alles zurechtgelegt. Nur noch eine Viertelstunde, zehn Minuten. Erneut verblasste die Andere Welt. Sogar Devva verblasste. Sonjas Ruhe hielt dem Ansturm der Erinnerungen nicht länger stand. Sie war sechzehn. Als ihr Elternhaus am Waldrand auftauchte, begann sie zu laufen.

72

Um den großen Tisch saßen die nächsten Anverwandten,
Magd und Knecht. Die Kinder hatten sie hinausgeschickt.
Mattes Platz blieb leer. Seine Frau hatte eine Kerze
angezündet und den Gekreuzigten danebengelegt. Sie ging
ganz in Schwarz, die Schwiegertöchter ebenso, die Männer
trugen eine Trauerbinde um den Arm. Sie hatten sich ohne
eigentlichen Anlass zusammengefunden, folgten einem
Drang, den sie nicht benennen konnten. Frau und Kinder hatte
der Alte mit dem Pflichtteil in Geld bedacht. Der wurde vom
Einheitswert berechnet, einem Bruchteil des wahren Wertes.
Frühere Schenkungen, etwa an die Töchter, hatte er
abgezogen. Es war ein Schock, der ihnen tief in den Knochen
saß. Er hatte aber auch Vermächtnisse hinterlassen. Vereinen,
Freunden, dem Pfarrer - und den Mitgliedern seines
Haushalts.

„Bestimmt hat er sich schiefgelacht", sagte die ältere
Schwiegertochter, die korpulente mit den breiten Hüften. „Mir
seine alte Reithose schenken."

„Ich krieg seine Wollsocken", sagte die Magd. Wenn Matte in
der Nacht in ihre Kammer ging, hatte er sich immer über ihre
kalten Füße geärgert. Das sagte sie nicht. Brauchte sie nicht
sagen.

„Eine ausgebrannte Pfeife", brummte der Knecht. „Wenn das
gehen tät, hätt' er mir seine Spucke hinterlassen." Ein
Schimmer von Genugtuung huschte über sein Gesicht. „Aber
ich leb' noch, er nicht."

„Ich bekomme die Jagdsachen", sagte der ältere Sohn. „Nur
gehen alle guten Gewehre an seine Freunde. Übrig bleibt das
Putzzeug und zwei rostige Fallen."

„Dann hast du Glück", meinte sein Bruder mit einem Anflug
von Galgenhumor. „Ich war ihm nur eine Uhr ohne Glas und
Zeiger wert. Wahrscheinlich heißt das, dass ich auch zum
Wegschmeißen bin."

Die jüngere Schwiegertochter sagte leise: „Für mich ist ihm ein alter Maulkorb eingefallen. Aber ich nehm ihn nicht. Ich hab den Notar gefragt. Man muss nichts nehmen."
Bis jetzt hatten alle mit einer seltsam sachlichen Ruhe gesprochen. Die alte Bäuerin schluchzte jedoch auf, als die Reihe an sie kam.
„Fast fünfzig Jahre waren wir verheiratet. Über die fünfzig Jahre red' ich nicht. Aber jetzt hat er gewusst, dass ich kaum noch gehen kann vor Schmerzen und vermacht mir seine Bergschuh'. Das hat er von mir gehalten, die ganze Zeit."
Der Sohn, der neben ihr saß, versuchte einen Arm um ihre Schulter zu legen, aber sie stieß ihn weg. Mit Gewalt schlug sie auf die brennende Kerze und warf sie zu Boden. Das Kruzifix drehte sie um. Alle saßen wie erstarrt, saßen, als erwarteten sie das unvermeidliche Donnerwetter des Alten.
Die dicke Schwiegertochter regte sich als erste. Sie stand auf, holte zwei Flaschen Sekt aus dem Eiskasten, verteilte Gläser, öffnete eine Flasche und hob ihr Glas.
„Mit seiner Reithose kann er mich jetzt auch nicht mehr ärgern. Den Sekt spendier ich euch. Soviel hab ich mir zusammengespart. Prost."
Sie zögerten, die Magd am längsten, - Sekt für die Magd! - dann tranken sie in seltener Einigkeit. Es war wie ein Ausatmen von Menschen, die jahrelang die Luft angehalten hatten.
Der kleine Johann, Enkel des alten Matte, war unterdessen damit beschäftigt, Ameisen zu quälen. Er fing einige und warf sie in einen flachen Glasdeckel, dessen Ränder er mit Öl bestrichen hatte. Die Ameisen mochten das Öl nicht. Sie liefen in ihrem runden Gefängnis hin und her. Johann kniete daneben, eine Lupe in der Hand. Es war nicht einfach, die Tiere mit dem kleinen, heißen Punkt zu verfolgen, den die Lupe aus der Sonne machte. Johann war geschickt. Er hatte eine ruhige Hand. Wenn eine Ameise die Hitze auf ihrem Panzer fühlte, geriet sie in Panik und lief schneller. Erbarmungslos heftete er das Strahlenbündel auf sie, bis das

Insekt sich krümmte und erstarrte, während eine dünne
Rauchsäule aufstieg. Immer, wenn es soweit war, huschte ein
schwaches Lächeln über Johanns Gesicht. Am liebsten
mochte er die kleinen roten. Die konnten wirklich wild
werden und waren kaum zu treffen. Die großen Waldameisen
starben schwerer. Das hatte auch seinen Reiz. Er versuchte,
sie möglichst langsam zu erhitzen. Man konnte dünne,
schwarze Löcher in ihren Unterleib brennen, während sie sich
mit wild rudernden Fühlern und verzweifelt ins Leere
schnappenden Zangen weiterschleppten, vergeblich die
Sicherheit suchend oder zumindest das Ende der Martern.
Sein Vater und sein Onkel, seine Mutter und seine Tante, sein
Bruder und die Vettern behandelten ihn ganz anders, seit der
Großvater ihn als Haupterben eingesetzt hatte. Er hatte das
Testament wenige Tage vor seinem Tod geschrieben. Drei
gleichlautende Exemplare. Zwei davon hatte er Freunden
gegeben. Er hatte eben niemandem getraut. Johanns Vater
sollte das Sagen haben, bis er großjährig war. Elf Jahre noch,
dann war *er* der Herr auf dem Hof. Johann begriff genau, was
das hieß. Er machte jetzt schon kleine, kluge, böse Pläne für
die Zukunft. Aber vorerst galt seine ganze Liebe noch dem
Spiel mit Ameisen und Fröschen, mit Mäusen und anderen
Tieren. Nur als Embryo eines Gedankens lag tief in seinem
Inneren die Idee vom gleichen Spiel mit Menschen. Niemand
wusste davon. Niemand konnte vorhersagen, ob dieser
Embryo sich entwickeln würde. Es ist immer auch eine Reihe
von Zufällen, Situationen und Gelegenheiten, die über solche
Entwicklungen entscheidet. Kaum jemand macht sich klar,
dass es in jedem Leben Augenblicke gibt, da wir dem
Abgrund nur um Haaresbreite entgehen. Diejenigen, denen es
bewusst wird, lässt der Gedanke daran noch Jahrzehnte später
schauern. Oft ist es nur ein Wort, das man sagt oder nicht sagt,
eine Bewegung die getan oder unterlassen wird. Im
Nachhinein erkennt man erst, *wie* schwankend die
Entscheidung war, wie nah die Katastrophe. Aber nichts von
dem empfand Mattes Enkel, während er mit der Lupe kleine

Lebewesen zu Tode quälte. Er empfand lediglich dumpfe Zufriedenheit über die Macht, die in seinen Händen lag. Wenn ihn einer danach gefragt hätte, hätte er nur mürrisch die Schultern gehoben. Ohne Verlegenheit, ohne schlechtes Gewissen. Er tat es einfach, wozu darüber reden?

Rüdiger schwebte im siebten Himmel.

„Du hast wirklich drei Wochen wie Robinson gelebt, ohne zu wissen wer du bist?"

Sonja nickte.

„Und die Nachricht? Deine Mutter hat sie mir gezeigt."

„Ich kann mich nicht erinnern", sagte das Mädchen. „Ich muss sie selbst überbracht haben."

Rüdiger schüttelte ungläubig den Kopf.

„Es ist phantastisch, aber bestimmt wird es so gewesen sein. Plötzlich findet sich für alles eine einfache Erklärung." Er lachte. „Fast ein bisschen schade."

Sonja lachte mit.

Auch Padoponos war von Sonjas Rückkehr fasziniert. Jede Nacht hatte er Teile seiner Vision in seinen Träumen wiederentdeckt. Da war eine Struktur. Erkennbar, aber nicht verstehbar. Sonjas Rückkehr passte hinein. Angst, Hass, Hoffnung, Vertrauen, Liebe. Eine Struktur in einer größeren, in einer noch größeren. Keine russische Puppe jedoch. Umstülpbar. Jede in jeder. Das Kleine im Großen, das Große im Kleinen. Eine Vorstellung von einer Welt, die sich allen Erklärungsversuchen entzieht.

Er war immer mehr Menschen zugleich. Ganze Generationenfolgen drängten sich in ihm. Er war sein Vater und seine Mutter, die er kaum gekannt hatte, er war Tanten und Onkels, Vettern und Kusinen, Nachbarn und Kollegen, Lebende und Tote. Alle mischten sich ein, alle wollten das Kommando an sich reißen. Nur 'es' bewahrte den Überblick und rettete ihn vor dem Untergang in diesem Meer heran flutender Persönlichkeiten. 'Es' löschte sie aus, eine nach der anderen, gnadenlos. Endlich war er wieder allein. 'Es' war also nicht sein Feind, sondern ein treuer Verbündeter. Wie seltsam verblendet er gewesen war, dass er ausgerechnet den einzigen Verbündeten gefürchtet hatte. 'Es' machte ihm klar, dass er kämpfen musste, um zu überleben. Er musste seine Feinde auslöschen, so wie 'es' sie auslöschte. Auch die Gesichter und Stimmen von Wänden und Decken hatten sich gegen ihn gerichtet. Doch diesmal würde er nicht zurückzucken, diesmal würde er kämpfen. Er nahm ein Messer und begann auf sie einzustechen. Eine Viertelstunde, eine halbe Stunde. Die Tapeten hingen in Fetzen, große und kleine Putzbrocken bedeckten den Boden. Harte, schweißtreibende Arbeit war das. Und sie misslang. Anstelle der alten, schwachen Gesichter, bildeten sich neue, gröbere, ausgeprägtere, feindselige. Ihm wurde bewusst, dass er so nicht weiterkam. Er musste das Gesicht hinter den Gesichtern treffen, die Schlange hinter den Schlangen, das Auge hinter den Augen. Wie ein verlorener Schatten strich er durch seine zerstörte Wohnung, das Messer in der Faust, ständig angriffsbereit. Dann bekam er Hunger. Wann hatte er zuletzt gegessen? Am Abend? Gestern? Vorgestern? Er nahm Brot aus der Lade und sah, dass es völlig verschimmelt war. Sie hatten ihm schimmliges Brot verkauft! Nicht einmal davor schreckten sie zurück. Er öffnete den Kühlschrank und roch die Wurst. Sie war verdorben. Alles verdorben und verschimmelt und in Verwesung begriffen. Bis in den Schlaf verfolgten sie ihn. Bis ins eigene Haus, bis ins Bett und jetzt auch bis in die Küche. Die Erkenntnis, dass sie ihm sogar den Bissen Brot verwehrten, den er brauchte, um nicht zu verhungern, versetzte ihm einen furchtbaren Schlag. Tränen quollen aus seinen Augen, die Augen verwandelten sich zu Wunden, zu unstillbaren Blutungen, zu ewigen Blutungen, die fortdauerten, auch als kein Tropfen Flüssigkeit mehr in ihm war.

Stundenlang saß er trostlos auf dem Boden. Dann änderte sich allmählich sein Blick. Vier Uhr. Er hatte eine Verabredung, die letzte Verabredung. Er würde die Schlange hinter den Schlangen treffen. Kraftvoll schnellte er hoch und ging in den Keller. Da stand die Wiege. Im Boden steckte noch der Dorn. Er zog ihn heraus und feilte ein allerletztes Mal die Spitze. Er legte den Dorn in die Wiege und nahm die Wiege unter den Arm. Die Schlange hinter den Schlangen erwartete ihn.

75

Der Doktor hatte Maria tatsächlich kaum wahrgenommen.
Jetzt machte er sich Vorwürfe deswegen. Ja, sie interessierte
ihn. Seit er ins Dorf gekommen war, lebte er ohne feste
Beziehung. Er hatte nicht danach gesucht. Nun ...
Aber seine Gedanken blieben nicht bei ihr. Unablässig
kreisten sie um die sechs Namen auf der Liste. Was würden
die Beamten nach dem jüngsten Mord mit den Leuten
anstellen? Mindestens fünf waren unschuldig. Aber würden
sie nicht alle als Freiwild behandeln? Er hatte sie ausgeliefert.
Nicht, dass er den Oberst für unfähig hielt, doch sein
Vertrauen in die Diskretion und Behutsamkeit von Polizisten
war gering. Wenn sich diese Polizisten noch dazu auf
Mörderjagd befanden, ihrerseits gejagt von der Presse, dann
blieb wohl vieles auf der Strecke, was sie sonst vielleicht
beachteten. Zudem hatten sie nicht viel Erfahrung. Nicht
einmal die erfahrensten. Morde sind selten in diesem Land.
Und bei einem Großteil der wenigen stellt sich der Täter
selbst. Er hätte die Namen nicht preisgeben dürfen.
Terrazzo kehrte in die Ordination zurück und wartete auf den
Anruf des Obersten. Doch der meldete sich nicht. Was er von
ihm wollte, hatte er ja bekommen. Lustlos blätterte er in
Fachzeitschriften, las hier und da einen Artikel, ohne bei der
Sache zu sein. Die Minuten verrannen langsam und er schalt
sich einen Narren, weil er seine Hausbesuche verschoben
hatte. Er sah die Post durch. Eine Tätigkeit, die er sonst für
den Abend aufsparte. Ein Brief von einer großen Tageszeitung
fiel ihm auf. Einige Reporter hatten schon versucht, ihn zu
interviewen. Sie stellten ähnliche Überlegungen an wie der
Oberst. Gegenüber der Presse hatte er sich natürlich bedeckt
gehalten. Er war gespannt, ob sie ihn nun auf eine andere Art
ködern wollten. Vielleicht mit einer eigenen Spalte. 'Mit den
Augen des Arztes' oder so ähnlich. Gut honoriert, versteht
sich. Solange genügend Spannung in der Geschichte steckt. Er
verzog das Gesicht und riss das Kuvert auf. Es enthielt ein

zweites Kuvert und ein Begleitschreiben. Er las zunächst das Begleitschreiben.

'Sehr geehrter Dr. Terrazzo!

Beiliegender Brief war an unsere Kummer-Ecke adressiert, die von mir betreut wird. Ich bin nicht sicher, ob es sich dabei nur um einen skurrilen Scherz handelt oder ob doch mehr dahinter steckt. Falls der Schreiber, wie er betont, wirklich Ihr Patient ist, dachte ich, Sie sollten von seinen Sorgen erfahren. Ohne Zweifel können Sie ihm besser helfen als wir.

Darunter standen eine unleserliche Unterschrift und ein verschmierter Stempel.

Der Arzt öffnete das zweite Kuvert und entnahm ihm einen von Hand beschriebenen Bogen. Auf den ersten Blick fiel das Schriftbild auf. Kleine, aneinander gezwängte Buchstaben, Wörter und Zeilen wechselten mit großzügigen Passagen, in denen ein einziges längeres Wort die gesamte Breite des Papiers beanspruchte. Es gab zahlreiche Unterstreichungen und großgeschriebene Wörter. Wenn der Brief von einem Erstklässler stammte, wäre er zum Einrahmen gewesen. Offenkundig stammte er jedoch von einem Erwachsenen. Terrazzo begann zu lesen.

'Sehr geehrter Herr Chefredakteur des Täglichen Blattes!

Als treuer Leser Ihrer Publikation vermerke ich mit Bedauern, dass sich immer häufiger Fehler in Ihre Zeitung einschleichen, die die Lektüre derselben sehr beeinträchtigen sowie angetan sind, große Verwirrung zu stiften. Ich möchte vorausschicken, dass wir ein kleines Dorf sind, mit wenigen Lesern und daher vielleicht wenig interessant für Sie, aber gebe zu bedenken, dass auch eine große Auflage aus vielen kleinen Käufern besteht, die ein Recht haben, für ihr Geld

richtig informiert zu werden. Auch lebt ein praktischer Arzt in unserer Mitte, der einen großen Sprengel zu betreuen hat und den Sie in ernste Ungelegenheiten stürzen können mit jedem falschen Datum (Geburten!). Dabei wäre es so einfach, wenn Sie nur bereit sind, ein Fernsehgerät anzuschaffen. Es genügt auch ein kleiner Portable, sogar in Schwarzweiß. Das ist eine Summe, die für Sie wirklich nicht ins Gewicht fallen sollte, speziell wenn Sie damit die Qualität steigern und viele Ihrer treuen Kunden nicht mehr verärgern brauchen. Schaffen Sie sich so ein Fernsehgerät an, auch wenn Konkurrenz zwischen den Medien herrscht. Man muss auch unter Konkurrenten anerkennen, wenn der andere etwas besser zustande bringt und von ihm lernen. Sie werden auf jeden Fall nur profitieren. Leider weiß ich nicht, zu welcher Tageszeit das Tägliche Blatt gedruckt wird, aber auch wenn es außerhalb der Frühnachrichten ist, macht das nichts. Es genügt ja eine schriftliche Notiz für den Herrn, der für das Datum zuständig ist. Das Datum in den Frühnachrichten stimmt immer!!
Ich hätte mich nicht an Sie gewandt, wenn es nur einmal vorgekommen wäre. Ein Fehler passiert jedem und obwohl ich deshalb an einem Sonntag zur Arbeit gefahren bin, bin ich darüber nicht böse. Aber jetzt kommt es schon mehrere Male vor, dass ich eine Zeitung zur Hand nehme, auf der ein ganz anderer Tag steht, als heute wirklich ist. Nämlich Samstag. Trotzdem steht sogar auf Ihrer Titelseite Donnerstag. Das war aber, als ich Dr. Terrazzo konsultiert habe, der ein sehr guter Arzt ist. Sie begreifen sicher, wie unangenehm es wäre, wenn ich mich einfach auf Ihren Donnerstag verlassen würde. Ein Leser soll sich jedoch auf seine Zeitung verlassen können. Deshalb gebe ich Ihnen gerne den kleinen Tipp mit den Frühnachrichten, weil es wirklich kein großer Aufwand und bis jetzt nie ein Fehler unterlaufen ist. Es würde mich sehr freuen, wenn ich auf diese Weise etwas zu Ihrem weiteren Erfolg beitragen kann und verbleibe hochachtungsvoll

Ihr Hannes Müller

*P.S.: Ich will für meinen Rat keinerlei Gegenleistung, auch
keinen Dank. Es ist wirklich nur eine Kleinigkeit, die mich
nichts kostet, außer Papier, Umschlag und Marke, und die uns
allen nützen wird. Ich möchte auch nicht veröffentlicht
werden!*

Terrazzo las das seltsame Schreiben noch ein zweites Mal.
Wenn er recht verstand, nahm Müller irgendeine alte Zeitung
zur Hand und beschwerte sich, dass das Datum nicht mit dem
aktuellen Tag übereinstimmte. Das deutete auf eine starke
Desorientierung hin. Schade, dass er den Brief nicht schon in
der Früh gelesen hatte. Sein Patient wäre um ein ernstes
Gespräch nicht herumgekommen. Er erinnerte sich an das
Rezept für eine Wundsalbe. Maria hatte während des Essens
eine Bemerkung darüber gemacht. Irgendwas übers Angeln.
Müller angelte also. Das einzige Fischwasser weit und breit
war der Fluss. Am Fluss hatten sie Robby gefunden. Er
musste herauskriegen, wann Müller zum Angeln gegangen
war. Noch etwas hatte Maria erwähnt. Er verfluchte seine
Unaufmerksamkeit. Etwas übers Schnitzen. Müller angelte
und schnitzte. Das war nichts Besonderes. Wieder dachte er
an Robby, an seine abgehauenen Läufe und das rohe Zeichen,
das sie bildeten. Es konnte ein M gewesen sein. M wie
Müller, M wie Mord ...
Plötzlich hörte er ihre Stimme. „Eine Wiege. Er will sie mir
heute zeigen."
Eiskalt lief es ihm über den Rücken. M wie Maria!

76

Hannes trug die Wiege unterm Arm und stellte sie auf den Küchentisch. Maria überlegte, die Balken zu öffnen, begnügte sich aber damit, das Licht einzuschalten. So lange würde er nicht bleiben und wenn sie sie in einer halben Stunde wieder schloss, käme sie sich lächerlich vor. Schließen würde sie die Balken. Das stand fest.

„Gefällt sie dir?", fragte er.

Es war eine sehr kurze Wiege. Viel zu kurz. Alle Flächen waren durchgehend mit Schnitzereien versehen. Sie trat näher. Zunächst erkannte sie kein Motiv, so wild verschlungen und bewegt waren die Muster. Dann sah sie die Schlangen. Schlangen mit Menschenköpfen, Köpfe mit Reißzähnen, verzerrte, entstellte Gesichter, Gliedmaßen ohne Zusammenhang, alles wirr und verwirrend und roh. Das Kribbeln im Rücken wurde zur Gänsehaut.

„Schön", sagte sie zögernd und wandte sich um. Er stand zwischen ihr und der Tür. Die Hände hielt er hinter dem Rücken. Er lächelte.

„Möchtest du was trinken?"

Er hörte sie nicht.

„Sie gefällt dir also?"

„Ja", sagte sie. Noch unsicher, aber in ihren Gefühlen doch schon sicher. Alle ihre Instinkte schlugen Alarm. Er schien sehr zufrieden.

„Das ist gut", bemerkte er. „Wir werden Kinder haben. Ich mag Kinder."

„Wie meinst du das?", fragte Maria. Sie hörte die aufkeimende Panik in ihrer Stimme und versuchte, sie zu unterdrücken.

„Ich weiß nicht genau", sagte er. Ohne Zweifel wusste er es wirklich nicht genau. Er verstellte sich nicht, er war vollkommen ehrlich. Er war auf eine Art ehrlich, die sie nie zuvor erlebt hatte. Auch die ehrlichsten unter den normalen Menschen wahren immer eine gewisse Distanz zu anderen und zu sich selbst, beobachten sich, haben Zwischenschichten und Abstufungen, Schutzzonen und Regulative. Hannes fehlte das alles. Sein Inneres lag bloß und nackt vor ihr. Unverhüllt und ausgesetzt und beängstigend wie ein lebendes, freiliegendes Organ. Ein pulsierendes Herz, ein Gehirn, dem die Schädelkappe fehlte. Sie sah ihn an und erkannte den violetten Schimmer um seine Augen. Farbiges Glas ...

Er sah sie. Er sah sie ganz genau. Sie war nicht klein. Wie er sich so hatte täuschen können. Er sah den sich wiegenden Körper, den Schlangenkopf auf Marias Körper, Marias Kopf auf dem Schlangenkörper. Wenn es noch eines Beweises bedurft hätte - aber er war völlig sicher gewesen - so lieferte ihn ihr Anblick. Wie gesagt, er war völlig sicher gewesen. Es gibt ein Wissen jenseits von Beweisen. Er musste die Schlange töten, um Maria zu erreichen. 'Es' begann leise zu trommeln. 'Es' saß in ihm und trommelte leise. 'Es' trommelte den Rhythmus, der so alt war, dass keiner sagen konnte, wie alt. Älter als ihre Städte jedenfalls, älter als ihre Kirchen, älter als die alten Bergwerke, die Ausgrabungen, die Höhlen, in denen verkohlte Knochen und Schädel von Bären lagen. Sie bewegte sich, hierhin, dorthin. Sie tanzte. Sie hörte auch den Rhythmus. Er tanzte mit ihr. In seiner Hand lag der Griff des Dorns. Er machte Figuren, Ausfallschritte, ließ das spitze Eisen in seiner Faust durch die Luft sausen. Sie entblößte ihre Zähne, sie lachte, sie mochte es. Seit wann haben Schlangen so viele Zähne?

Sie machte zwei, drei Schritte zur Seite, er ebenfalls. Immer noch stand er zwischen ihr und der Tür. Die Schlacht hatte noch nicht begonnen, aber der Krieg war erklärt. Jetzt zeigte er ihr, was er hinter dem Rücken verborgen gehalten hatte. Ein schmales Stemmeisen. Kein gewöhnliches Stemmeisen. Ein grob zu einem Spitz umgeschliffenes Stemmeisen. Marias Bewusstsein war wie ein Schacht. Dutzende Gedanken fielen hinein. 'Er ist es. Wieso hab ich die Balken nicht aufgemacht? Da sind so viele Polizisten. Ich muss zur Tür. Ich werde

schreien. Warum kommt keiner? Ich muss mich wehren. Mit
ihm reden. Aber was reden? Er ist irr!'
Und im Zentrum des Zyklons das Wissen: '*Er will mich
umbringen!*'
Noch war er nicht näher gekommen. Maria schrie. Mit einem
Sprung brachte sie den Küchentisch zwischen sich und ihn.
Sie schob den Tisch vor. Er lächelte noch immer. Er begann
mit seinem Stemmeisen Kreise in die Luft zu zeichnen,
zuzustoßen. Jetzt kam er näher, so langsam, als hätte er alle
Zeit der Welt. Wahrscheinlich hatte er sie. Die Balken
geschlossen, die Küche nach hinten hinaus - trotzdem schrie
sie. Er kam näher. Sie benutzte den Tisch als Deckung. Sie
war jung und gelenkig. Die Angst lähmte sie nicht, sie machte
Maria schnell und kühn. Sie hielten den Tisch zwischen sich,
wie Kinder, die Fangen spielen. Rechts, links, Finte, vor,
zurück. Er war völlig wahnsinnig, aber den Weg zur Tür gab
er keinen Augenblick frei. Sie hoffte, er würde auf den Tisch
springen. Sie hätte ihn umgeworfen oder wäre drunter durch
geschlüpft. Aber er sprang nicht, er machte keinen
entscheidenden Angriff, er wartete auf irgendwas. Und
plötzlich sah sie ihre Chance. Sie standen gleich weit zur Tür
und seinen Weg behinderte ein Sessel. Maria schrie erneut,
machte einen Satz, einen zweiten, den dritten - da traf sie der
Sessel. Jetzt wusste sie, worauf er gewartet hatte. Er war
schlauer gewesen als sie. Sie stürzte und im nächsten Moment
war er über ihr. Nie hatte sie so violette Augen gesehen.
Er presste die Schlange mit seinem Gewicht zu Boden und
versuchte, ihr den Dorn zwischen die Augen zu stoßen. Es
waren seltsame Augen. Menschenaugen, Schlangenaugen. Sie
veränderten sich andauernd. Die Schlange hatte langes Haar.
Ihre Hände hielten sein Handgelenk umklammert und
drückten verzweifelt nach oben. Der schlanke Reptilienleib
wand sich unter ihm. Wie eine Frau. Es war lange her. Er
bekam eine Erektion, die seinen Ekel verdoppelte. Wieder
formte sich das Mädchenanlitz in die stumpfe, schuppige
Schnauze, der Kopf glättete sich und aus dem lippenlosen

Maul schnellte die gespaltene Zunge. Die Haare blieben. Er spürte die Kraft ihrer Arme erlahmen. Unaufhaltsam senkte sich der Dorn. Er spürte auch die verwirrenden Schenkel und steigerte seine Anstrengung.

77

Es gab im Dorf nicht viele Möglichkeiten, falsch einzubiegen.
Doch in seiner Aufregung erwischte Terrazzo die längere
Schleife des Hufeisens. Er drückte sich an einem Traktor
vorbei und hielt vor Marias Haus. Die Läden im Erdgeschoß
waren zu, die Tür geschlossen. Er hörte ein Poltern und
zögerte nicht länger. Die Tür war nur geschlossen, nicht
abgesperrt. Er hörte wieder etwas und rannte durch die Diele
auf das helle Türviereck zu. Er sah Maria und rannte einfach
gegen den Mann, der auf ihr lag und mit ihr rang. Der Mann,
der Sessel und Terrazzo fielen durch die halbe Küche, das
Stemmeisen schwirrte durch die Luft und ritzte bei der
Landung den Linoleumbelag. Der kleine Riss im Linoleum
prägte sich Maria tief ein. Es war dieses lächerlich harmlose
Bild des beschädigten Bodens, mit dem sie die Schrecken
dieser Tage ein Leben lang verbinden würde. Das dauerte
einen Sekundenbruchteil. Sie lebte. Sie stand auf. Sie dachte
'Er liebt mich'. Der Doktor kniete auf Hannes und würgte ihn,
obwohl sein Gegner sich nicht wehrte. Maria sah zu, dann
schüttelte sie den Arzt bis er losließ. Terrazzo stand auf, ganz
verwundert, und holte den Dorn.
„Ist dir was passiert?", fragte er.
„Nein", sagte Maria. „Dir?"
Er schüttelte den Kopf. Beide richteten ihre durcheinander
geratene Kleidung. Müller blieb auf dem Boden liegen und
sah sie an, stumm und harmlos wie ein Hund, der nicht
begreift, warum man ihm böse ist. Noch ehe ein weiteres
Wort gesprochen wurde, hörten sie die Sirenen.
Als der Oberst mit grimmigen Männern und grimmigen
Pistolen die Küche betrat, lag Müller immer noch auf dem
Boden. Terrazzo saß neben Maria auf der Küchenbank. Den
Arm hatte er um ihre Schultern gelegt.
Zwei Gendarmen rissen Müller hoch und legten ihm
Handschellen an.
„Er ist krank", sagte Terrazzo.

„Lasst ihn los", befahl der Oberst. Zu Müller: „Setzen Sie sich."

Der Gefangene gehorchte. Er zeigte weder Überraschung noch Furcht. Er bedachte alle Anwesenden mit freundlichen und höflichen Blicken, so als wäre er in eine Gesellschaft geraten, zu der er nicht gehörte, was er sich aber keinesfalls anmerken lassen wollte.

„Legen Sie ein Geständnis ab?", fragte der Oberst.

„Ja", sagte Müller liebenswürdig. „Gerne."

„Holt den Stenografen", verlangte der Kriminalbeamte. In den folgenden Minuten umriss Terrazzo kurz, was ihn gerade noch im rechten Moment hergeführt hatte. Mittlerweile schrieb der Stenograf mit.

„Wir haben es auch herausgefunden", sagte der Oberst. „Aber Sie sind schneller gewesen. Ein Glück." Er lächelte Maria an, die zurücklächelte. „Ihre Liste hat uns geholfen und verwirrt, Doktor. Zuerst dachten wir, Müller habe ein Alibi für den Mord an Martha Riement. Tatsächlich wurde er in der Früh im Straßenbaureferat gesehen und nahm gegen elf an einer Besprechung teil. In der Zwischenzeit vermuteten seine Kollegen ihn im Büro. Reichlich Gelegenheit für einen Abstecher."

„Ja", stimmte Müller unverbindlich zu.

„Sein Vater war Polizist - daher der Gummimantel. Sie trugen ihn, als Sie Grete Strutz töteten, nicht wahr?"

„Ich erinnere mich nicht genau. Wahrscheinlich haben Sie recht."

„Von Ihrem Vater könnte auch der Dolch stammen, mit dem Matthias Körner erstochen wurde."

„Davon weiß ich nichts. Ich bin allerdings ziemlich vergesslich in letzter Zeit."

Der Oberst warf Terrazzo einen fragenden Blick zu, der Arzt hob die Schultern. Er war kein Spezialist für Geisteskrankheiten. Es würde jedenfalls schwierig werden, zu einer verlässlichen Aussage zu kommen. Doch war das nicht sein Problem. Er hielt Maria immer noch im Arm.

„Wir haben erfahren, dass Sie sonntags zum Fluss gingen. Nachdem Sie eine Panne hatten und den Wagen zurücklassen mussten."

„Das stimmt", warf Maria ein. „Ich war dabei. Das Benzin ist ausgegangen."

„Ja. Sie haben großes Glück gehabt. Nachdem Sie ihm entwischt waren, tötete er das erstbeste Lebewesen, das ihm über den Weg lief."

„Robby", sagte Terrazzo.

Der Oberst nickte und wandte sich wieder Müller zu.

„Langsam ergab sich ein Muster. Gestern kam ein Beamter zu Ihnen. Sie waren nicht zu Hause oder gingen nicht an die Tür. Er hatte keinen Auftrag, gewaltsam einzudringen. Aber neben dem Schuppen lag ein Handbeil. Für solche Beile interessierten wir uns besonders. In der Umgebung des Hundes wurde keine Waffe gefunden."

„Armer Robby", sagte Müller. Das Bedauern in seiner Stimme war echt.

„Als wir den Befund vom Labor erhielten, zögerten wir nicht länger. Zu spät für den alten Herrn Körner, leider."

Unerwartet mischte sich Terrazzo ein. Er stellte seine Fragen ebenso freundlich wie bestimmt.

„Wo haben Sie die Leiche von Sonja Lassnig versteckt?"

Der Oberst machte ein überraschtes Gesicht und wollte etwas einwerfen, unterließ es aber auf einen Wink des Arztes.

Müller merkte es nicht. Ruhig antwortete er: „Ich weiß nicht."

„Wo haben Sie sie getötet? Wie?"

„Ich weiß es nicht." Er zögerte. „Ich war im Wald. Man hat mir gesagt, dass ich im Wald war. Mit einem Knüttel."

„Wer hat Ihnen das gesagt?"

„Ich weiß nicht."

„Vielleicht eine innere Stimme?"

„Vielleicht. Da waren so viele Gesichter, viele Stimmen."

„Haben die Stimmen Ihnen befohlen, zu töten?"

„Ich musste mich wehren. Jeder Mensch hat das Recht, sich zu wehren."

„Wogegen wehren?"

„Verrat", flüsterte Müller. „Strafe und Verrat."

„Sonja Lassnig, Grete Strutz, Martha Riement, Matthias Körner - die alle haben Sie verraten?"

„Ich weiß nicht. Ja. Ich glaube. Genau weiß ich es nicht. Die Schmerzen ..."

„Sie haben das Mädchen erschlagen?"

„Ich weiß nicht. Ich war im Wald, ja."

„Sie haben sie erschlagen?"

„Ich glaube. Ich kann mich nicht erinnern."

„Wo haben Sie die Leiche versteckt?"

„Ich weiß nicht."

Maria hatte zu zittern begonnen. Der Oberst wandte sich an Terrazzo.

„Ich verstehe, worauf Sie hinauswollen. Ist es möglich, dass er sich wirklich nicht erinnert?"

„Ich fürchte, es ist so. Vielleicht kann ein Psychiater mehr erreichen."

Müller sah die Beamten, den Doktor, Maria. Er hätte gern gewusst, was hier vorging. Er fühlte sich abgespannt und müde. Hatte er die Schlange besiegt? Er hätte gern von der Schlange erzählt, aber sie stellten so viele Fragen. Er wäre gern nach Hause gegangen, um zu schlafen. Die gefesselten Hände würden ihn kaum stören. Er sah Maria an und sagte: „Ich gehe dann wohl besser. Wusste nicht, dass du Besuch hast."

Ein Gendarm lachte auf.

„Es ist furchtbar", flüsterte Maria. Warum flüsterte sie? Sollte nur er es hören? Er lächelte. Er wollte etwas erwidern, ebenfalls flüsternd. In diesem Moment ließ 'es' ihn endgültig fallen. Die Leute, die ihn umstanden, merkten gar nichts davon. Nur Terrazzo sah die Veränderung in seinen Augen. Er dachte an langsam verlöschende Scheinwerfer, an einen Rückzug über die letzte Linie hinaus. Terra incognita. Gebiet ohne Wiederkehr. Niemand sollte je erfahren, dass 'es' eine Verbindung mit ihm gehabt hatte. Müllers Geist glitt durch immer engere Schleusen, die sich alle nur in eine Richtung öffneten. Alle Bewegung wurde unumkehrbar, ehe alle Bewegung endete. Er fand sich in vollkommenem Frieden und vollkommener Starre. Er öffnete ein neues Paar Augen und blickte auf eine grenzenlose, ebene Schneefläche, die in einem gleichförmig weißen Himmel aufging. Aber sein Blick war nicht auf eine reale Landschaft gerichtet, er schaute tief in fremdes Land. Zu fremd für Menschen.

Die Töne, die noch zu ihm drangen, waren rätselhaft wie ein kosmisches Gewitter. Langsam verklangen sie. Von nun an war alles so still, wie es sein sollte.

„Er wird schon noch reden", meinte einer der Beamten zuversichtlich.

„Das glaube ich nicht", widersprach Terrazzo leise. „Kann sein, ich irre mich, aber möglicherweise haben wir gerade ein Sterben erlebt, das nicht mit dem Tod endet. Der Tod wird später folgen."

Die Beamten betrachteten ihn verständnislos.

„Sie meinen, er ist endgültig weggetreten?", fragte der Oberst.

„Na, wir werden sehen."

Er gab seinen Leuten einen Wink. Sie nahmen Müller in die Mitte und führten ihn ab. Waffe und Wiege waren schon zuvor entfernt worden. Nur der Riss im Linoleum blieb. Der Oberst schüttelte dem Arzt die Hand und sagte augenzwinkernd: „Sie sind ein Held, Doktor. Sie haben ein Leben gerettet. Lassen Sie sich bewundern."

Er verabschiedete sich von Maria und folgte seinen Untergebenen. Er ging elastischer als gewöhnlich. Immerhin hatte er einen verrückten Mörder gefasst. Warum sich nicht selbst ein wenig bewundern lassen?

Maria schüttelte sich.

„Es war schrecklich, aber es ging so schnell. Ein paar Sekunden später ..."

„Ja", sagte Terrazzo.

Sie standen da und sahen sich unschlüssig an.

„Möchtest du was trinken?", fragte sie. „Ich hab'
Marillenlikör in meinem Zimmer. Selbst gemacht."
„Gerne", sagte er. Er verabscheute Liköre.
„Oben ist es auch gemütlicher."
Sie war rot geworden und tastete nach seiner Hand. Hand in
Hand gingen sie zur Haustür, um sie abzuschließen, und dann
die Treppe hinauf. Sie schenkte zwei Gläser voll und nahm
die Brille ab. Wahrscheinlich war die Fassung doch zu streng.
Seine klaren Konturen wurden zu weichen Umrissen, aber als
er sie küsste, schloss sie ohnehin die Augen. Zitternde Finger
lösten zwei Spangen und das Kleid glitt von ihren Schultern
wie eine müde gewordene Welle, die sich am Ufer nicht mehr
halten mag.
Später lagen sie nebeneinander, dicht an dicht, fühlten die
Wärme ihrer Körper und die Glätte ihrer Haut. Er war
seltsamer Stimmung. Erregt, glücklich, bitter, sarkastisch. Ein
Stimmungscocktail, nicht unbedingt bekömmlich.
„Du weißt nichts von mir", sagte er. Dann schwieg er
minutenlang, um plötzlich aufzulachen.
„Ich bin ein Held. Ein Provinzheld. Es sieht ganz so aus, als
sollte ich mit jedem Tag fester hier kleben bleiben. Wie eine
Fliege am Fliegenfänger."
„Was redest du da?", fragte Maria.
„Vom Klebenbleiben rede ich. Vom Sesshaftwerden. Hier."
„Da ist doch deine Praxis", sagte sie. „Du bist doch freiwillig
gekommen."
„Ja, meine Praxis. Nicht ganz freiwillig. Nicht so sehr
freiwillig."
Sie stützte sich auf und betrachtete ihn. Er hatte die Augen
geschlossen, seine Mundwinkel waren ironisch nach oben
gezogen. Aber er machte keinen Spaß. Er meinte es ernst.
„Erkläre mir das", bat sie.
„Warum nicht? Viel zu erklären gibt es nicht. Ich hatte gute
Aussichten auf eine akademische Karriere. Du weißt schon:
Assistent, Facharzt, Dozent, irgendwann Primarius, Professor.
Eine spießige, dünkelhafte Karriere mit einigen

nebensächlichen Annehmlichkeiten. Annehmlichkeiten wie gesellschaftliches Ansehen, Forschungstätigkeit und natürlich eine solide Privatpraxis, um den Rahm abzuschöpfen. Um den Rahm abzuschöpfen, brauchst du eine günstige Position. Es funktioniert nicht, wenn der Milchtopf im dritten Stock steht und du im Keller hockst. Der Topf steht immer oben."

„Und was ...?"

„Geduld, mein Liebling. Ich befand mich also in einer günstigen Startposition, gut austrainiert und all das, du verstehst schon. Mein Professor mochte mich. Er traute mir viel zu. Ich lag gut im Rennen, bis ich auf die Bananenschale trat. Das Dumme daran war, dass ich sie selbst auf die Bahn geworfen hatte. Plumps, lag ich nicht mehr gut im Rennen, sondern auf der Nase."

„Was heißt das?", fragte Maria ärgerlich. „Kannst du nicht normal erzählen?"

„So fällt es mir leichter. Die Bananenschale war eine große Dummheit, zurückzuführen auf meine eigene Vertrauensseligkeit. Sie hätte mich auch vor Gericht bringen können. Der Professor war enttäuscht, hielt aber immer noch zu mir. Er vertuschte die leidige Angelegenheit und gab mir Bewährungsfrist. Exil auf Zeit, Erfahrungsgewinn. Eine Praxis auf dem Lande."

„Bedeutet das, du willst weg?"

Marias private Pläne gerieten ins Rutschen.

„Das war so gedacht, aber mittlerweile hat sich eine Änderung ergeben."

„Welche?", fragte sie atemlos.

„Der zweite Infarkt des Professors", erwiderte er trocken. „Ab sofort ist er Privatmann. Das Institut hat einen provisorischen Nachfolger, der mich nicht leiden kann. Das beruht übrigens auf Gegenseitigkeit. Jedenfalls hat er ganz andere Absichten, als mir zu einem Comeback zu verhelfen. Das Rennen ist endgültig gelaufen."

„Du bleibst hier?"

„Fürs erste, ja."

„Herrlich", stöhnte sie und bemühte sich, seinen Entschluss zu festigen.

Später lagen sie wieder nebeneinander.

„Was für eine Bananenschale war das?"

„Hm? Was ich für eine Dummheit gemacht habe?"

„Ja."

„Das willst du wirklich wissen?"

Maria nickte heftig. Ja, das wollte sie. Es kann nie schaden, solche Dinge zu wissen. Vielleicht würde es einmal sehr nützlich sein. Sie hatte, wie gesagt, ganz bestimmte Pläne. Die gingen bis zum Zweitwohnsitz in der Toskana. Terrazzo nahm in diesen Visionen eine zentrale Stelle ein. Dort würde sie ihn festhalten. Mit allen zulässigen Mitteln. In bestimmten Situationen sind *alle* Mittel zulässig. Vielleicht hätte er es von ihrem Gesicht lesen können, doch es war dunkel und er hielt die Augen wieder geschlossen. Arglos war er obendrein. Schließlich verdankte sie ihm ihr Leben. Der Tor.

„Rauschgift. Eine Schwester bediente sich an den Giften, mit denen ich experimentierte und für die ich verantwortlich war. Sie verkaufte sie im Bekanntenkreis. Einer ihrer Kunden starb fast, das brachte die Lawine ins Rollen."

„Da konntest du doch nichts dafür."

„Nun, erstens war ich für die ordentliche Verwahrung zuständig und zweitens war sie auch noch meine Freundin. Böse Menschen mögen solche Kombinationen. Sie sind sehr ergiebig, verstehst du? Wenn der Professor mir nicht geglaubt hätte ... Für meinen Fehler muss ich trotzdem büßen."

Noch war es die große Liebe. Aber später, ahnte Maria, mochte er durchaus recht behalten. Es wäre allerdings falsch, ihr von vornherein eine böse Absicht zu unterstellen. Sie liebte ihn wirklich. Das andere, nun, es war einfach da. Eingeordnet im hintersten Fach. Im Fach für Notfälle.

„Hauptsache, du bleibst hier", sagte sie und kuschelte sich eng an ihn. „Und Hauptsache, dieser Alptraum ist vorüber."

Auch Terrazzo konnte der jüngsten Entwicklung einiges abgewinnen. Eine Bemerkung des Obersten spukte durch seinen Halbschlaf. Etwas über Muster. War wirklich alles vorüber?

Am nächsten Morgen führte er ein langes Telefonat, erbat und erhielt Auskünfte. Später fuhr er in die Stadt und beriet sich lange mit den Kriminalisten.

78

Als Riement das Zimmer betrat, in dem sie so oft zusammen gesessen waren, spürte er die Veränderung, ohne sie einordnen zu können. Vielleicht lag es am Schnaps. Jeden Tag trank er jetzt Schnaps. Klaren Obstbrand, eine halbe Flasche, manchmal mehr. Er setzte sich auf den Sessel, den er immer benutzte und beobachtete das vielfach geübte Ritual, mit dem sein Freund den Korken entfernte. Da war wieder das hohle Glucksen im Flaschenhals, das nur beim Einschenken des ersten Glases zu hören ist. Wie immer landete ein kleiner Spritzer auf der polierten Tischplatte, wie immer verwischte er ihn mit der Hand, während der andere noch nach seinem Taschentuch suchte. Es war offenkundig, dass keiner recht wusste, wie beginnen. Riement räusperte sich.

„Wir können ruhig darüber sprechen", sagte er. „Natürlich war das mit Martha ein schwerer Schock, aber du weißt ja, dass wir uns schon lange auseinander gelebt hatten. Was es wohl ist, das einen unauffälligen Menschen wie Müller plötzlich solche Taten begehen lässt?"

„Den wirklichen Grund kennen wir nicht", meinte Terrazzo versonnen. „Wir werden ihn nie erfahren, weil wir, solange wir selbst gesund sind, ihn nicht begreifen können. Was wir erklären, hält sich in den engen Grenzen, die unserem Denken gesteckt sind. Was darüber hinausgeht, wird nur mit Hilfskonstruktionen fassbar. Wir beschreiben Symptome und basteln an Ursachen und Zusammenhängen, die sich halbwegs mit unserer Erfahrungswelt vereinbaren lassen. Mehr können und wollen wir nicht. Es wäre auch zu gefährlich. Niemand weiß, ob eine Rückkehr möglich ist, wenn wir die bekannten Wege verlassen. Das Fremde in unserem Geist ist mächtig und unberechenbar. Alle Instinkte warnen uns davor."

Von der Straße hörte man das Schlagen von Autotüren. Samstagabend. Zeit für Besuche, Essen, Trinken.

„Meinst du, dass dieses Fremde auch mit dem Rätsel um Sonja zu tun hat?"

Terrazzo hob hilflos die Hände.

„Ich glaube nicht, dass sie das Gedächtnis verloren hat. Aber sie ist auch nicht das Mädchen, das auf diese Art drei Wochen durchbrennt. Was immer ihr widerfahren ist, es hat ihr nicht geschadet. Vielleicht", fügte er nach einer kurzen Pause hinzu, „will sie jemanden schützen. Sich oder irgendeinen Dritten oder sogar uns. Ich habe kurz mit ihr gesprochen. Es ist, als ob sie durch ihr Erlebnis geläutert worden wäre. Trotz ihrer Jugend hat man den Eindruck, mit einem seltenen und wertvollen Menschen zu sprechen. Ich halte die bösen Gerüchte für Geschwätz. Sie können ihr nichts anhaben. Sie lächelt darüber. Mag sein, sie hat in den drei Wochen einen Glauben gefunden, der sie unverwundbar macht. So stelle ich mir die ersten Christen vor, oder manche Yogis und Schamanen."

„Ganz neue Töne aus deinem Mund", spottete der Lehrer.

„Kann ich nicht abstreiten. Der vergangene Monat hat uns alle verändert. Uns alle."

Terrazzo schenkte sein Glas voll. Das Licht der Deckenlampe brach sich im dunklen Wein, brachte ihn zum Funkeln und schien beide zu hypnotisieren. Als er wieder zu sprechen begann, klang es wie aus großer Entfernung.

„Müller hat deine Frau nicht getötet."

Riement fiel aus allen Wolken.

„Das hat er doch selbst gestanden."

„Er hat auch den Mord an Sonja gestanden. Den Mord, der nie geschehen ist. Er hätte alles gestanden. Man musste ihn nur fragen."

„Das beweist doch nicht, dass er Martha *nicht* ermordet hat."

„Es beweist nur, dass sein Geständnis wertlos ist. Mich hat etwas anderes stutzig gemacht. Du erinnerst dich, dass deine Frau niedergeschlagen wurde, bevor der Täter ihr die tödlichen Wunden zufügte?"

„Damit sie nicht um Hilfe rufen konnte. Das liegt auf der Hand."

„Eben. Für dich, für mich, nicht aber für Müller. Wenn er mordete, war er im Wortsinn außer sich. Ich habe die Strutz gesehen. Ob sein Opfer schrie oder nicht, war ihm völlig gleichgültig. Er dachte keinen Augenblick an die Folgen der Tat. Vermutlich dachte er überhaupt nicht. Erinnere dich an das Beil mit den Blutresten. Er hat es einfach zum Holz geworfen. Ich will nicht sagen, dass er sich bewusst verraten wollte. Sein Unterbewusstsein kann allerdings in diese Richtung gewirkt haben."

„Bestimmt versuchte Martha zu entkommen und er schlug sie deshalb nieder."

„Das ist möglich. Aber da ist noch das Muster."

„Ein Muster?"

„Deine Thesen. Erinnerst du dich? Du hast dich ungefähr so ausgedrückt: 'Es geht nicht um einen Schuh oder ein Schmuckstück oder tiefe Fußstapfen. Die Spur kann etwas ganz Banales, Offensichtliches sein. Etwas, das jeder leicht begreift, wenn er nur den Zusammenhang kennt. Jedes Ereignis hinterlässt Hinweise. Sie müssen gar nicht geheimnisvoll oder gut verborgen sein. Sie müssen nur erkannt werden. Ein Mensch ist eingebettet in seine Umgebung, physisch und psychisch. Wenn er von einem Moment zum anderen herausgerissen wird, bleiben Verwerfungen zurück. Sie können Anhaltspunkte liefern ...' Ich habe einen Anhaltspunkt gefunden. Das Muster der Einstiche. Als das Blut abgewaschen war, konnte man es erkennen. Die arme Strutz war regelrecht zerfleischt worden. Bei deiner Frau sind die Stiche fast akkurat neben- und übereinander angeordnet. Zugestochen, das Messer schön gerade herausgezogen, nicht etwa gerissen, erneut zugestochen, herausgezogen und so weiter. Fast wie Zeilen und Spalten. Dieser Täter hat nicht gewütet. Ihm hätte ein einziger Stich genügt. Nur war ihm klar, dass dies nicht zu dem Bild passte, wie die Strutz erschlagen wurde. Er war dennoch zu zurückhaltend. Vielleicht aus Scheu, wahrscheinlich aber, um sich nicht stärker mit Blut zu beflecken als notwendig."

„Wenn das stimmt", rief der Lehrer, „wer hat sie dann umgebracht?"

„Du", sagte Terrazzo.

Riement lachte auf.

„Das schlägt alles. Wie kommst du auf diesen Unsinn?"

„Die Situation war zu verlockend für dich. Du hast Martha seit langem gehasst, weil sie wie ein lebender Vorwurf war. Du hast den Tag herbeigesehnt, an dem sie dich endlich verlassen würde. Aber sie hat es nicht getan. Sie hätte es vermutlich nie getan, weil du ihre Versorgung warst. Das war ihr mehr wert als ihre Freiheit. Hinauswerfen konntest du sie nicht. Das wäre dich teuer zu stehen gekommen. So viel verdienst du nicht. Außerdem bist du ein sparsamer Mann. Der geisteskranke Mörder im Dorf kam da wie ein Geschenk. Bei so einem sucht man nicht lange nach Motiven. Und wenn er zwei Menschen umbringt, bringt er auch drei um. Man muss nur rasch genug handeln, ehe er gefasst wird."

„Ich glaube es nicht", sagte Riement halb wütend, halb fassungslos. „Nur wegen eines eingebildeten Musters unterstellst du mir den Mord an der eigenen Frau?"

„Ich habe einmal zugesehen, wie du Eintragungen in einem Katalog gemacht hast. Da bist du ganz gleich vorgegangen. Erste Zeile, erste Spalte, erste Zeile, zweite Spalte und so fort."

„Wie soll man einen Katalog sonst ausfüllen?" fragte der Lehrer mehr amüsiert als besorgt.

„Ich habe mir einen angesehen. Die Anzahl der Felder einer Seite entspricht genau der Anzahl der Einstiche. Macht der Gewohnheit."

Riement erhob sich.

„Das ist grober Unfug, weiter nichts. Wer sollte mich wegen so einer Räubergeschichte verurteilen oder nur anklagen?"

„Niemand. Das war mir klar. Es ist nicht einmal als Indiz halbwegs brauchbar. Aber für die Idee hat es gereicht. Als die

Idee da war, sind Kleinigkeiten nachgefolgt. Geradewegs aus meinem Gedächtnis. Dinge, die man speichert, ohne sie zu deuten. Zuletzt war ich ziemlich überzeugt. Wenn erst einmal ein Verdacht da ist, bekommt die Polizei eine Menge heraus. Ich glaube, sie haben dein felsenfestes Alibi schon ziemlich auseinander genommen."

Zwei Freistunden an jenem Vormittag. Zwei Stunden, in denen er wie vom Erdboden verschluckt war. Sie würden den gelben Opel ausfindig machen oder irgendeinen Dummkopf, der beobachtet hatte, wie er in die alte Schottergrube bog. Dann fanden sie auch die Tasche mit seinen Abdrücken und ihrem Blut.

„Du hast mir die Polizei auf den Hals gehetzt?"

„Freilich. Was sollte ich denn tun? Die ganze Geschichte vergessen? Du hast deine Frau ermordet, Franz. Das ist nicht so etwas wie Zigaretten schmuggeln oder die Geschwindigkeit übertreten."

Der Lehrer blickte wild um sich. Ein in die Enge getriebenes Tier, ein in die Enge getriebener Mensch - da schwinden die Unterschiede. Sie sind ohnehin nicht so groß, wie wir gerne glauben. Terrazzo fühlte, dass dies die gefährlichsten Momente seines Lebens waren. Niemand konnte sagen, was im nächsten Augenblick geschehen würde. Er nicht, der andere nicht. Alles schien im Bereich des Möglichen.

„Sie stehen vor der Tür", sagte er.

Das entschied. Riement straffte sich, sagte: „Man wird mir nichts nachweisen können. Gar nichts. Es gibt nichts nachzuweisen. Das macht mir keine Sorgen. Nur du hast mich maßlos enttäuscht. Freund!"

Es waren die ersten Sätze seiner Verteidigung, schon für die Lauscher draußen bestimmt. Es war zugleich der erste Schritt zur Kapitulation. Sobald die Kripo weiß, wonach sie suchen muss, findet sie auch etwas. Man kann nicht am helllichten Tag einen Mord begehen, ohne bei irgendwem Erinnerungen zurückzulassen. Harmlose Beobachtungen. Aber dann fügt sich eine zur anderen und plötzlich liegt dein schlauer Plan offen zutage. Du kannst nur noch leugnen, einen Unbekannten erfinden, möglichst viele Zweifel wecken. Vielleicht würde es gelingen. Mit einem sehr guten Anwalt ... Aber es war nicht wahrscheinlich.

„Ich war dein Freund", sagte der Arzt leise. „Ich habe mich in dir getäuscht. Ich bin fertig", setzte er laut hinzu.

Der hagere Oberst trat ein, zwei seiner Leute nahmen den Fachlehrer in die Mitte und führten ihn hinaus. Der Oberst nickte Terrazzo zu und folgte ihnen. Das alles geschah ohne ein Wort. Die Tür fiel ins Schloss. Zwei Autos starteten.

„Ruhmloses Ende einer Detektivkarriere", sagte der Arzt zu seinem Glas. „Einen Freund, der zum Mörder geworden ist, an die Wand genagelt."

Er trank aus, schenkte nach und trank wieder aus.

Vielleicht sollte er mit Maria in die Stadt fahren. Gut essen, über die Zukunft reden, ein paar Cognacs trinken. Hoffentlich hatte sie einen Führerschein. Hoffentlich hatte sie Lust. Hoffentlich wurde er fertig mit dem, was er in diesem Monat über sich und andere erfahren hatte. Er nahm das Telefon und wählte ihre Nummer. Ob als Arzt oder als Privatmann oder als ausgesetztes Stäubchen in einem unverstandenen Kosmos - es war nicht der Abend, um mit sich allein zu sein.

Epilog

Schwer zu sagen, was Rosi von sich selbst dachte. Sie dachte nicht nach über sich. Ihre Selbstbetrachtung hatte urtümliches, erdhaftes Niveau. Das ist gewiss kein Verdienst und in der Regel auch kein Vorteil. In Rosis Fall war es einer. Sie hatte von Natur einen festen, unverbogenen und wohl auch unverbiegbaren Charakter. Ihre Eltern hatten ihn nicht gehabt, ihre Großeltern nicht, und auch in der langen Reihe ferner Vorfahren deutete nichts darauf hin. Diese Leute waren Menschen gewesen wie der rechte Nachbar und der linke Nachbar, Menschen wie er und sie, du und ich. Konglomerat halt. Viel drinnen, hart verbacken, Reines und Unreines. Kein Edelstein. Rosi war ein Edelstein.

Sie war nicht überdurchschnittlich intelligent, sie hatte keine besonderen Talente. Sie war auch nicht reich und würde nie reich werden. Obwohl sie schön war. Ihre Schönheit war die äußere Seite ihres Charakters. Eine Schönheit der Stärke und Unzerbrechlichkeit. Nichts für Titelseiten. Auf den ersten Blick. Auf den zweiten ... Wer weiß? Aber Modelmacher kommen nicht in Dörfer, die nur aus Gründen geografischer Pitzeligkeit in den Karten eingetragen sind.

Rosi saß auf einem Schemel und weinte. Jason hatte das Zimmer verlassen. Es war drei Uhr nachts. Stundenlang war er auf dem Bett gelegen und hatte erzählt. Sie hatte ihn erzählen lassen. Sie war nicht überrascht. Er berichtete rückhaltlos und frei. Von sich, von der Organisation, von seinen Beweggründen bis hin zu Mattes Ermordung und ihrer Notwendigkeit. Er sagte nicht 'getötet' oder 'hingerichtet'. Er sagte 'ermordet'.

Zuletzt stellte er die Frage aller Fragen. Rosi sagte nein. Sie wog ab und sagte nein. Auf seiner Waagschale lag mehr als sie sich erträumt hatte *und sie liebte ihn*. Aber sie sagte nein. Sie hatte Matte instinktiv verabscheut und verachtet und verachtete ihn jetzt mehr denn je. Aber sie sagte nein. Das ist ein Punkt, den man nicht zu verstehen braucht, den man nur akzeptieren kann. Sie hatte eben mehr Charakter als der Rest des Dorfes, inklusive Adelheid und Terrazzo und Robby, der Streuner, der jetzt ja nicht mehr zählte. Vielleicht zu viel Charakter. Aber wer wollte das beurteilen?

Sie ging in ihre Kammer und erwartete den kommenden Tag.

Padoponos lief unterdessen ziellos durch die Nacht. Über mondbeschienene Feldwege lief er und durch Waldstücke, die so dunkel waren, dass er wie ein Blinder ohne Stock und Hilfe dahin tappte. Er ließ das leere Haus hinter sich, wo der Schläger ihn angefallen war, irgendwann passierte er auch den Ort, an dem der Hund sterben musste, weil ein Mädchen großes Glück gehabt hatte. Doch vor allem, was er sah oder hätte sehen können, stand Rosis Bild. Bei jedem Schritt, den er machte, hämmerte ihr Nein in seinen Schläfen. Er wurde beinahe verrückt vor Kummer. Er war in diesen Stunden tatsächlich ein wenig verrückt, weil er wusste, dass sie ihn liebte. Weil sie trotzdem nein sagte. Weil sie ihn nicht verurteilte, sondern ablehnte, obwohl es ihr das Herz brach. Wenn sie ihn nur verurteilt hätte, dann hätte sie ihm auch vergeben können! Aber das war zu einfach für sie. Ein billiger Ausweg mit dem Anschein der Großzügigkeit. Sie mochte keine billigen Auswege. Schon gar nicht, wenn es um das Höchste ging, das sie je erfahren hatte. Er war ihr also auch nicht gewachsen. Keiner war ihr gewachsen. Er war ein wenig verrückt vor Kummer, als er so durch die Nacht lief, verfolgt vom eigenen Schatten, den ein seelenloser Mond gegen die Erde drückte.

In der Dämmerung sah er dann den Berg und blieb stehen. Dunkel, alt und schwer ragte er in die Bleimasse des Himmels. Nichts Besonderes an ihm, außer seiner Wucht und dem Hauch von Ewigkeit. Es war dieser Berg, der das Mädchen zu sich genommen und Wochen später wieder freigegeben hatte. Der Berg seiner Vision. Der Berg, an dessen Südflanke der alte Matte zur Welt gekommen und von seiner Hand gestorben war. In dessen Schatten er zu dem Monstrum heranreifte, das sich später im Folterlager verwirklichte. Der Berg, der dieses kleine Fleckchen Land vollkommen zu beherrschen schien mit seiner düsteren Macht aus grauer Vorzeit. War es Zufall, dass nach dem alten Matte ein zweiter und sogar ein dritter Dorfbewohner in den Taumel des Wahnsinns und des Mordens stürzte?

Padoponos war nun wirklich ein wenig verrückt. Er eilte ins Dorf zurück, packte seinen Koffer, ließ eine größere Geldsumme auf dem Tisch liegen und startete seinen Wagen. Er fuhr an gegen den Berg. Schlechte Wege, zweiter Gang, erster Gang, zweiter Gang, viele Kurven. Er fuhr im Morgenlicht den Berg hinan und hatte das Gefühl, als müsse er gar nicht fahren, als zöge eine unsichtbare Kraft ihn zu sich. Von einem Weg bog er ohne zu überlegen in den nächsten und immer wieder in einen nächsten bis er endlich halten musste. Die Fahrspur endete vor einem Erdhügel, den eine Schubraupe zurückgelassen hatte. Dahinter standen Bäume, hohe Fichten und Föhren. Er hatte keine Ahnung, wo er sich befand, doch er war immer noch ein wenig verrückt. Er stieg aus und ging zu Fuß weiter. Aufwärts, mitten durch den Wald. Bald war er zerkratzt und verschwitzt. Er fand einen Pfad, eher eine steile Rinne. Vielleicht hatte sie irgendwann zur Holzbringung gedient. Er folgte der Rinne, ohne zu wissen, was er eigentlich wollte. Das heißt, er wusste es schon, aber was er wollte, war unmöglich. Er wollte die Lichtung seiner Vision finden. Eine Lichtung auf einem Plateau in einem Eichenwald, den es längst nicht mehr gab, sowenig wie es die Lichtung geben würde. Er war der kleine Junge, der immer höher stieg, um Afrika zu sehen. Was er hier zu sehen erwartete, wusste er nicht. Etwas, das noch ferner lag, jedenfalls. Etwas, das nur wenige zu sehen bekommen. Etwas Altbekanntes, das er in sich trug, ohne ihm je begegnet zu sein. Nur hier würde er ihm begegnen. Er keuchte vor Anstrengung. Plötzlich wurde ihm bewusst, dass er auch einer großen Gefahr entgegeneilte. Die Last seines Lebens, die Bürde seines Gewissens, die toten Männer, an denen er Rache geübt hatte - das alles bedurfte eines Gegengewichts, bedurfte des Glaubens an das Ideal der Gerechtigkeit. Und ausgerechnet dieser Glaube schien ihn jetzt zu verlassen, da er den Berg immer höher kletterte.

Dann stand er auf dem Plateau und da war eine Lichtung. Der Boden war felsig. Nur einige niedrige Sträucher, Blumen und Moose konnten hier Fuß fassen. Daran hatten die vielen Jahrhunderte nichts geändert. Padoponos stand nass und dampfend, mit halbgeschlossenen Augen, leicht schwankend. Bilder stürmten auf ihn ein. Bilder seines eigenen und vieler fremder Leben. Menschenleben, Tierleben, Pflanzenleben, Bergleben. Er hielt die Hände ausgestreckt und ließ sich von den Bildern weiterziehen, quer über das Plateau bis an die Kante eines Absturzes. Dort öffnete er die Augen und sah in die Tiefe. Langsam hob er den Fuß zum letzten Schritt. „Nein!"

Als ob eine schwere Blase platzte, stürzte aller Ballast von seinen Schultern. Jason warf sich herum und bekam die Kante noch zu fassen. Eine Minute später saß er auf dem Plateau und sah über die Weite des Tales. Diese weißen Gipfel dort, von der Morgensonne gehoben - war das sein Afrika? Das Ende der Jagd? Er saß eine Weile, erholte sich, prägte sich jedes Detail ein, dann machte er sich auf den Rückweg. Am Waldrand angekommen, drehte er sich um und sah ein blondes Mädchen auf einem Felsen sitzen. Doch es war ein Trugbild, eine ferne Wolke, eine Wolke in Weiß und Gold. Noch während des Abstiegs beschloss Padoponos, einen langen Urlaub anzutreten. Ferien in seinem Dorf auf der Insel. Sechs Monate, vielleicht ein Jahr. Dann würde ein neuer Auftrag warten, eine neue Aufgabe. Viel zu viele kommen davon. Aber nicht alle.

Er erreichte den Wagen. Es war heller Vormittag, bis er aus dem Gewirr von Wegen den richtigen herausgefunden hatte. Er fand auch noch die Abkürzung auf die Bundesstraße. Eine Abkürzung, die es ihm erlaubte, das Dorf zu meiden. Padoponos blickte nicht hin zum Dorf und lange blickte er nicht in den Rückspiegel. Dorf und Berg - er wollte beiden nie wieder begegnen.

Rosi stand in ihrer Stube und sah in den Hof. An der Stallwand gegenüber lehnte Bernd. Groß, kräftig, ungelenk. Die Hosen des alten Anzugs waren zu kurz, die Ärmel ebenfalls. Er hatte das Gesicht eines jungen Hundes. Gutmütig, neugierig, furchtbar schnell verstört. Jetzt hielt er es mit geschlossenen Augen der Sonne entgegen und dachte nach. Sie las es auf seiner Stirn. Nachdenken strengte ihn mehr an als eine Fuhre Holz schlichten. Dabei schlichtete er gut. Seine Tristen standen fest und sicher.
Sie dachte an Jason. An seine Zärtlichkeit, seine Erfahrung, daran, wie er mit ihr sprach. Noch nie hatte ein Mann so mit ihr geschlafen, noch nie hatte einer so zu ihr gesprochen. Nie hätte sie zu hoffen gewagt, dass er sie fragen würde. Eine ungebildete Kellnerin in einem Dorfgasthof. Dann hatte er gefragt und sie hatte nein gesagt. Er hatte den alten Matte getötet. Er stritt es nicht ab. Er war aus keinem anderen Grund hierhergekommen. Er hatte auch andere getötet und jeder von ihnen verdiente es nicht besser. Er erklärte es ihr und sie fand es gerecht. Aber sie sagte nein. Es traf ihn umso härter, da er wusste, wie viel diese Antwort sie kostete. Es traf ihn bis ins Mark, weil sie das aufrichtigste aller Herzen besaß. Sie hatte ihn geprüft und verworfen, obwohl alles in ihr sich nach ihm sehnte. Wortlos war er aus Zimmer und Haus gegangen, wortlos später zurückgekehrt und weggefahren.
Rosi sah aus dem Fenster.
Jasons Wagen brauste über einen Feldweg, bog in die Bundesstraße und entzog sich ihrem Blick. Viel zu spät hob sie die Hand, ganz kurz nur, und ließ sie wieder fallen.
Bernd lehnte an der Stallwand und ließ seinen großen Körper von der Sonne wärmen. Die Sonne war ein Freund. Er hatte angestrengt nachgedacht in der letzten Zeit. Dennoch blieb vieles unklar. Der Hannes habe die Menschen getötet, sagten ihm die Leute. Der ist noch viel verrückter als du und dabei

hat keiner was gemerkt, sagten sie. Du verstellst dich
wenigstens nicht, sagten sie, bei dir braucht man keine Angst
haben. Vor mir braucht niemand Angst haben, sagte Bernd,
ich bin nicht verrückt. Manchmal gingen ihm die Leute auf
die Nerven. Er wusste nicht, dass dies seine normalsten
Momente waren.

Der alte Matte war weg, tot. Das war gut. Der alte Matte hatte
Rosi beleidigt, weil er seine Gedanken lesen konnte. Er hatte
das Verborgene aus dem Nebel geholt und es Bernd gezeigt,
um Rosi zu beleidigen. Dafür hatte ihn jemand an den Baum
gespießt. Das war sehr gut. Bernd hätte es nicht zustande
gebracht, er konnte keinem lebendigen Wesen wehtun. Aber
er war sehr froh, dass ein anderer es konnte. Wie hatte der
andere erfahren, dass Matte Rosi beleidigt hatte? Das war
eines der Rätsel, um die seine Gedanken kreisten.

Da kam Rosi schon. Sie kam auf ihn zu. Sie trug ein kurzes
Kleid, das ihre Knie freiließ. Er fühlte wieder die Verletzung,
die der alte Matte ihm zugefügt hatte. Sie schnürte ihm die
Kehle zu und drängte ihn zur Flucht. Doch Rosi streckte ihm
die Hand entgegen.

„Komm mit", sagte sie. Sie nahm ihn an der Hand und führte
ihn quer über den Hof zum Hintereingang vom Schafswirt,
über zwei Treppen hinauf bis in ihre Stube. Sie setzte sich auf
das Bett und der Kittel rutschte noch höher. Die ganze Zeit
ließ sie seine Hand nicht los.

„Du bist ein lieber Kerl, Bernd", sagte sie. „Du bist mein
Freund. Ich bin dein Mädchen."

Sie beugte sich zu ihm, der vor Freude knallrot geworden war,
und gab ihm einen leichten Kuss auf die Lippen.

„Mein Mädchen?" stammelte er. „Ganz richtig mein
Mädchen?"

Sie nickte und lächelte, wie es nur ganz wenigen Frauen ganz
selten gelingt. Es war das Lächeln reiner, uneingeschränkter
Großmut. So uneigennützig gelingt es Männern nie. Männer
reservieren immer ein kleines Plätzchen für sich. Dort
verweilen sie und beglücken sich an ihrer Geste oder ihrer

Demut, je nachdem. Das kleine Plätzchen ist die Einschränkung, die sie von den ganz wenigen Frauen trennt. Nur Bernd war dieses Lächeln wert, kein anderer im Umkreis von Lichtjahren. Denn nur Bernd verstand es, ihre grenzenlose Großmut mit grenzenloser Anbetung zu erwidern. Sie saß auf dem Bett und lächelte und hatte Tränen in den Augen. Mit einem Ausdruck himmlischer Verzückung hockte Bernd zu ihren Füßen und streichelte ihr Knie. So sacht und behutsam, dass sie die Berührung kaum fühlte. Tränen rannen ihre Wangen hinab und tropften auf das Kleid. Den aufsteigenden Schluchzer unterdrückte sie. Um keinen Preis der Welt wollte sie ihn aus seinem Paradies vertreiben.

Weitere Bergmann-Krimis

Der Berufserbe – Chefinspektor Falks Sündenfall
Fall Nr. 1 der Reihe „Kärntner Mordsbullen"
Wie weit darf ein Polizist gehen, der von der Schuld eines
Mannes überzeugt ist, ihn aber nicht vor Gericht bringen
kann?
Chefinspektor Falk, leitender Ermittler der Kripo Klagenfurt,
übernimmt einen scheinbar unspektakulären Fall. Ein
pensionierter Rechtsanwalt bricht sich bei einem Sturz auf der
Kellertreppe das Genick. Fremdverschulden scheint
ausgeschlossen. Bis ein anonymer Brief eintrifft, der auf das
ungewöhnliche Sexualleben der 30 Jahre jüngeren Gattin des
Opfers hinweist. Falk stattet ihr einen Besuch ab, der ihn
rasch in die weitverzweigten und ziemlich stacheligen Netze
einer wohlhabenden Familie führt. Über zwei Jahrzehnte
hinweg zog einer ihrer Angehörigen Erbschaften an wie ein
Magnet. Ein Zufall?
Der Chefinspektor riskiert sehr viel, um diese Frage zu
beantworten.

Der gelbe Gladiator – Chefinspektor Falks Fingerfall
Fall Nr. 2 der Reihe „Kärntner Mordsbullen"
Auch Kriminalbeamte kämpfen mit den Tücken der Liebe und
mehr noch mit jenen der Bürokratie. Chefinspektor Falk
kommt ein neuer Fall nicht ungelegen. Beim Entrümpeln
eines Dachbodens finden Arbeiter ein Schmucketui. Drinnen
liegt ein mumifizierter weiblicher Finger. Prof. Norobosco,
führender Forensiker in Klagenfurt, meint, dass er vor fünf bis
zehn Jahren abhanden gekommen sein müsse. Abhanden. Der
Professor mag solche Wortspiele.
Falk macht sich auf die Suche nach der dazugehörigen Frau.
Das erweist sich als schwierig. Dann wird im selben Haus ein
Doppelmord begangen. Der Finger tritt in den Hintergrund,
doch Falk ist klar, dass zwischen beiden Fällen ein

Zusammenhang besteht, der ihn auf die richtige Spur führen
wird.

Die Melodie der Walnuss – Chefinspektor Falks Hexenfall
Fall Nr. 3 der Reihe „Kärntner Mordsbullen"
Chefinspektor Falks Ex-Kollege Lacher stößt bei einem
Waldspaziergang auf eine grausam zugerichtete Frauenleiche.
Rasch stellt sich heraus, dass die Tote Jahre zuvor als vermisst
gemeldet worden war. Ermordet wurde sie aber nur Stunden
vor ihrer Entdeckung.
Wo hielt man sie gefangen?
Warum taucht sie jetzt auf, nachdem längst niemand mehr
nach ihr suchte?
Ausgerechnet Lacher hatte den Fall damals bearbeitet. Woher
stammen seine Erinnerungslücken?
Diesmal bekommt es Falk mit einem Serienmörder zu tun,
der seine Opfer nicht einfach aus einer perversen Lust heraus
entführt, foltert und tötet, sondern damit auch eine rätselhafte
Botschaft übermitteln will. Es erleichtert die Aufgabe des
Chefinspektors nicht, dass sein Freund scheinbar tief in den
Fall verstrickt ist.

Club der Harlekine – Chefinspektor Fuchs in Wien
Fall Nr. 4 der Reihe „Kärntner Mordsbullen"
Chefinspektor Fuchs ermittelt in Wien: temporeich, spannend
und hintergründig humorvoll.
Der Fingerabdruck eines mehrfachen Mörders, den er seit
Langem sucht, ist in der Bundeshauptstadt aufgetaucht – auf
der Hülle eines äußerst verstörenden Videos. Rasch muss
Fuchs erkennen, dass ihm nicht nur der Gesuchte sein Spiel
aufzwingen will, auch ein Teil der Wiener Kollegen verhält
sich alles andere als kooperativ. Ihm zur Seite stehen ein
Oberst aus Granit, ein exzentrischer Privatdetektiv und eine
tschetschenische Kriegerin. Bunte Truppe.
Dann gerät sogar Fuchs selbst unter Verdacht. Mit einem Mal
geht es ganz im Wortsinn so heiß her, dass sein Leben keinen

Wiener Kreuzer mehr wert scheint.

Ist der Fuchs schlau genug, um sich aus der tödlichen Falle zu befreien?

Die blutige Puppe – Chefinspektor Fuchs auf der Jagd

Fall Nr. 5 der Reihe „Kärntner Mordsbullen"
In den Gurktaler Alpen baumelt eine blutverschmierte Schaufensterpuppe von der Leiter eines Hochstands. Eine Drohung? Ein geschmackloser Scherz? Keine Aufgabe jedenfalls für den Klagenfurter Chefinspektor Fuchs, Spezialist für Gewaltverbrechen. Nur ist der Eigentümer des Hochstands samt riesiger Eigenjagd rundum, ein Freund von Fuchs' Vorgesetztem – und der schwer verkaterte Chefinspektor froh, aus der heißen Stadt in die frische Bergluft zu entkommen.

Das Blut ist lediglich Kunstblut, doch die Puppe beunruhigt ihn. Umso mehr, als der Puppenspieler keinerlei verwertbare Spuren hinterlassen hat. Und so gut die Luft dort oben auch sein mag, es liegt einige Spannung darin. Spannung entlädt sich – und Gewitter in den Bergen sind eine tödliche Gefahr.

Das Möbiusband – Chiara Fontana

Wie harmlos kann ein Ereignis sein, das unübersehbare, fatale Folgen nach sich zieht? Nun, so harmlos wie ein Sonntagsausflug zum Beispiel. Chiara und ihr Freund Antonio entdecken nahe Florenz eine Skulptur mit bemerkenswerten, fast beängstigenden Fähigkeiten. Rasch interessieren sich dafür höchst unterschiedliche Gruppen, die eine Gemeinsamkeit aufweisen: Sie gehen so ungerührt über Leichen wie brave Bürger über ein Holzbrückchen im Park. Aber auch brutale Mörder erleben in diesem Fantasy-Thriller ihre wahren Wunder – wenn auch meist nur für sehr kurze Zeit.

Dicke Liebe – Irrwitzige Kriminalstories

Dicke Liebe ist eine Sammlung von 25 irrwitzigen Kriminalstories, die samt und sonders an Abgründe führen, ohne diese Abgründe übermäßig ernst zu nehmen. Aus unterschiedlichen Perspektiven werden nicht alltägliche Begebenheiten kriminellen, skurrilen, komischen und grotesken Inhalts erzählt.

Ob es darum geht, was liebende Menschen sich selbst und anderen anzutun bereit sind oder um die verblüffenden und manchmal erschreckenden Konsequenzen von Eitelkeit, Gier, Überheblichkeit, letztlich Dummheit, stets wird der Leser daran erinnert, dass der Reiz des Lebens und des Lesens gerade in den unerwarteten Wendungen liegt.

Die Leiche ist halb durch

Für einen Typen, der Jingle Bell heißt, ist das Leben nirgendwo einfach. Aber ich liebe es.

Eiswürfel im Whisky liebe ich nicht. Trotzdem dachte ich, alles darüber zu wissen, was man halt so darüber wissen kann. Aber dass man mir im Herzen Monakrees einen angebratenen Eiswürfel serviert – das ist mir noch nie passiert.

Da muss ich mich wohl auf die Socken machen, ist ja mein Beruf als Schnüffler, und ich stoße auf schöne Frauen und üble Gangster.

Verdammt schöne. Verdammt üble.

Das Massengrab hat Hunger

Privatdetektiv Jingle Bell pflegt erneut extravagante Methoden, ausgefallene Kleidung und seine Intimfeindschaft mit den Bullen. Er teilt gern aus, muss aber auch harte Schläge einstecken. In seinen Worten:

„Diesmal geht es ordentlich rund in Monakree, der Stadt des tanzenden Hahns. Eine Serie von Anschlägen erschüttert die chemische Industrie. Ich bin der Einzige, dem die Bosse eine Lösung zutrauen. Dabei stecke ich selbst in der Krise. Sie heißt Theo und ist mein neuer Partner. An meiner Bürotür steht nun Bell/Torpedo statt Jingle Bell.

Trotzdem ziehe ich los, um die Dinge zu regeln. Das macht ein paar Leute richtig bösartig. Sie wollen mich eiskalt abservieren. Zum Kaltmachen ist ihnen jedes Mittel recht, je gemeiner, desto besser. Aber da geraten sie an den Falschen." Die Leser dieser rasanten Krimiparodie werden es gerne bestätigen.

www.peter-bergmann.at